경계를 넘고 간극을 메우며

− 장르문학과 문화비평

◇

◇

조 성 면

머리말

그동안 발표했던 글들을 추려 모아 두 번째 평론집을 펴낸다.

처음에는 '머리말'이나 '후기' 같은 서발序跋이 없는 심심한 책으로 만들어보려고 했으나 평론집의 대강과 경위 등을 밝히는 글조차 없으면 안 될 것 같아 교정 작업 중에 서둘러 머리말을 쓰고, 이를 덧붙인다.

황석영의 장편 『오래된 정원』에 이런 대목이 나온다. "아무 일도 일어나지 않은 조용한 보통의 날들"이라는. 작가는 특별한 의식하지 않고 썼을 이 문장에 자꾸 마음이 달려가 머무르는 것을 보면, 나도 별 수 없는 중년임을 실감한다. 누구나 그렇듯 지금에 와서 문학청년 시절 같은 열렬한 열망과 환상이 있을 리 만무하고, 그저 하루하루 즐겁게 내 할 일하며 여여如如하게 지내는 보통의 나날과 산문적 일상을 행복이라 여기고 있다. 불혹不惑은 사실, 불편하고 애매한 나이다. 누가 가르쳐 주지도 않았어도 소소한 인생의 비밀들과 이치와 처세의 요령들을 터득하게 되고, 또한 삶에 대한 환상과 열망이 사라져 버린 빈자리에는 그저 책무만 덩그마니 남은 인고의 나이이기 때문이다. 이 말의 원뜻은 공자가 삿된 욕망과 생각들 그리고 몸의 요구를 극복한 심신조복心身調伏의 경지를 표현한 것으로 짐작되지만, 나는 이를 그저 웬만한 일들에는 참고 인내하자는 정도의 의미로 이해하고 있다. 가령 일상에서 소소하고 자잘한 말들은 삼키고 어지간한 일에는 침묵으로 응대하는 비겁에 귀의하는 것이다.

마음의 살림살이는 그렇다 해도 몸이 확실히 예전 같지 않다. 20년 동안 피우던 담배도 끊은 지 한참이고 매일 규칙적인 스트레칭과 산책 등으로 건강관리에 주의하기는 하지만, 흐르는 세월을 어찌 막을 수 있으랴. 온갖 자잘한 잔병들이 퍽 성가시지만, 신외무물身外無物을 운위하기에는 아직 민망하여 큰 병이 없음을 큰 축복으로 생각하고 그저 감사할 따름이다. 범사에 감사하며, 원망심을 평상심으로 돌리며 주어진 길을 걷자고 다짐해 본다.

밥벌이하는 일이 만만치 않고 늘 팍팍한 삶이지만, 가만히 보면 그래도 내게는 즐거운 일이 적지 않다. 우선 철인 맹자孟子가 말한 부모가 계시고 형제가 탈이 없는 첫 번째 즐거움[父母俱存 兄弟無故 一樂也]에, 부족한 역량이지만 가르치는 일에 종사하는 두 번째 즐거움[得天下英才而教育之 三樂也]이 있고, 또 하늘을 우러러 부끄럼이 없지는 않으나 무거운 죄는 짓지 않고 살아가니 그래도 세 번째 즐거움[仰不愧於天 俯不怍於人 二樂也]의 근처를 맴돌긴 한다. 뿐인가. 저녁 먹고 가끔 인근에 있는 수원 화성의 방화수류정訪花隨柳亭과 화홍문華虹門으로 버스 타고 산책을 나가 풍광을 즐기며 물소리를 듣는 호사를 누린다. 일과를 끝낸 깊은 밤에는 정신적 고수들의 법문집을 뒤적인다. 조금 여유가 있는 날이면 단골 헌책방들을 돌아다니며 고서古書를 구경하고, 집에 돌아와서는 꼬맹이들을 꾀어 공원으로 데리고 나가 자전거를 타거나 딱지치기하며 옥신각신하는 재미도 쏠쏠하다. 이런 즐거움을 깨뜨리지 않고 내 마음이 요란해지는 것을 막는 피경공부避境工夫 차원에서 되도록 신문과 뉴스는 가급적 보지 않는다. 대신, 나의 이 같은 정치적 무관심이 보수주의자들의 정치적 반사이익이 되는 것을 방지하기 위한 최소한의 노력은 한다. 오로지 즐겁고 한가로운 삶을 침해받지 않기 위해서.

이 책은 그런 삶과 일상 속에서 만들어진 부끄러운 결실이다.

이 책은 『한비광, 김전일과 프로도를 만나다: 장르문학과 문화비평』의 속편에 해당하는 평론집이며 모두 3부로 이뤄져 있다. 짐작하시는 바와 같이 평론집 제목은 포스트모더니즘의 핵심 이론가였던 레슬리 피들러Leslie A. Fiedler(1917~2003)가 『플레이보이』에 발표했던 문제적 평론 「경계를 넘고 간극을 메우며Cross the Border-Close that Gap」에서 따온 것이다. 이는 비평의 세속화와 세속적 비평을 통해서 장르문학에 대해 폄훼하는 일체의 시도들에 대해 이의를 제기하는 한편, 바깥을 사유하며 모두가 행복해지는 세상을 꿈꾸어보는 낭만적 충동의 소산이다.

제1부에서는 탈경계를 지향하는 시도들, 예컨대 작품의 시공간을 확장하여 다른 관점에서 우리의 역사와 현실을 보고자 했던 황석영·김영하·듀나를 비롯하여 이주민문학의 문제와 장르문학에 대한 오해와 편견들에 대해 비판적으로 접근하였다.

제2부에서는 본격문학과 장르문학, 리얼리즘과 판타지, 아날로그와 디지털 사이의 간극을 메우기 위한 노력들, 덧붙여 1980년대와 1990년대의 베스트셀러들 그리고 본격문학과 대중문학 사이의 간격을 메우고 문학의 관점에서 한국 추리소설의 역사와 현황에 대해서 짚어 보았다.

제3부에서는 종래에는 문학비평의 영역에서 소극적으로 다루어져 왔던 주제들, 가령 SF·무협·〈로보트 태권 V〉·만화 『광수생각』·문화지리학·『박태원 삼국지』 등 비평의 사각지대에 놓여 있었던 소소한 주제들을 비평의 공간으로 끌어들이는 방식으로 비평의 지평 확장에 대한 고민을 담아보고자 하였다.

막상 묶어 놓고 보니, 정체성도 모호하고 글들도 제각각이다. 부끄럽다. 그래도 이 글들이 누군가에게는 작은 도움이 될지도 모른다는 막연한 가능성을 위안으로 삼는다. 덧붙여 평론집 발간에 도움을 주신 〈경기문화재단〉과 〈깊은샘〉에 깊이 감사드린다. 세상의 모든 존재들이 늘 건강하고 언제나 행복했으면 한다.

2009년 기축己丑 7월 28일
조 성 면

머리말 • 3

제 1 부

경계를 넘고

이주민문학을 위하여

− 자본과 인종적 편견이 구축한 허구적 정체성을 넘어서

1. "사람의 성품에는 남북이 없다."

어디에서부터 무엇을 어떻게 시작해야 할까. 이주민문학이란 낯
선 의제 앞에서 나는 잠시 망연해진다. 수많은 단어와 생각들이 미
세유주微細流注[1]들처럼 명멸한다. 이 와중에 느닷없이 선화禪話 한
자락이 뇌리에 스친다.

생각이 쳇바퀴를 돌리며 무수한 가지치기만을 거듭할 때, 또는 삶
의 무게가 천근만근으로 내리 누를 때 만나게 되는 선화는 시원한
소낙비처럼 시원하고 통쾌하다. 여기에는 일체의 가식과 허위를 던
져버린 진솔하고 담백한 삶이 있고 자동화한automatised 우리들의
인식이 타파되는 둔중한 쾌감이 있으며, 온천지에 가득한 침묵이 있
기 때문이다. 뿐만 아니라 스스로 쳐놓은 생각의 울타리와 선입관에
갇혀 밖으로 나가지 못하는 우리들의 판단을 중지epoche시키고 냉

---

1) 미세유주란 인간의 본래 자성을 어지럽히는 자잘한 번뇌들 내지 생각들을 가리키
는 말이다. 삼독오욕처럼 끊기 어려운 추중번뇌(麤重煩惱)와 달리 오래 머물지 않
고 강한 힘을 발휘하지 못하지만 끝없이 나고 드는 자잘한 생각(난상)들이 미세유
주이다. 좌산 이광정, 『정전 좌선법 해설』(원불교 출판사. 1997), 103면.

정하게 '사태 자체zu den sachen selbt에게로' 귀의하게 하는 정신적 힘을 제공해주기도 한다. 천지를 진동하는 방할棒喝과 무명을 타파하는 정신적 고수들의 통쾌한 심법心法은, 새로운 전환적 사고를 꿈꾸는 우리에게 매우 유용한 정신적 귀의처라 하지 않을 수 없다.

『벽암록』같이 난해한 책이 아니라 큰 시인 '고은' 버전으로 선화한 편을 감상해 보자. 어느 날 객승의 『금강경』 한 구절에 크게 발심한 광동성廣東省 소주韶州 출신의 한 나무꾼이 황매산에 주석하고 있는 오조五祖 홍인弘忍(602~675) 대선사를 찾아간다. 홍인선사가 물었다.

> "너는 어디서 왔느냐? 여기에는 무엇하러 왔느냐?"
> "저는 영남嶺南 신주땅에 사는 백성이온데 멀리 여기까지 와서 인사드리는 까닭은 오직 부처님이 되기 위해서일뿐 다른 일로 오지 않았습니다."
> 그때였다. 한동안 잠자코 있던 홍인에게 퉁명스럽게 꾸짖는 말이 나왔다.
> "네가 영남의 오랑캐인데 어떻게 오랑캐로 부처가 된단 말이냐!"
> 이 말은 마치 사나운 계모가 전실 자식을 신랄하게 닦달하는 것처럼 거기에 사나운 가시가 달려 있었다.
> 그러나 젊은이도 지지 않았다.
> "비록 사람에게는 남북이 있으나 부처의 성품에는 본래 남북이 없으며, 스승님의 몸과 제 오랑캐 몸은 같지 않사오나 두 부처의 성품에야 무슨 차별이 있사오리까?"[2]

당대 최고의 대선사 앞에서 주눅 들지 않고 거침없이 당당하게 자기의 말을 쏟아내는, 나아가 신분과 출신을 가르고 차별하는 혹독한 중세사회의 억압적 제도와 완고한 인식을 시원시원하게 무너뜨

---

2) 고은, 『소설 禪』 2권(창작과비평사, 1995), 150-1면.

리는 저 대자유인이 바로 선사禪史의 새 장을 연 육조六祖 혜능慧能 (638~713)이다.

실유불성悉有佛性이라! 일체의 중생과 생령들과 만유에 갊아 있는 본래 성품이 서로 다르지 않음을 보여주는 격외의 법설이다. 그러나 이 일화에서 나는 사람의 출신과 동서남북을 가르는 온갖 제도적 차별에도 불구하고 본래의 성품과 인권에는 아무런 차이가 있을 수 없다는 인권선언을 읽는다. 아니 나와 남을 분별하고 타자를 배척하는 은산철벽 같은 화이론華夷論과 편견과 차별이 굉음을 내면서 부쉬 지는 통쾌한 스펙터클을 본다. 그러면서 1400년 전 한 나무꾼보다 자유롭지 못한, 나와 남을 구별하고 내국인과 외국인을 차별(우대)하고 배타하는 21세기 한국사회의 완고한 관습이 이 선화 위에 살포시 겹쳐진다. 다시 성자가 된 나무꾼의 일갈이 귓전에 쟁쟁錚錚하게 울려 퍼진다.

"사람의 출신에 동서남북은 있겠지만, 성품(인간의 존엄성과 권리)에는 무슨 차별이 있겠습니까!"

2. 새로운 문학 의제로서의 이주민 문학

이주민문학은 아직까지 그 현실성과 타당성이 검증되지 않은, 고심의 제안이다. 그러면 이런 새로운 제안을 문학 의제로 제출하는 것은 어떤 이유에서인가.

알다시피 1990년대로 접어들면서 모색의 고뇌와 우울한 침묵 사이에서 버텨오던 우리 비평은 새로운 길을 찾고자 절치부심해왔다. 분단체제론·동아시아론·문학권력론 등은 동시대의 비평담론을 주도해온 큰 성과지만, 오늘날 우리 사회와 문학이 직면한 특화된 영역인 이주민/노동자의 문제를 효과적으로 다루기 위해서는 새로운 층위의 비평 담론이 구성되어야 할 필요가 있다. 이러한 상황에서 새로운 제안들이 잇따라 제기되고 있어 주목을 끈다. 최근 주요 문예지들에서 집중적으로 다루어진 '디아스포라에 관한 논의',3) '소수자문학론',4) '약소자문학론'5) 등은 대표적인 예다. 이들 제안은, 역사적 정당성과 진정성에도 불구하고 현실 응전력이 크게 약화된 민족-민중문학론의 해체적 재구성 또는 확장이라는 점에서 주목할만하다. 평론가 오창은의 말대로 1990년대 중반 이후, 민중은 존재하되 문학판에서 민중담론은 해체되었거나 가사상태에서 헤어나지 못하고 있다. 경험된 형식으로서의 언술체계인 담론은 독자적으로 세계를 구성하지 못하며 또한 사물 고유의 불질성과 기호와의 긴장관계를 괄호에 넣고 현실을 외면해 버리는 관념화의 위험성을 내포한다. 그러나 모색의 고뇌와 실천의 의지라는 사회적 구성물로서 현장성을 가질 경우, 현실 속에서 그것은 강력한 물질성을 획득하며 현실화할 수 있게 된다. 『작가들』은 그러한 모색의 고뇌와 실천의 의지가 만나 현장성을 획득하게 되는 전략적 지점의 하나로 이주민移住民/이주민노동자 문제에 주목, 토론의 출발점으로 삼고자 한다.

이주민이란 정치경제 등의 이유로 고국(향)을 떠나온 외국 이민자들을 지칭하는 조어로 외국인/외국인 노동자라는 자민족중심의 배타적인 개념에 대한 반성과 저항의 뜻을 담고 있는 용어이다. 민중담론의 하위범주로서 제기된 이주민문학은, 한마디로 지구화 시대에 출현한 세계적인 차원의 문제에 대한 문학적 대응으로서 정치경제

---

3) 여기에 대해서는 윤인진·김택현·최윤영·신명직·김예림 등이 필자로 참여한 『문학 판』(2006년 봄)의 특집 「탈영토의 흐름들: 디아스포라를 어떻게 볼 것인가」를 참고.

4) 하상일·정미숙 등이 참여한 『작가와 사회』(2006년 가을)의 「우리 사회의 소수: 그 침묵의 목소리 2」를 참고할 것.

5) 여기에 대해서는 오창은, 「지구적 자본주의와 약소자들」, 『실천문학』, 2006년 가을호를 참고할 것.

적인 이유 등으로 고향(조국)을 떠나온 탈향자들을 위한, 탈향자들에 대한, 탈향자들의 문학이다.[6] 우리 『작가들』은 외국인 노동자, 외국인 여성 등 배타적이고 이항대립적인 차별적 용어와 폐쇄적인 자민족중심주의를 넘어서 인류애적 보편주의 정신의 문학적 실천의 일환으로 이주민(문학)이란 새로운 용어를 제안하며, 앞으로도 그 가능성에 대해서 지속적으로 따져보려고 한다.

이주민 문제는 한국에만 국한된 일국적 차원의 문제가 아니라 자본의 지구화 운동 과정에서 본격화한 세계적 차원의 사태로 통상 민족적·문화적 차별같은 글로벌한 갈등구조를 만들어낸다. 한 보고서에 의하면, 귀화 등의 방식을 통해서 국적(시민권)을 얻은 사람들을 제외하고 2005년 현재 1억 7천 5백만 명이 넘는 이주민들이 세계 곳곳으로 흩어져 살아가고(노동하고) 있다고 한다.[7]

우리의 경우, 근대화가 강압적으로 진행되던 근대계몽기부터 수많은 한국인들이 세계 전역으로 흩어지는 집단적 탈향脫鄕이 시작되어 어느덧 650만 명을 상회하는 해외 동포들이 미국·중국·일본·남미 등지에 흩어져 거주하고 있는 것으로 집계되고 있다. 또한 국내에서 국외로의 이민(탈향)뿐만 아니라 국외에서 국내로 유입도 크게 늘어나고 있다. 2005년 현재 결혼·노동·사업 등의 이유로 국내에는 약 70만 명의 외국인이 진출, 체류하고 있다. 이중에서 비숙련 이주노동자는 대략 40만 정도로 내국인들이 기피하는 3D업종에 종사하고 있다. 이들 이주민노동자들은 각종의 산업재해는 물론 55%가 임금체불을, 30%가 폭행을 경험하는 등 심각한 인권침해 상황에 노출되어 있는 실정이다.[8] 이는 미처 정확한 숫자가 파

---

6) 여기에 대한 가장 선구적인 논의로서 설동훈, 「차별과 연대: 외국인노동자 인권침해 실태와 극복방안」(『창작과 비평』 112호, 2001년 여름호)를 꼽을 수 있다.
7) 양혜우, 「아시아의 이주 노동자 현황: 한국 이주노동자를 중심으로」, 『성공회대 아시아NGO정보센터 제4회 공개세미나 발표문』, 2005. 10. 24.

악되지 않는 미등록 이주노동자나 귀화로 인한 국적 획득으로 해당 국가의 시민이 된 사람들을 제외한 것이기 때문에 실제 이주민 이주노동인구는 훨씬 더 많을 것으로 짐작된다.

이런 현실을 감안하여 한국 정부는 의회를 거쳐 지난 2003년 8월부터 〈외국인 근로자 고용 등에 관한 법률〉을 제정, 시행하고 있다. 이러한 제도적인 정비가 있기 전 30만 명을 넘는 이주민노동자들이 코리안 드림의 꿈을 안고 관광비자로 입국하여 미등록 상태로 열악한 환경에서 일해 왔다. 한국정부에서는 이 같은 실태를 잘 인지하고 있었으면서 일손 부족과 고임금으로 인해 경영난에 시달린다는 재계와 산업현장의 호소를 감안하여 이를 묵인, 방조해왔다. 그러나 외국인 노동자 수가 30만여 명을 헤아리고 산업재해·인권유린·임금체불 등의 온갖 문제들이 발생하고, 이에 대한 다양한 요구가 제기되자 정부도 외국인력 도입 및 노동문제를 더 이상 수수방관만 할 수 없게 되었던 것이다. 어떤 측면에서 이는 이주민노동자의 존재와 활동을 합법화하고 제도화하였다는 표면적인 의미에도 불구하고 차별과 억압의 구조를 공식화한 것이며 노동문제의 치환이자 미봉이며 모순의 외연이 확장된 것에 지나지 않는다는 비판도 제기되고 있다.9) 이와 같이 세계화 과정에서 노동과 결혼 등으로 인한 이주민 문제는 문학판에서도 더 이상 방관할 수 없는 중요한 의제로 떠오르게 되었던 것이다.

3. 이주민 문학의 범주와 동향

그렇다면 『작가들』이 제안하는 '이주민문학'의 범주와 구체적인

---

8) 『연합뉴스』, 2006. 10. 24.
9) 여기에 대해서는 설동훈, 앞의 글을 참고.

함의는 무엇인가. 이를 어원학적 · 역사적 · 현실적 · 문학사적 범주 등 크게 네 층위로 나누어 볼 수 있을 것이다.

논의의 편의상 먼저 어원학적이고 역사적 범주를 함께 살핀다. 이주민문학은 철저하게 동시대적(현대적)인 현상으로 고대 및 중세기의 노예제도라든지 디아스포라diaspora 곧 유대인들의 집단적 탈향 같은 종교적인 맥락과는 다르다. 그런데 이 디아스포라는 탈식민주의론post-colonialism의 핵심개념으로 차용되면서 특정 민족과 특정의 종교 맥락을 넘어서 고향(국)을 떠나 세계 전역으로 흩어질 수밖에 없었던 각 민족들의 역사적 상황 곧 민족이산民族離散을 개념화한 용어로 그 외연이 크게 확장(다만 팔레스타인 밖에 흩어져 살아가는 유대인들의 상황 또는 그들의 거주지란 의미로 사용될 때는 대문자 Diaspora로 표기, 구분하는 관행이 있다)됐다. 본래 이 말은 그리스어에서 파생된 것으로 '디아dia'는 '가로지르다, 동떨어지다'라는 의미를, '스포라spora'는 '퍼뜨리다, 분산되다'의 의미였다. 그러다가 이 용어는 역사적 상황의 변화에 따라 점차 그 외연이 넓어져 유태인들의 탈향이란 본래의 의미를 넘어서 16세기 후반에서 19세기 초반 사이에 북미 등지에 노예로 팔려나간 아프리카 흑인들, 나아가 근대사회에서 식민지 상황 등으로 인한 민족적 차원의 탈향을 가리키는 말로 화용론적인 확장이 이루어지게 되었다.[10] 이런 관점에서 보자면 일제강점기 만주 · 일본 · 미국 등 세계 전역으로 퍼져나간 한국인들을 포함하여 경제적인 이유로 한국으로 이주했거나 입국한 외국인 노동자들의 역사적 · 실존적 상황도 넓은 의미에서의 탈향 현상으로 간주할 수 있다. 그런데 이 탈향 현상은 맥락상 완전히 다른 국면을 보여주고 있기는 하지만 근대사회에 들어 더욱 가속화하여 자본의 지구적 확장에 따라 더욱 확장되고 복잡화하였

---

10) 디아스포라에 대해서는 주디 자일스 · 팀 미들턴 지음, 장성희 옮김, 『문화학습』(동문선, 2003), 81면.

다. 이주민문학은 층위나 역사적 맥락에서 볼 때 탈식민주의의 디아스포라와는 분명한 차이가 있다.

탈식민주의는 제국주의 시대 서구열강에게 침탈당한 역사를 되찾고 그 지배체제로부터 벗어나기 위한 식민지 국가(민족)들의 저항담론이라 할 수 있다.[11] '포스트'라는 접두어에서 잘 드러나고 있듯이 그것은 식민주의 굴레에서 해방됐다는 후시성後時性을 의미하면서 동시에 그로 인한 문화적·인식적 영향과 식민주의 이데올로기를 극복하자는 저항의 담론이며 실천이라 할 수 있다. 탈脫식민주의로 번역될 수 있는 포스트콜로니얼니즘은 따라서, 식민주의의 피식민지에 대한 문화와 사회에 끼친 영향이 결과를 문제화하고 그로부터 벗어나고자 하는 초월의 의미를 갖는다. 이에 '주인집 연장을 빌려 주인집을 부수기'란 일각에서의 신랄한 비판에도 불구하고 탈식민주의는 이 같은 자신들의 이념적 전략에 보탬이 된다면 그 어떤 이론이나 방법론과도 제휴하고 이를 자기화하려 한다. 디아스포라 역시 이 같은 탈식민주의 이론가들에 의해 종교적 울을 넘어서 노예제도, 전쟁, 자본의 지구화 운동 등에 의해 보다 가속화한 분산과 이동 그리고 이로 말미암은 단일한 기원과 정체성을 설정할 수 없는 문화적 다양성 및 하위문화subcultures[12]들을 분석하고 살펴보는데 활용되곤 한다.

이주민문학은 배타적인 이항대립을 넘어서 문화민족주의나 토착

---

11) 여기에 대해서는 릴라 간디 지음, 이영욱 옮김, 『포스트식민주의란 무엇인가』(현실문화연구, 2000)와 바트 무어-길버트 지음, 이경원 옮김, 『탈식민주의! 저항에서 유희로』(한길사, 2001) 등을 참고할 것.

12) 딕 헵디지에 의해 제기된 하위문화론이 갖는 위계화, 독점화, 권력화, 중심화 경향에 반대하면서 소수 주체들의 탈주와 복수성에 주목하는 소수자문화란 용어를 대안으로 제시하는 주장도 있다. 여기에 대해서는 딕 헵디지 저, 이동연 역, 『하위문화: 스타일의 의미』(현실문화연구, 1998)와 고길섶, 『소수문화들의 정치학』(문화과학사, 1998) 등을 참고할 것.

주의, 탈식민주의 그리고 민족-민중문학과의 교집합으로서 이들과의 대립과 연대라는 복합적 관계 속에서 그 정체성을 구성해 나갈 수밖에 없는 절충주의 내지 생성의 담론이라 할 수 있다.

다음으로 현실적 범주에 대해서 살펴보자. 신자유주의와 FTA라는 두 단어가 말해주고 있듯이 현재의 노동문제와 이민문제는 이미 일국적 차원을 넘어섰다. 앞에서 살펴본 바와 같이 국내에 유입된 외국인 노동자, 아니 이주민 노동자의 숫자는 70만 명 이상을 헤아린다. 뿐만 아니라 취업·교육 등의 이유로 한국을 떠난 이주자들로 갈수록 급증하는 추세에 있다. 2005년 외교통상부의 통계에 따르면, 재외한인은 남북한 인구의 9%에 해당하는 660만 명이 160여 개국에 퍼져 있으며, 이는 중국인·유태인·이탈리아인의 뒤를 이어 세계에서 네 번째로 많은 디아스포라로 알려져 있다.[13]

UN은 '1년 이상의 의도적 체류를 동반한 국제적 이주를 국제인구이동으로 정의하는데 이 정의에 따르면 한국은 이민이 허용되지는 않지만 이미 다수의 실질적 이주자들이 살아가는 이민국가로 향하고 있는' 상황이다. 이주노동과 함께 바람직하지 않은 국제결혼도 점증하는 추세에 있는데, "2004년 한국의 혼인신고 건수의 11.4%가 국제결혼이고 농촌지역에서는 그 비율이 25%에 달한다."[14] 이들의 대다수는 중국(조선족), 베트남, 필리핀 등 아시아계가 압도적인 다수를 이루고 있으며 이에 따라 한국사회도 다문화 시대 내지 복수혈통사회란 새로운 문화적 정체성을, 다시 말해서 새로운 정체성을 구축할 수밖에 없는 상황에 놓여 있다. 한국에서 결혼과 노동

---

13) 윤인진, 「디아스포라를 어떻게 볼 것인가」, 『문학 판』(2006년 봄), 167면.
14) 여기서 말하는 바람직하지 않은 국제결혼이란 경멸의 의미가 아니라 농촌사람과의 결혼을 기피하는 사회적 풍조로 인해 경제적 수준이 떨어지는 국가의 여성들과 결혼하여 가정을 이루는 한국의 현실을 가리키기 위한 편의상의 용어이다. 같은 글, 170면.

등을 이유로 이주해온 이들이 겪는 가장 큰 문제는 심각한 인권차별과 한국사회와 문화에 적응하지 못하는 무소속성과 문화적 갈등이다. 민중문학, 소수자문학, 약소자문학이 아닌 이주민문학이라는 새로운 문학운동의 현실성은 바로 이 같은 다문화시대의 역사적 현실에 대한 실천적·심미적 요구 때문이다.

끝으로 문학사적 맥락을 살펴보자. 탈향과 이산의 문제는 한국 근대문학의 주요한 현상이며 오래된 주제의 하나였다. 이를 '유이민문학流移民文學'으로 범주화하고 유형별로 고찰한 선구적인 성과가 제출되기도 하였는바, 평론가 윤영천 교수의 『한국의 유민시』[15]가 대표적이다. 그에 의하면, 중세 체제 하에서 관료들의 가렴주구와 수탈로 인한 농민들의 탈향은 유망민流亡民으로 범주화할 수 있는데, 주로 국내 유랑민들이었다. 그런데 일제의 강압적인 침탈과 근대화 과정에서 발생한 탈향은 그 개념과 성격상 층위가 다르다. 만주와 일본 등지로 떠나간 국외 유민들을 비롯하여 계약이민의 성격을 띤 멕시코 및 하와이 등지로 떠난 노동이민 그리고 일제가 대륙침략을 목적으로 유사 국가인 만주국을 세우고, 조선인들을 '이민열차'에 실어 만주국으로 내몬 강제이민 등이 바로 그러하다. 이것을 '본원적 축적'이라고까지 할 수 없어도 이로 인한 농민층의 분해와 이민 그리고 자유노동자들의 발생은 분명 중세시대에 발생한 대규모의 집단적 유랑과는 분명히 성격과 맥락이 다른 것이다.[16] 윤영천 교수는 이를 유이민으로 규정한다. 여기서 말하는 "유이민이란 정치경제적인 이유 때문에 제 고향을 떠나 정처없이 떠돌아가며 살아가는 유민流民들을 가리키는"[17] 말이다. 언어예술이자 당대성을 날카롭게 반영하는 사회적 발언의 한 형식인 문학은 필연적으로 이

---

15) 여기에 대해서는 윤영천, 『한국의 유이민』(실천문학사, 1987)을 참고할 것.
16) 같은 책, 10-1면.
17) 같은 책, 10면.

같은 현상들과 무관할 수 없는바, 최서해 · 이상화 · 김소월 · 이찬 · 김종한 · 윤석중 · 정노풍 · 백석 · 오장환 · 김성진 · 홍사용 · 황훈 · 조영출 · 임화 · 이은상 · 이용악 · 유치환 · 배인철 · 김동환 · 안용만 · 채등진 · 김상훈 등 일일이 열거할 수 없이 많은 작가들의 작품에서 이주민문학의 전사前史라 할 수 있는 집단적 탈향과 유이민의 문제가 그려져 있다.

(1)
만주살이가 좋다 해서 고향도 버리고
할아버지 따라 온 먼 어린 날의 압록강
눈물로 세운 날이 많았더라오.

북풍한설 찬바람에 몰려다니며
불쌍한 동생을 둘이나 없애버리고
삼년 전에 쫓겨 이곳에 왔다 하네.

— 이설주, 「이앙」 부분

(2)
아프리카 연안 Slave Coast는 아직도 울고 있는가
깊은 바닷 속 물결이 일 때마다 그네들의
울음소리 내고 있는가

(…중략…)
흑인들이여
젊은 몸 붉은 피 이기지 못하여
파리로 모스코바로 달리는
동무들이여
또한 내 흑인 부대여
이 고장 떠난 자유로운 내 땅에서도

또 다시 새로운 노예상
아니 낯설은 손님마저
Slave Coast를 그리고 있다.
　　　　　　　　　　　　　— 배인철, 「노예해안—Slave Coast」 부분

　(1)은 만주로 쫓겨 간 재만조선 농민들의 이야기를 다루고 있으며, (2)는 우리문학사에서는 가장 이채로운 장면인 배인철의 '흑인시'의 한 대목으로 제물포항을 통해서 하와이 사탕수수 농장과 멕시코 유카탄 반도의 에네켄 농장으로 팔려간 우리의 서글픈 이산 이야기에 대한 은유이기 하다. 제국주의자들에 의해 저질러진 이 같은 만행을 일국적 차원이 아니라 보편적 인류애와 제3세계적 관점으로 확장한 시인의 탁월한 직관이 놀라울 따름이다. 이런 민족이산과 탈향에 대한 문학적 형상화의 전통은 지금까지 계속 이어져 김용성의 『이민』, 황석영의 『심청』, 김영하의 『검은 꽃』, 박범신의 『나마스테』

네팔 출신 노동자와 한국 여성과의 사랑이야기를 다루고 있는 박범신의 『나마스테』는 노동운동의 국제적 연대와 그 가능성을 보여준 이주민문학의 한 성과이다.

등의 성과들이 산출되고 있다. 그러나 이들 성과 대부분이 국내로 이주해온 이주민들을 배제한 일국적인 차원, 곧 자민족중심주의에 대한 형상화라는 단선적 관점이었다. 우리가 주목하고자 하는 것은 박범신의 『나마스테』처럼 일국적 차원을 넘어서 외국인들의 국내 이주라는, 이른바 노동문제의 국제화와 이주민노동자들에 대한 시야의 확장이다. 이와 관련하여 이주민문제의 두 축을 이루고 있는 국내 이주민과 국외 이주민 문제를 다루고 있는 시편들을 개괄적으로 짚어본다.

　이주민문학은 크게 두 개의 축, 그러

니까 한국인이 국외로 나간 경우와 국외에서 한국으로 이주해온 경우로 나누어 생각해 볼 수 있다. 여기에 대한 문학적인 대응 또한 활발하게 이어지고 있는바, 재일 동포들 곧 자이니치(在日) 문학을 포함하여 유럽 및 미주 지역으로 떠난 한국 이주민들이 생산해낸 문학과 이에 대한 역사적 이해를 담고 있는 국내 작가들의 작품들 그리고 한국 땅으로 이주해온 이주민들의 문학이 모두 이 범주에 해당된다고 할 수 있다. 여기에서 발생하는 문제는 바로 언어의 문제를 어떻게 처리하느냐 하는 것인데, 이와 관련이 있는 역사적 경험과 현실을 반영하고 있는 경우라면 언어문제를 차지하고 일단 이 범주에 포함시켜 적극적으로 검토해야 한다는 것이 현 단계에서『작가들』이 얻어낸 잠정적 결론이다.

이런 점에서 근대국가체제에 대한 냉소와 혹독한 식민지 시기 고향을 등지고 멕시코 유카탄 반도로 떠나간 이주민들에 대한 날카로운 통찰을 보여준 김영하의『검은 꽃』과 네팔 출신의 노동자와 한국인 여성의 사랑 이야기를 축으로 초국가적인 노동운동과 범아시아적 연대의 가능성을 제기한 박범신의『나나스테』그리고 재일 한국인의 정체성 문제를 다루고 있는 사기사와 메구무의『뷰티풀 네임』을 비롯하여 김달수, 김길호, 유미리 등의 작품이 여기에 해당하는 중요한 성과들이다.

이들 가운데서 세 편의 작품, 1986년 재미작가 6인의 작품을 모은『객지문학』의 일부와『작가들』2006년 가을호에 수록된 범 라우티와 단비르 하산 하킴의 작품을 잠깐 살펴보기로 한다.

(1)
남편을 잃은 어머니는
혼자 아들을 데리고 38선을 넘어
6·25를 겪고

아들을 키웠었다

아들은 아내를 데리고
태평양을 건너 뉴욕에 왔단다
아들은 공장에서 낮에 일하고
밤에는 영어를 배우고
아내는 식당에서 일하고
애기를 키우고

휜즈의 작은 아파트에서
손자를 봐주딘
어머니가 돌아갔다
어머니를 공동묘지에 묻고
아들은 혼자 울었다
어머니를 생각하며
미국 땅에 묻힌 어머니의
뼈를 생각하면서
이북에 묻힌
아버지의 뼈를 상상하면서
아들은 아직 어린 아들을 생각하며
공장에서 계속 일을 한다
아내는 남편과 아들을 생각하면서
다시 식당에서 늦게까지 일한다
— 박이문, 「어떤 이민」 전문[18]

(2)
…전략…
법의 사원 안에서

---

18) 고원·박이문·김정기·송상옥·이계향·황영애 공저, 『객지문학: 재미작가 6인 집』(융성출판, 1986), 68-9면.

기본권을 받지 못한 후
인간의 마음 사원 안에
인권을 못 받은 후
아른 상처에 치료를 못 받은 후

오호 나는 낮에 보는 꿈에
내가 낯설다

－ 범 라우티, 「무제 2」 부분[19]

(3)
세상이 옛날처럼 돌고 있다
모든 사람들이 자기 자리에서 항상 바쁘다
달과 태양 그리고 별들이 옛날처럼 빛을 주고 있다
하지만 나의 마음은 어둡다
나는 왜 나처럼 되었나
나의 마음은 아프다

－ 단비르 하산 하킴, 「아무도 모른다 나를」 부분[20]

　(1)은 박이문의 「어떤 이민」이다. 한국전쟁을 치르고 먹고 살길을 찾기 위해 미국 땅으로 이주해간 민중의 생활사, 아니 가족사를 소재로 하고 있다. 온갖 고초를 겪다 이역만리 미국 땅에서 쓸쓸하게 사라져간 어머니야말로 우리 현대사의 알레고리일 것이다. (2)와 (3)은 각각 범 라우티의 「무제 2」와 단비르 하산 하킴의 「아무도 모른다, 나를」이란 작품으로 지난호에서 『작가들』이 발굴, 소개한 시편들의 일부이다. 언어의 장벽과 번역의 문제 등으로 인하여 이들 작품의 진수가 오롯하게 드러났다고는 할 수 없어도 살 길을 찾아,

---

19) 『작가들』, 2006년 가을호, 62-3면.
20) 같은 책, 73면.

코리안 드림의 꿈을 안고 이주해온 이주노동자 시인들의 슬픔과 존재론적 상황을 웅변으로 보여주고 있다. 네팔 출신의 범 라우티는 기본권을 박탈당한 채 혹독한 삶을 살아가고 있는 이주 노동자의 현실을, 그리고 방글라데시 출신의 미등록 이주노동자인 단비르 하산 하킴은 소통이 단절된 채 도시를 배회하는 타자의 고독한 내면과 슬픔을 담담하게 그려내고 있다.

혹독한 식민주의와 민족차별을 경험한 우리가, 뜨거운 심장과 붉은 피를 지닌 이들의 차별을 당연시하고 눈길을 주지 않는 다른 그 어느 누구도 아닌 우리가, 아니 내가 낯설다. 이주민문제는 우리 앞의 현실이고, 그러는 한 이주민문학은 우리 안의 그릇된 인식과 묘한 종족적 차별주의를 바로 잡기 위한 인식의 운동으로서 강력한 현실성을 갖는다.

이상의 소략한 검토와 같이 이주민문학의 문제는 일국적 차원을 넘어서 국제화하고 보다 복잡화되는 양상을 보이고 있으며, 어원학적·역사적·현실적·문학사적인 층위 등 널리 분포되어 있는 간과할 수 없는 의제라 할 수 있다.

4. 배타적 타자성을 넘어서 새로운 연대를 꿈꾸며

이주민문학은 외국인 노동자라는 차별과 모순적 위계체계에 대한 반성적 실천의 표현이다. 아울러 그것은 일국적 차원에서 초국적 차원으로 복잡화하고 세계화한 노동문제와 이주민 문제 등에 대한 대응이기도 하다.

이산과 이주의 문제는 혹독한 식민지 시기와 전쟁, 분단, 그리고 산업화 등을 거치면서 발생한 역사적·문학적 현상으로서 망명, 유랑, 이산, 탈향 등이 모두 이와 밀접한 연관을 갖는다. 1960~70년대 독일로 간 광부와 간호사들, 1970년대 중동으로 파견된 건설노동자 등 개발이 시대적 과제로 주어진 산업화 초기 한국은 대표적인 노동력 수출국가였다. 수출과 산업화를 바탕으로 고도성장을 거듭하던 한국은 1990년대를 지나면서 3D업종에 대한 내국인 노동자들의 기피와 임금상승 등을 이유로 기업들이 외국인 아니 이주민 노동자들을 산업 현장에 투입함으로써 한국사회는 노동력 수입국가로 전입하였다. 이에 따라 한국의 노동문제는 어느새 민족적이고 일국적인 차원을 넘어서 초국가적인 사태로 확장되었다.『작가들』은 한국사회의 차별적인 법 제도와 자본이 만들어낸 외국인 노동자라는 차별적 정체성을 해체하고 민중문학과 노동문학의 외연의 확장을 고심하여왔다. 이주민문학은 이 같은 반성적 성찰의 일환이며 신자유주의 시대에 국제화한 노동문제와 민중문제에 대한 저항담론으로서의 성격을 띤다.

이와 같이 이주민문학은 특권화한 자민족중심의 담론이 아니라 민족-민중문학과 동아시아론과 소수자문학론과의 연대 속에서 존재하는, 실천적 개념이다.『작가들』들이 내부의 정리와 정교한 토론을 충분하게 거치지 못했으면서도 '이주민문학'을 새로운 문학의제로 서둘러 제안하는 이유는 아주 분명하다. 신자유주의와 세계화가 피할 수 없는 대세를 이루고 있는 다문화시대에 보편의 휴머니즘 정신으로 민중문학의 외연을 확장하고 배타적 민족주의를 넘어서자는 것이다. 나아가 외국인이라는 배타적인 용어 대신에 자본에 의해 억압받는 타자와 동일자를 동일한 범주로 통합해내는 열린 시각을 확보하자는 것이다. 이 점에 비추어 이주민문학은 장구한 시간 동안 모색의 과정을 거쳐 온 우리문학의 이념과 운동성과 도덕성을 함께 가늠해볼 수 있는 시금석이 될 것이다.

광기의 역사와 해원解冤의 리얼리즘

─ 황석영의 『손님』에 대하여

형제들아 우리를 위하여 기도하라.
─「데살로니카전서」 5 : 25

1. 『손님』, 분단시대의 필독서

황석영의 서사는 확실히 선이 굵고 솔직하다. 낮고 비루한 소재
들도 그의 손을 거치면 그것은 시대를 비추는 거울로 역사적 디테
일로 생생하게 되살아난다. 이 부활의 언어가 겨냥하는 목표는 문학
이 지닌 치유와 계몽의 힘으로 시대와 맞서는 진솔한 삶의 이야기
를 구축하는 것이다. 그 이야기들은 낮고 남루하되, 결코 비루하지
않다. 나는 이를 리얼리즘의 연금술이라 부르고 싶다.

그런데 이번에 그가 발표한 『손님』은 매우 낯설고 한편으로 당혹
스러웠다. 그는 정녕 리얼리즘의 언어를 포기하고 문학적 전향을 시
도하는 것일까? 난데없는 이 무기巫氣라니… 태작일까? 아니면 새로
운 실험일까? 만일 미적 실험이라면, 그것은 성공적인 것이었는가?

소문난 잔치에 먹을 것 없다고 이른바 중견·원로급으로 분류되

환상과 리얼리즘과 황해도 진지노귀
굿을 결합시킨 『손님』은 황석영 문
학의 분기점이라 할 수 있다.

는 문학 명망가들과 한참 주목받고 있는 '뜨는' 젊은 작가들의 작품을 읽고 실망한 적이 적지 않아 이름에 속지 말고 좀 더 냉정해지자고 다짐을 해온 터였고, 무엇보다도 그가 빼어난 장편 『오래된 정원』을 써낸 지 얼마 지나지 않았기에 『손님』은 작가의 공력이 많이 투입되지 않는 작품일 것이라는 막연한 예단에 사로잡혀 있었다. 그리고 그의 작품들만 모이둔 서가로 『손님』을 슬쩍 미루어 두었던 것이다. 게다가 최근의 나의 관심은 온통 장르문학·만화·사이버스페이스·애니메이션 등과 같이 자본의 새로운 영토로 급부상한 대중적인 장르들에 쏠려 있었고, 자본과 결탁한 이들 대중문화의 작동방식과 기제를 분석하여 새로운 학문적·비평적 실천의 양식과 방법론을 개발·정립해보자는 실로 감당하기 어려운 목표에 결박당한 채 허덕이고 있던 참이었다. 그러던 차에 계절학기 강의를 맡아서 다행히 혹독한 실업失業의 여름방학을 넘기고 나자 이십일 남짓한 시간적 여유를 겨우 얻을 수 있었다. 글쓰기를 업으로 삼고 있거나 인문학을 전공하는 대개의 먹물들이 그러하듯이 여름 내내 활자에 굶주려 지내던 나는 그동안 책상 위에 고이 모셔두었던 책들을 닥치는 대로 읽어나가기 시작했다. 『손님』은 이 난독亂讀의 목록에서도 중간쯤으로 밀어두었던 소설이었다.

대부분의 전후 세대들이 그러하듯 해방공간으로 통칭되는 해방기부터 6·25에 이르는 기간 동안의 역사적 시간대에 대한 나의 수준은 우리 386세대의 필독서였던 『해방전후사의 인식』 시리즈를 포함해서 부르스 커밍스의 『한국전쟁의 기원』, 김윤식의 「해방공간의 문학」을 비롯한 국문학 연구자들의 논문들과 동시대의 작품들, 그리고 이 시기를 '조국해방전쟁시기'로 지칭하는 북한의 『조선문학사』 등등을 읽고 연구해서 얻어진 지식, 곧 경험과 구체적인 실감이 전혀 없는 막연한 관념들뿐이었다.

『손님』은 그런 졸렬한 인식에 풍성한 육체성을 부여해주는 산 체험이었다. 작품을 읽어나가는 동안 내내 나는 8·15에서 6·25까지 황해도 '찬샘골'에 불어 닥친 집단적 광기 혹은 잔혹한 살육의 이야기 속에서 우리가 감당해야 할 지긋지긋하고 저주스러운 업보를 다시 한번 확인했다. 책을 읽는 동안 결코 경험하고 싶지 않은 참혹한 악몽을 꾸고 있는 것만 같았다. 그리고 긴 한숨과 함께 『손님』의 마지막 페이지를 덮고 나자 유령처럼 둥둥 떠다니던 관념적 인식들이 비로소 충격적인 실감으로 육체화하기 시작했다. 작품 속의 류요섭 목사가 그러했듯이 아직도 살아 꿈틀대는 역사적 상흔들과 억울한 죽음들이 발산해내는 시취屍臭들 그리고 일체의 사고 작용과 심장을 정지시켜버릴 듯한 섬뜩한 광기들로부터 당분간 놓여날 수 없을 것만 같다.

어떤 점에서 『손님』은 소설이라기보다는 역사 다큐멘터리에, 또는 우리 민족의 발목을 그토록 완강하게 틀어쥐고 있는 증오와 냉전의 사슬로부터 그 참혹한 귀곡성들로부터 벗어나기 위한 진혼곡이자 해원解冤의 진언眞言에 가깝다. 평론가 도정일 교수는 그런 『손님』을 가리켜 "오래오래 읽힐 것이며 당연히 대학의 필독서 목록에 오를" 것이라는 예언성의 찬사를 덧붙였는데 이런 진술조차 의례적인 인사치레로 들리지 않을 정도로 이 소설은 빼어난 작품성과 문제성을 가지고 있다. 이 글은 괜찮은 교양서의 차원을 넘어 분단시대의 필독서라고 해야 옳을 만큼 빼어난 문학적 성취를 일구어낸 『손님』의 작품성과 문제성을 확인하는 뻔한 절차들을 밟아나갈 것이며, 아울러 그것은 내 자신의 문학적 태도에 대해서 다시 생각해보는 반성적 성찰의 과정이 될 것이다.

2. 광기의 역사와 해원解寃의 진혼가鎭魂歌

황석영만큼 창작과 실천이 조화롭게 통일된 선이 굵은 작가를 만
나는 것은 그렇게 쉬운 일이 아니다. 공사판에서 베트남으로 그리고
금남로와 충장로를 거쳐 다시 평양으로 향했던 그의 행보와 창작은,
놀랍게도 한 치의 어긋남없이 일치한다. 이와 같은 그의 외곬의 행
장은 우리 소설에서 찾아보기 어려운 경이로운 풍경이라 하겠다. 황
석영과 같은 큰 작가의 저 우직한 행보가 우리 문학의 중심을 잡아
주고 있기에 피부로 절감하는 문학의 여러 위기적 징후들에도 불구
하고, 우리 문학이 의연하게 견디어 나갈 수 있게 하는 것은 아닌가
하는 상념에 잠겨보기도 한다. 그의 도저한 창작활동을 지켜보면서
나는 『손님』 앞에 당연히 명기되어야 할 민족문학론과 분단체제론
의 찬란한 소설적 화현이라는 말을 덧붙이는 것이 왠지 공연한 비
평적 췌언贅言이 아닌가 하는 생각마저 들었다.

이번에 그가 펴낸 장편 『손님』의 행보는 황해도 신천의 〈찬샘
골〉로 향해 있다. 소설 속의 화자 류요섭 목사는 황해도 신천 찬샘
골 출신의 실향민이며 재미교포이다. 부룩클린에서 목회활동을 하
고 있는 류요섭이 어느 날 뉴저지에 홀로 살고 있는 형 류요한 장
로를 만나러 간다. 〈이산가족상봉 추진회〉에서 주관하는 고향방문
문제를 놓고 형과 상의하려는 것이었다. 느닷없는 요섭의 제안에 처
음에는 냉담한 반응으로 일관하던 요한이 동생의 고향방문을 마지
못해 승낙을 하고, 요한은 불쑥 귀신에 대해서 어떻게 생각하느냐는
황당한 이야기를 꺼낸다. 지난날의 죄책감과 정신적 내상이 기억 속
에서 항상 귀신처럼 떠돌게 되는 그런 요한의 모습이야말로 6·25

하면 무조건 빨갱이와 증오심부터 떠올리는 전쟁체험 세대의 한 전형일 것이다. 그리고 전 세계를 극한적 대립과 증오로 몰고 갔던 냉전 이데올로기는 물론, 6·25라는 희대의 역사적 비극을 온몸으로 겪어야 했던 당사자들의 씨줄과 날줄로 얽히고 설킨 복잡한 관계에다 전쟁에 대해서라면 무조건 치를 떠는 이들 전쟁체험 세대의 강렬한 주관적 경험주의가 아마도 최대의 민족적 비극인 6·25를 객관화해서 바라볼 수 없게 하는 것이고, 우리로 하여 선뜻 화해와 상생의 마당으로 나설 수 없게 만드는 최대의 저해 요인들이다. 부르스 커밍스처럼 자유롭고 객관적으로 『한국전쟁의 기원』과 같은 책을 쓸 수도 연구할 수 없는 이 어처구니없는 현실, 그것이야말로 요섭과 요한의 아니, 현재 우리가 겪고 있는 현실 상황을 압축적으로 드러내는 것일 터이다. 아마도 『손님』에서 우선적으로 평가되어야 할 부분이 있다면, 이처럼 정서적으로나 심리적으로 비교적 자유로울 수 없는 금단의 소재를 과감하게 소설의 영역 속으로 끌어들였다는 점일 것이다. 그래서 요한을 비롯한 소설 속의 인물들은 더할 나위없이 현실적인데, 작품 중·후반기를 지나면서 점차 밝혀지는 바와 같이 요한은 집단적 광기와 유혈의 소용돌이의 한 복판에 서 있었던 당사자였던 것이다.

기실 『손님』은 아주 거북한 소설이거니와, 그것은 비단 이 소설이 아주 곤혹스러운 금기의 소재를 다루었다는 사실 외에도 작품 자체의 독특한 서사적 구성에서 비롯된다. 다시, 요섭이 요한을 만나러 가는 작품의 초반부로 되돌아 가보자. 어떤 이야기를 하고자 함인지 잘 분간이 되지 않을 정도로 시종일관 『손님』은 현실과 환상 그리고 파편적인 이야기들이 토막토막 분절·병치되어 있다. 말하자면 거북한 이야기를 거북한 형식에 담았다고 할 수 있는데, 악귀처럼 우리 민족의 발목을 틀어쥐고 있는 불편하고 곤혹스러운 과거지사를 거북한 이야기 형식에 담아냄으로써 『손님』은 독특한 미적 효과를 만들어내고 있다. 이렇게 산만하고 분절적 이야기들 틈바구니에서 문득 이루어진 두 형제간의 만남은 경건한 심방기도로 마무리되고, 이야기의 중심이 요한의 시점으로 바뀌면서 작품의 대체적인 윤곽이 어렴풋하게 그 정체를 드러내기 시작한다. 동네 머슴으로 떠돌던 이찌로(一郞)가 리당위원장이 되었고, 그 일랑이를 요한이 권총으로 사살했다는 진술과 순남이란 인물을 전봇대에 매달아 죽였다는 충격적인 이야기들이 꼬리를 물고 이어지면서 『손님』은 갑자기 섬뜩한 긴장감을 동반하는 유혈의 이야기로 돌변한다. 고향 방문을 앞둔 시점에서 형 요한이 죽고, 요섭은 형 요한을 화장하고 남은 뼛조각의 일부를 품에 안은 채 형의 혼백과 함께 마침내 50년 만에 '손님'의 자격으로 고향방문을 결행한다.

글머리에서 나는 마치 몸을 얻지 못하고 허공을 떠도는 중음신中陰神들처럼 머리 속에서만 붕붕 떠다니던 관념적 지식들이 『손님』을 읽고 나서 비로소 탁태託胎되어 몸을 얻게 되었으며, 따라서 그런 『손님』이 내게는 동시대 역사를 생생한 실감으로 가르쳐준 다큐멘터리이며 교사와도 같은 존재였다고 언급한 바 있다. 과연, 『손님』에는 역사서나 학술논문 어디에서도 확인할 수 없었던 손에 잡힐 듯한 디테일한 진실들이 형 요한·순남 등 다양한 인물 군상들의 입을 통해서 거침없이 쏟아져 나온다. 가령, 고향방문단의 일행이었던 한 실향민의 다음과 같은 진술에서 알 수 있듯이,

"모두들 원자폭탄을 떨어뜨린다구 해서 남쪽이 어딘지 뭘 하구 살건지 아무런 대책두 없이 그냥 식구들 데리구 집을 나서는 형편이었지요."[1]

6·25를 전후해서 꼬리를 물었던 월남의 물결이 북한의 정치체

---

1) 황석영, 『손님』(창작과비평사, 2001), 61면. 이하 인용한 면수만을 표시함.

제에 대한 환멸과 강압적인 토지분배라든지 유산계급에 대한 정치적 탄압으로 인한 것만은 아니었으며, 맥아더에 의해 치밀하게 계획되고 실행에 옮겨질 뻔했던 원폭 투하와 그에 대한 북한 주민들의 집단적 공포심 때문이었다는 것은 하나의 대표적인 사례이다. 아울러 서북 지역의 초기 기독교사라든지 제너럴 셔먼호 사건에 대한 자세한 묘사라든지 찬탁운동의 전모에 대한 새로운 진술들 역시 『손님』에서 놓치기 아까운 대목들이다. 게다가 순박하고 인간미 넘치는 북한 사람들의 모습 위에 덧붙여진 북한 사회의 구체적 실상들―고도로 관리되고 통제되는 사회의 모습이라든지 전력사정이 좋지 않아 온갖 불편과 고통을 감수해야 하는 곤궁한 생활상들 그리고 빈약한 외환 상점의 풍경 등―에 대한 묘사는 작가의 균형감각과 『손님』의 현실성을 강력하게 뒷받침해주고 있는 고도의 미적 장치들이라 할 것이다.

그러나 무엇보다도 『손님』에서 최고의 압권은 단연 집단적 광기라고 표현할 수밖에 없는 황해도 신천(찬샘골)에서 벌어진 집단학살에 대한 묘사이다. 지극히 평범한 마을이었던 황해도 신천의 '찬샘골'에 유혈의 광풍이 휘몰아치기 시작한 것은 해방 직후부터이다. 주지하듯 이 시기(1945. 8. 15~1948. 8. 15)는 "모든 것이 가능했지만, (실제로는) 아무런 가능성도 없었던 공간"2)과도 같았던 진공의 시간이었으면서 동시에 자주적 민주·민족국가를 건설하려 노력했던 민중적 고투의 시기, 그리고 좌우의 극심한 대립과 미·소에 의한 세계분할이라는 국제적 규정력으로부터 자유로울 수 없었던 격변의 시대였다. 이와 함께 이 시기는 유산자와 무산자가 엄연한 불평등한 계급구조와 사회관계로 인해 각종의 모순이 응축되고 그 내부로부터 내연內燃하던 온갖 모순과 갈등이 전면적으로 폭발했던 격

---

2) 김윤식, 「해방공간의 문학」, 『해방전후사의 인식』 제2권(한길사, 1985), 478면.

변기가 바로 『손님』의 시공간적 배경이다. 해방정국의 혼동과 6·25를 계기로 해서 이와 같은 갈등과 대립은 더욱 증폭·격화되었으니 요한·요섭 형제의 고향 '찬샘골'이라고 해서 예외일 수 없었다. '찬샘골'은 바로 그와 같은 대립과 갈등이 전면화된 역사적 시기, 나아가 불행했던 우리의 비극적 현대사를 압축적으로 대표하는 일종의 환유적 공간이라 할 수 있다.

『손님』은 갈등의 미학이라 할 수 있을 만큼 허다한 갈등관계들이 복잡하게 얽혀 있는바, 무산자와 유산자의 계급갈등을 중심축으로 해서 토착신앙과 기독교, 친구와 또래 집단들 사이에 얽힌 개인적 은원과 이념적 반목, 그리고 형제·부부·부모 등의 사이에서 벌어지는 육친간의 대립 등 복잡하고 다양한 갈등의 양상들이 형상화되어 있다. 『손님』의 빼어난 문학적 성취와 현실성을 뒷받침하고 있는 것은 이와 같이 좌우의 이념대립이나 계급간의 갈등이라는 단순 도식을 넘어서 등장인물들 간에 얽혀있는 복잡하고 중층적인 갈등의 양상을 섬세하게 포착·반영하고 있다는 점일 터인데, 이렇게 다양하고 복잡한 갈등의 양상들도 결국에는 유산자와 무산자간의 대립으로 강제적으로 통폐합되고 만다.

요섭의 형 요한이 기독교계의 반공세력을 대표하는 인물이라면, 순남과 일랑은 각기 소작인·광부·머슴으로 떠돌던 기층민중 출신의 사회주의 세력을 대표하는 인물들이다. 이 무지막지한 양분법의 세계에서 벗어난 중도적 인물로는 고작해야 이 모든 사건과 이야기를 진술하는 귀신들과 독자 사이를 매개하는 소설 속의 화자이면서 일종의 영매사 역할을 하고 있는 류요섭 목사와 북한에 정착해서 신앙을 포기하지 않고 여전히 독실한 크리스찬으로 살아가고 있는 그의 외삼촌 안승만 정도이다.

류요한과 함께 작품 속에서 신천리 대중학살 사건의 전모를 전술하고 있는 주요 인물이 바로 순남인데, 그는 일제 강점기 시절 동양

척식회사에 땅을 빼앗기고 소작인으로 광부로 떠돌던 이른바 무지하고 순박한 기층민중이다. 이런 그가 전위적 인물로 전화된 것은 은율의 농민공제회와 금산포 광산의 노동운동과 대면하면서부터이다.

반면, 요한과 요섭은 조부(류삼성) 때부터 대대로 기독교를 믿어온 개신교 가족으로 아버지 류인덕 장로가 동척의 마름노릇을 하면서 치부하여 가세를 불려나간 이른바 친일 지주의 집안의 한 전형이다. 이들이 정면으로 충돌하고 격렬한 대립으로 치닫게 된 것은 해방과 함께 황해도에 소련군이 진주하면서부터이다. 류요한(환영)은 당시의 정황을 동생 류요섭에게 이렇게 진술한다.

"우리 군에 인민위원회가 생겨난 뒤에 가보니 정말 한심하더라. 어중이 떠중이에 머슴 건달 떠돌이 따위들인데 누가 보아도 고향에서 대접 못 받던 놈들을 긁어모은 것이라. 우리는 당연히 인민위원회와 결별하고 교회 중심으로 모여 있었지."(119-20면)

"이찌로는 자작농들 여럿이서 추렴을 해서 고용한 동네 머슴이었지. (……) 이찌로가 박일랑 동지로 둔갑한 것은 해방되고 나서 겨우 반년 만이었어. (……) 임시 인민위원회에서 토지개혁령이 내려왔는데 그걸 시행하겠다면서 소작지 무상몰수 처분을 받겠느냐 아니면 공평한 분배를 위해서 헌납하겠느냐 하더래. 녀석이 글을 모르는 줄 알고 나는 눈이 어두워 공문이 보이지 않으니 읽어달라구 했더니 이찌로가 읽더래. 아버지는 집어치우라구 종잇장을 채뜨려서 박박 찢어버렸지. 그때 눈앞에 불이 번쩍 하더래요, 이찌로가 아버지 면상을 후려친 게야."(134-5면)

이찌로처럼 출신과 근본도 알 수 없는 불한당같은 상놈들이 어느 날 갑자기 붉은 완장을 차고 와서 선대로부터 피땀을 흘려 장만한 가산을 강탈해갔다는 것, 그리고 그간 베풀어주었던 은혜를 헌신짝처럼 내던지고 입에 담을 수 없는 폭언과 폭행을 일삼았다는 것 따라서 그 배신감과 억압에 치를 떨던 유산자 계급들이 교회를 중심으로 해서 해방직후부터 1·4 후퇴 때까지 줄곧 좌파들에 대항해서 격렬하게 저항할 수밖에 없었다는 것이다. 이 같은 요한의 진술에 대해서 순남(환영)은 이불도 없이 잠을 자고 아이들에게조차 반발을 듣던 반편 이찌로가 글을 배우고 '동무'로 전화하기까지의 비참한 삶의 역정을 이야기한 다음, 의식화 학습의 정경과 자신들의 강력한 투쟁으로 나갈 수밖에 없었던 사정을 담담하고 침착하게 진술해 나간다.

"동무들이 돌아가서 동네 촌장이나 점잖은 지주어른에게 내 땅을 내놓으라고 할 수 있겠소? 상대는 눈 부릅뜨고 어느 안전에 내대는 버르장머리냐 호통을 칠 것이오. 여기서 주눅이 들면 동무들은 영영 봉건의 노예가 됩니다. 그들은 대대로 동무들 같은 조상들의 피를 짜낸 원쑤들이며 타도해야 할 인민의 적이란 것을 잊지 마시오. 여러분 할 수 있습니까? 더 크게 대답하시오. 아, 물론 작은 동네에서는 인정도 있고 거스를 수 없는 안면도 있을 거요. 이걸 칼로 베듯이 자르지 않으면 해방은 영영 오지 않소."(139면)

흔히 전쟁체험 세대들이 좌파의 이념을 비판하기 위해 동원하는 사실들이 대대로 같은 동리에서 살을 맞대고 살아왔던 이웃들과 머슴들의 배은망덕한 안면 바꾸기와 잔악상을 폭로하는 것으로써 이들이 보인 도덕적·인격적 결함을 공격하는 것이었는데, 그것이 실은 수천 년 동안 정당한 대우를 받지 못하고 묵묵히 참아가며 살아가던 쌍놈들의 울분이 폭발한 것에 지나지 않으며 그와 같은 불평한 사회관계를 청산하기 위해서 거쳐야 하는 불가피한 과정이었다는 것이다. 이 와중에서도 황석영은 순남의 입을 통해서 일방적으로 좌파를 일방적으로 긍정하거나 정당화하지 않고, "나 겉은 촌무지렁뱅이넌 분간 못할 지경우루 파벌이 많"았으며 "책읽던 주의자덜",

"행세식 주의자덜", "걸렁대던 건달꾼들"에 의해 필요 이상의 패악이 많이 저질러졌다고 말함으로써 당시 좌파들의 일반적 한계와 문제점을 지적하는 결코 균형감각도 잊지 않는다. 이와 같이 임계점을 향해 맹렬하게 끓어오르던 대립과 반복이 격화·증폭되면서 결국 신천리에서의 대량 학살로 비화된다. 요컨대 해방과 6·25 그리고 인천상륙과 1·4 후퇴로 이어지는 역사적 과정이, 인민위원회에서 기독교청년단으로 다시 인민군 패잔병들의 신천리 진주와 청년단의 재규합과 해리슨 중위가 이끄는 소대 병력의 지원으로 이어지고 결국 청년단원들간의 내분 등등의 사건들과 결합되고 중첩되면서 신천리 주변의 군민 삼만오천여 명이 학살당하고 마는 엄청난 참극이 빚어지고 만다. 인민군 패잔병들이 구월산 유격대와 극렬 기독교 청년단원들이 임시로 접수했던 신천리를 기습·접수하여 신천리 주민들을 반동으로 몰아 무고한 인명을 살상했으며, 다시 미군의 지원을 받은 반공청년단원들이 역습을 가하여 군청당사를 점령하고 근처의 방공호 속에 남녀노소 수백 명을 좌익 부역자라는 미명 하에 가둬 놓고서 석유를 뿌리고 불을 붙여 군민을 대량으로 학살하는 만행을 저지른다. 아래의 요한과 순남의 진술은 그와 같은 당시의 정황을 짐작할 수 있게 해주는 증언들이다.

　　"뒷마당 우물에서 시체 삼십여구를 발견했지. 거기서 상호 아버지 조장로의 시체도 나왔다. 우물에 빠뜨린 뒤에 수류탄을 까서 넣었던 모양이야."(205면)

　　"아이덜이 울어대니까 한놈이 딸애럴 두 팔로 잡아 위로 쳐들었다간 거저 땅에다 패싸대기럴 치더만. 아가 죽었던지 찍쩍 소리두 없이 널브러제서. 내 처가 아이에게 달레들레니간 무엇이 바람소릴 네멘 날라들더니 픽 하넌 소리가 들렸다. 바루 내 눈 앞에서. 머리가 깨져 땅바닥에 고꾸라진 아내으 머리에서 피가 스물스물 흘러나오는 거이 보이데.

나넌 거저 포기를 했다."(212-3면)

이렇게 증오와 집단적 광기에 사로잡힌 신천리 찬샘골 주민들 사이에서 피와 복수를 부르는 연쇄적인 대량학살이 꼬리를 물고 이어진다. 그리고 이 과정에서 신천리 군민들은 선택의 여지도 없이 불가피하게 기독교인·지주·친일분자·한독당·반공주의자 등을 포함한 유산계급과 소작인·머슴·사회주의자 등을 포괄하는 무산자 계급 어느 한 편에 가담하지 않으면 안 되는 어처구니없는 편가르기에 휩쓸리고 만다.

『손님』의 뛰어난 점은 어떤 특정한 입장을 강요하는 것이 아니라 동일한 사건을 서로 다른 처지와 관점을 지닌 인물들로 하여 이야기하게 함으로써 사건을 객관화하고, 독자들이 이를 보다 심층적으로 이해할 수 있도록 유도하고 있다는 사실이다. 바로 이 점, 이를테면 자신의 주관적 판단을 최대한도로 억제하고 서로 상반된 위치에 선 인물들이 자신의 입장을 담담하게 진술하게 하는 교차시점의 방법을 동원해서 매우 민감하고 거북한 소재를 능란하게 요리하는 작가의 저 농익은 노련함에 새삼 탄복을 금치 못하게 된다.

또한 구천을 떠도는 억울한 영가靈駕들을 차례로 소환하여 그들의 이야기를 듣고 전달해주는 영매사이며 작가의 분신이기도 한 여행자 류요섭은 재미교포이며 남과 북 어느 한편에도 서지 않은 중립적인 존재가 아니던가. 이른바 중립적 전달자에 의한 사건의 객관적 진술! 그가 이러한 서사전략을 채택한 것은 복합적인 계산의 결과로 여겨지는데, 우선 그것은 우리 모두에게 여전히 껄끄럽고 자유롭지 못한 주제를 다루기 위한 고육책이라 할 수 있다. 그리고 작품의 말미에서 가서 확연하게 드러나듯 요섭이 형 요한의 뼛조각을 고향에 묻는다든지, 작가가 전통 무가를 동원하여 억울한 죽음들의 천도遷度하고 한바탕 해원解冤·진혼鎭魂의 굿판으로 대미를 장식할 수 있었던 것도 따지고 보면 어느 한 편을 일방적으로 정당화하지 않는 중립화의 서사전략이 뒷받침되어 있기에 가능할 수 있는 것이다. 물론 이 같은 좌우 원융圓融의 중립성은 아마도 민족화해와 통일에 대한 작가의 강렬한 염원이 실제의 역사적 현실과 끝없이 갈등을 빚고 길항하기 때문에 채택되어야 했던 유일한 현실적 방법일 수밖에 없는 것이기도 하다.

3. 조금은 느닷없고 억지스런 화해 그리고 우리에게 남겨진 과제

『손님』은 일종의 여행기이다. 그것은 통상적인 의미에서 여행이 아니라 비극의 기원과 근본원인을 정확하게 드러내기 위한 탐색의 한 방법이며, 아울러 분단체제가 낳은 억울한 원혼들과 분단과 이산의 통한을 해원하기 위해 고안된 여행이다. 분단의 반세기만에 이루어지는 류요섭의 고향 방문이 어떻게 비춰지든 간에 작가 황석영은 이 여행을 통해서 과거의 청산과 민족의 화해의 길을 모색하고자 류요섭의 방북을 기획했을 것이다. 이렇게 해서 성사되는 류요섭 목사의 고향방문기는 황해도 전통무속인 지노귀굿 열두 마당에 고스란히 담겨있다. 황석영이 목사의 여행을 전통 서사무가의 형식에 담는 괴이한 파격을 스스로 자처한 것은 우리 근대사의 실체적 진실을 밝혀내려는 의도에서인데, 그래서인지 민족적 정체성과 고유성을 중심에 설정하고 그 외의 어떤 것들도 비본질적인 것으로 주변화하는 『손님』의 서사전략이 특히 눈에 띤다. 따라서 목사의 고향여행을 황해도 전통의 서사무가 가락에 담아낸 것은 당연한 고향길조차 완강하게 막아서는 분단과 실제 현실의 장벽을 넘어서기 위한 고심의 방법이라 할 수 있다. 이렇게 이미 사멸해 버린 전통가락에라도 의지하여 공통의 영역을 찾아내야만 하는, 그리고 고향을 '손님'의 자격으로 방문할 수밖에 없다는 불합리와 아이러니야말로 우리 민족의 비극적인 상황을 압축적으로 드러내는 것일 터인데, 이를 감수하고서라도 류요섭의 방북여행을 성사시키려 한 것은 물론 황석영의 강렬한 이념적 지향과 염원 때문이다. 그 때문인지 작가는 이러한 의도를 적극적으로 드러내는데 조금도 망설이지 않는다.

그에 의하면, 류요섭 목사와 우리를 '손님'으로 만들어 버리고 지극히 평범한 마을 '찬샘골'을 유혈이 낭자한 비극의 공간으로 탈바꿈시켜버린 것은 기독교와 맑스주의로 대변되는 외래의 사상들이다.[3] 이들을 '손님'으로 지칭하고 이들 손님들에 의해 거꾸로 우리가 손님으로 전락하고 말았다는 저 신랄한 인식은 작가만의 고유한 문학이념이라 할 것인데, 그렇다고 해서 그를 편협한 보수 민족주의로 이해해서는 곤란하다. 왜냐하면 그의 민족주의는 분단체제와 제국주의에 대한 비판적 타자성으로서, 말하자면 우리 민족을 분단으로 몰아간 외래의 모든 것들에 대한 비판적 접근과 강조로 인한 보색대비 효과이며 아주 사소하고 일시적인 착시 현상에 지나지 않기 때문이다. 그만큼 통일과 분단체제 극복은 황석영 문학에서 결코 양보할 수 없는 절대명제인 것이다. 그 절대명제가 육화된 것이 바로 민족주의이고, 『손님』이라 할 수 있다.

주지하듯 『손님』의 주제어는 해원解寃을 통한 과거청산과 화해이다. 분단의 반세기만에 어렵게 결행하게 된 류요섭 목사의 고향여행의 성격은 '과거청산'과 '화해'라는 이 여섯 글자로 요약될 수 있다. 아마도 황석영은 해원을 향한 자신의 육자진언六字眞言이 독자들의 가슴속으로 파고 들어가 통일의 대합창으로 삼천리 강토에 울려 퍼지기를 염원하는 마음으로 이 소설을 써 내려갔을 것이다. 그러나

---

3) 「작가의 말」, 『손님』, 261-2면.

작가의 뜨거운 열정을 이해하지 못하는 바는 아니지만, 그 여정이 과도한 탓에 작품의 마무리는 뜻밖에 느닷없고 싱겁다. 형 요한의 뼛조각을 고향의 한 귀퉁이에 묻는 실향민과 고향과의 상징적인 화해는 그렇다 쳐도, 요한과 순남과 일랑을 포함한 수많은 억울한 죽음들이 아무런 갈등도 없이 서로 다른 입장의 차이만을 드러내는 고백을 하고 한데 어울려 천도됐음을 암시하는 결말이나 그들의 천도를 기원하는 지노귀굿 한 자락을 읊는 것으로써 그 팽팽했던 대립과 과거의 상처를 마무리하는 것은 너무 황당하고 맥이 빠지는 것이다.

그러나 이 역시 나의 터무니없는 기대감과 조급함이 빚어낸 억지스런 불만에 지나지 않는다. 솔직히 말해서 지금의 시점에서 이런 살풀이 이외에 달리 무슨 방법과 대안이 있을 수 있단 말인가. 어찌 보면, 근사한 대안과 전망을 제시한다는 것 또는 이를 기대한다는 것 자체가 허구이고, 망상인 것을. 사실 이렇게 해서라도 화해와 상생의 길을 찾기 위해서 부단히 노력해야 하는 게 아닌가. 따라서 대안과 전망의 부재로 해석될 수도 있는 결말 부분의 조금은 느닷없고 억지스러운 화해는 작가만의 한계라기보다는 우리 모두의 한계이며, 현존하는 역사 현실이 제약하는 불가피한 현상이라 할 수 있다. 그리고 문학이 무엇을 해내야만 한다는 생각, 대안과 전망에 대한 과도한 집착에서 조금 유연해질 필요가 있다는 것을 우리에게 일깨워주고 있는 작품이 바로 『손님』이다. 기실 수많은 연구와 논문들이 묘사해내지 못했던 지난날들의 역사적 진실을 이렇게 생동감 있게 그려내고, 이를 우리에게 환기시켜주었다는 점 하나만으로도 『손님』은 그 소임을 다했다. 이런 이유에서 나는 황석영의 『손님』을 편협하고 도식적인 리얼리즘론의 잣대로 읽지 말자는 제안하고 싶다. 왜냐하면 『손님』은 리얼리즘을 넘어선 또 다른 리얼리즘, 바로 민족화해를 대승적으로 지향하는 해원의 리얼리즘이기 때문이다.

디아스포라, 오디세이

— 황석영 『심청』, 김영하 『검은 꽃』에 나타난 공간 확장의 의미

1. 문학 공간의 정치학을 위하여

1904년 인천. 러일전쟁의 포연이 자욱하게 황해바다에 내려깔리던 겨울. 함박눈이 엄청나게 쏟아지는 날이었다. 전설 속에서 입으로 구전되던 연화보살 심청이 일흔 아홉의 일기로 파란 많은 방랑의 일생을 마감했다. 그 뒤로부터 일 년을 조금 넘긴 1905년 4월 4일 천 삼십 삼명이 영국 상선 일포드Ilford 호에 몸을 맡긴 채 제물포 항에서 태평양을 건너 멕시코 유카탄 반도의 에네켄 농장을 향해 돌아오지 못할 길을 떠났다. 심청의 그것은 귀환이 예정된 오디세이 형 방랑이었던 것에 비해 이들의 집단적 탈향은 기약 없는 한국판 디아스포라diaspora였다는 점에서 이 둘은 뚜렷하게 구별된다.

그리고 방랑의 일생을 보낸 심청과 이들 탈향자들에 대한 기억들마저 진토塵土가 될 만큼의 세월이 흐른 뒤 탁월한 두 명의 영매술사들이 그들을 한국문학사 속으로 귀환시켰다. 일백년에 조금 못 미치는 2003년 어느 날이었다. 이들의 탁월한 영매술은 이미 『손님』이나 『아랑은, 왜』 등에서 익히 보아온 터이고, 『검은 꽃』에서는 아예

『심청』과『손님』은 모더니티의 문제를 소설 공간의 확장을 통해서 다루고자 한 유의미한 성과이다.

박수무당이 이역만리 타향에서 한바탕 내림굿을 펼쳤을 정도이다.

우리 문학사에서 유랑이나 기행紀行을 소재로 한 이야기 전통은 그렇게 낯선 풍경은 아니다. 문학사에 등장하는 수많은 연행록들과 견문록, 개화를 외치며 유학길에 올랐던 신소설 속의 주인공들, 부관연락선과 경부선 철도를 타고 이동하던『만세전』의 주인공 그리고 베트남 전쟁을 다루고 있는 몇몇 소설들 모두 한국문학의 공간을 확장한 작품들이었다. 그러나『심청』이나『검은 꽃』처럼 머나먼 오디세이의 여정을 밟아야 했던, 또는 자본의 논리에 의해 추동된 디아스포라라는 새로운 근대적 상황을 정면에서 다루고 있는 작품은 대단히 희귀한 사례에 해당된다. 물론 이 작품 모두 식민지 근대화가 폭압적으로 작동되던 시점으로 거슬러 올라가 시간과 함께 기억 속에서조차 퇴색했던 작은 사건들과 무시간성의 설화에 시간성을 부여한 근대의 이야기요, 근대사의 크로니클이라 할 수 있다. 그렇다면 정녕 이들 작품은 시간적이기만 한 텍스트들인가. 이들 텍스트에서 어떤 공간적인 의미를 읽어낼 수는 없는 것인가?

2. 유랑의 근대와 국가주의에 대한 조롱

먼저 황석영의 『심청』. 작가는 작품 후기에서 자유로의 택시 안에서 동아시아의 지중해인 황해를 향해 날아갈 오리 떼들을 바라보다가 중국 난징 상인들에게 팔려나간 조선의 어린 소녀들의 이야기, 이른바 '심청굿'이 매춘의 오디세이아임을 문득 돈오頓悟하게 되었다고 한다. 『심청』처럼 판소리나 굿 또는 설화와 같은 전통서사에 새로운 주제와 이야기를 덧씌우는 방식의 내러티브 전략은 이미 채만식·김동리·최인석·성석제 등의 작가들에게서 익히 보아온 터이지만, 소설이 자기를 배태한 역사적 시점을 차분히 응시하며 자신을 키워낸 아버지 서사들 곧 설화와 전설로 원시반본原始反本[1]하는 형태의 서사는 황석영에 이르러 그 형식과 의미가 비로소 중량감을 얻게 된 것이 아닌가 싶다.

원시반본형 서사로서의 『심청』은 여성영웅담과 충효라는 설화적 장치들을 걷어 내버리고 그 형태와 모티브만을 차용한 한 개인의 수난사이자 교양소설이라 할 수 있다. 그리고 여기서의 교양은 단순히 한 개인의 성장과 정신적 각성에서 끝나는 평범한 형식이 아니

---

1) 처음 출발한 근본 원점으로 돌아온다는 뜻으로 무왕불복(無往不復)이라고도 한다. 우주의 진리가 무시무종(無始無終), 불생불멸(不生不滅)로 무한히 돌고 순환한다는 의미이다. 여기에서는 근대소설이 자신이 떠나온 자리들, 말하자면 설화와 전설 그리고 동아시아의 전통서사들로 귀환하거나 이들을 모티브로 활용하는 일군의 소설들을 지칭하기 위한 편의상의 용어로 사용하고 있다. 최근에 발표된 김탁환의 『부여 현감 귀신체포기』는 「전우치전」이라든지 『상해경』 또는 조선시대의 지괴소설들을 적극 활용하고 있는바, 이 역시 원시반본형 소설의 흐름을 잇는 현상으로 볼 수 있을 것이다.

라 일종의 근대에 대한 학습으로서 심청沈淸에서 렌화(蓮花)로, 로터스에서 렌카로 여러 이름으로 유랑하며 전전하다가 제물포로 돌아와 심청으로 귀환하여 삶을 마감하는 복잡한 전기의 형태를 띤다. 「작품해설」에서 류보선은 이를 '상품화된 인간과 모더니티의 역설'이라 명명하고 심청의 인생유전에서 거부할 수 없는 모더니티의 논리를 읽어낸다.

그렇게 심청은 거듭 태어나며 또 다른 곳으로 옮겨갈 때마다 그곳의 아비들에게 새로운 이름을 부여받는다. 심청이 살게 될 그것은 심청의 자의식을 인정하지 않을뿐더러 또한 자의식을 유지할 경우 살아갈 수도 없는 어떤 곳이며, 이전의 나를 버리고 다시 태어나야 할 정도로 이전과는 완전히 단절된 시·공간인 것이다. 심청에게 모더니티 그것은 이처럼 심청의 삶을 근본적으로 뒤바꿔놓는 계기, 그러니까 이전의 심청은 죽고 새로운 심청이 태어나는 것과 같은 계기가 된다.[2]

이렇게 볼 때 심청이 만들어낸 저 매춘의 오디세이아는 해일처럼 어느 날 문득 예고 없이 들이닥친 근대라는 역사적 격변을 한 개인의 방랑과 귀환을 통해서 그 본질을 탐사하려 한, 일종의 한국형 설화소설이라 할 수 있다. 그런데 원시반본형 서사는 불가피한 한계를 가질 수밖에 없다. 요컨대 리얼리즘적 전망―곧 소설의 미래지향성과 현재성―을 버리고 오직 기원을 향한 탐구에 집중하다보면, 결국 작품이 고고학적 상상력에 또는 과거지향적 서사라는 닫힌 형식으로 퇴행하게 수도 있다는 점이 바로 그러하다. 이와 같이 원시반본형 서사들의 과거지향성은 그 자체가 장점인 동시에 커다란 흠이 될 수도 있다.

다음으로 김영하의 『검은 꽃』. 소설은 '작가의 말'에서 밝히고 있

---

2) 황석영, 『심청』 하권(문학동네, 2003), 315면.

는 바와 같이 "먼 곳으로 떠나 종적없이 사라져 버린 사람들의 이야기로"(353면) 몇 다리 건너 자신에게 전해진 이민사 연구자들의 사소한 잡담에서부터 시작되었다. 소설은 3부 77장에 에필로그가 덧붙은 통상적인 장편이다. 작품은 도서형倒敍型으로 곧 이주비용 마련을 위해 반군의 용병으로 참전했다가 밀림 속의 마야 유적지에서 과테말라 정부군에게 죽음을 당하는 김이정의 최후로부터 시작된다. 이어서 대륙식민회사의 거짓 광고에 속아 일포드 호에 승선한 이민자들의 갖가지 사연들이 소개되고, 긴 항해에서 벌어지는 갖가지 이야기들, 에네켄 농장에서 겪게 되는 채무노예로서의 혹독한 삶, 그리고 멕시코 혁명과 콰테말라 내전에 참전했다가 죽어가는 사람들의 이야기가 시종일관 냉정한 기록자의 시선으로 그려진다. 농투성이, 황족, 파계신부, 전직군인, 박수무당, 도둑, 내시, 역관, 보부상 등 다양한 인물군상들이 한데 뒤섞여 펼치는 이 복잡하고 착잡한 드라마는 김이정, 이연수, 이종도, 조장윤, 박정훈, 박광수 등 몇몇 중심인물들을 축으로 해서 씨줄과 날줄로 교직된다. 이 가운데서도 이야기의 중심축을 이루는 것은 단연 동학으로 부모를 잃은 채 근본을 알 길 없는 떠돌이 청년 김이정과 황족의 후예인 이연수 사이의 격렬한 사랑과 안타까운 이별 그리고 이들 각자가 보여주는 인생유전이다.

이 작품의 의미는 크게 세 가지로 간추려볼 수 있다. 첫째는 강압적인 식민지 근대화 과정에서 발생한 디아스포라의 문제를 본격적으로 그려낸 최초의 한국소설이라는 점이다. 다시 말해서 그동안 가려져 있었던 가슴아픈 탈향과 이민이라는 역사적 환부와 한국소설사에서 공백으로 남겨져 있었던 부분을 생생하게 재현하는 한편, 우리문학의 지평과 상상력의 규모를 키워내고 있다는 점이다.

둘째는 전통적 시공간에서 분리된 이민자들이 겪게 되는 혼란과 갈등 그리고 새로운 사회질서의 탄생에 관한 것이다. 그리고 이와 같은 격동의 근대화가 진행되는 공간의 하나가, 대단히 드라마틱하게도 바로 일포드 호의 화물칸이라는 점이다.

> 거대한 파도가 배의 옆구리를 밀어 젖힐 때마다 흘수선 아래의 화물칸에 수용된 조선인들은 예의와 범절, 삼강과 오륜을 잊고 서로 엉켜버렸다. 남자와 여자가, 양반과 천민이 한쪽 구석으로 밀려가 서로의 몸을 맞대고 민망한 장면을 연출하는 일이 계속된다.[3]

한 평론가는 이를 두고 일포드 호라는 배는 마치 "기존의 완강한 신분과 계층, 질서와 덕목을 분쇄하고 녹이는 용광로melting pot같은 공간"(330면)이라고 평했는데, 과연 이 장면은 중세 질서의 해체와 근대적 질서의 구축이라는 근대화의 과정을 묘사해낸 축도라 할 만하다. 따라서 일포드 호 선상에서 벌어지는 토사물과 인간들 간의 뒤엉킴과 같은 혼란과 진통은 모더니티를 획득하는 과정에서 빚어지는 온갖 추잡함과 카오스를 실감나게 보여주는 절묘한 극작술의 하나라 할 수 있을 것이다.

셋째는 국가주의에 대한 동경과 조롱이다. 김영하 작품이 지닌 특징으로 가슴을 찌르는 심각한 상황을 코믹하게 연출하여 읽는 이로 하여 실소와 연민을 동시에 느끼도록 복수의 감정을 만들어낸다는 점을 꼽을 수 있는데, 이 작품 역시 예외는 아니다. 가령 도둑 최선길이 독실한 신앙인이 된다든지 파계신부 박광수가 내림굿을 받고 샤먼이 된다든지 이종도가 전달되지도 않을 편지(상소문)를 대한제국의 황제에게 보내고, 그 장문의 편지가 한 줌의 재로 변하게 되는 허망한 장면이라든지 전직 군인 조장윤과 김이정이 이민자 서른네 명과 함께 미야의 깊은 밀림 속에 '신대한新大韓'이라는 나라를 세운다는 그야말로 소설같은 이야기들이 바로 그러하다. 그 누구

---

3) 김영하, 『검은 꽃』(문학동네, 2003), 353면.

도 그 존재에 대해서 알 길이 없고 관심도 가져주지 않은 해프닝에 가까운, 저 감동적이고도 우스꽝스러운 나라세우기의 장면들 그리고 그 전후본말을 소상하게 적은 편지를 고작 일포드 호 주방장이자 탈영병이었던 요시다(그는 멕시코에 도착한 뒤 회개하고 일본 대사관에 무관으로 근무중이다)에게 전달되도록 하는 절묘한 극작술은 후손들로 하여금 허망한 쓴웃음과 함께 허탈한 연민을 갖게 한다. 국가에 대한 망국민들의 목타는 갈망과 국가주의의 허망함을 한꺼번에 보여주는 이 극작술과 메시지는 참으로 찜찜한 뒷맛으로 남는다.

그런데 한 가지 아쉬운 것은 우리 문학사의 공백이자 인식의 불모지였던 디아스포라의 문제를 재현해낸 이 탁월한 작품이 근대사에 대한 '풍성한 지식과 근대성에 대한 인식'을 제공해주는 데는 성공하고 있으나 이 '사건의 현재성과 의미'를 드러내는 데는 다소 소홀했던 것이 아닌가 하는 점이다. 물론 이는 까탈스런 전문적인 독자들의 부질없는 욕심일 수도 있겠다.

이런저런 문제점과 아쉬움에도 불구하고 황석영의 『심청』이 큰 작가가 쓴 검증된 작품으로 더 이상의 언급이 오히려 군더더기가 될 정도로 검증의 과정이 아예 불필요한 작품이라 한다면, 김영하의 『검은 꽃』은 그의 시대가 한참 동안 지속될 것임을, 드디어 그의 시대가 왔음을 재차 확인시켜주는 작품이라 할 수 있다.

3. 서사공간의 확장과 문학지평의 세계화

이제까지 살펴보았듯이 『심청』은 전통 서사의 모티브를 차용하고 이를 재해석하여 우리에게 폭력적으로 다가온 근대라는 괴물을 그 기원에서부터 찬찬히 살펴보는 소설이다. 『검은 꽃』은 한국문학의 사각지대에 놓여 있었던 디아스포라의 문제를 심도 있게 다루는 한편, 근대의 형성과 내면화 과정 그리고 여전히 우리의 내면을 규율하고 있는 국가주의에 대해서 다시 생각해볼 계기를 마련해준다는 점에서 그의 의미를 찾을 수 있는 작품이라 하겠다.[4]

그런데 한 가지 짚고 넘어가야 할 것은 이들 작품에 대한 기왕의 평가들이다. 그것은 바로 공간의 문제에 대한 관심이 별로 보이지 않는다는 점이다. 그도 그럴 것이 두 작품 모두 식민지 근대화가 강압적으로 진행되는 시점으로 거슬러 올라가서 모더니티의 문제를 다루고 있기 때문에 이에 대한 논의들이 대부분 모더니티와 시간성의 문제로 집중되거나 귀결될 수밖에 없었다는 점이다.

어떤 측면에서 비평은 단순히 대상의 반복이 아니라 대상의 외부의 관점에서 대상이 인식하지 못하는 것을 지각할 수 있도록 대상을 '이론의 대상'으로 구성하는 지난한 작업의 일종이라 할 수 있다. 요컨대 텍스트 내에서 숨겨진 작품의 의미를 추출하는 한편, 텍스트가 간과했거나 텍스트에 결핍된 내용들을 그 외부에서 텍스트에게 부여해주는 풍성한 환원의 작업이 바로 그것이다.[5] 그 풍성한 환원을 위해서 이들 작품에 부여되어야 할 정당한 평가는 바로 이들 텍스트에서 생성되고 있는 새로운 공간성이다.

사실 비평가나 독자들에게 주목을 받아왔던 작품들치고 독자적인 공간을 갖지 않은 작품을 찾아보기 어려울 만큼 문학에서 공간은 대단히 중요한 요소이다. 따라서 공간이 시간이나 어떤 특정한 사물과의 연관 속에서만 의미가 있을 뿐이며, 그 자체로는 무력하고 무의미한 것으로 간주하는 태도는 지나치게 일방적인 관점에 지나지

---

4) 김영하의 『검은 꽃』에 나타난 실증적인 오류에 대한 지적을 포함하여 이 작품이 지닌 의미와 성과에 대해서는 최원식, 「남과 북의 새로운 역사감각들: 김영하의 '검은 꽃'과 홍석중의 '황진이'」(『창작과비평』 124호, 2004년 여름호)에서 이미 상론한 바 있다.
5) 김용규, 『문학에서 문화로』(소명, 2004), 152면.

않는다.6) 예를 들자면 숄로호프의 '돈강', 박태원의 '청계천', 홍명희의 '청석골', 조정래의 '벌교', 정지용의 '백록담', 김용택의 '섬진강', 유하의 '압구정동' 등 공간은 온통 의미들로 가득 찬 그 무엇이기 때문이다.

문자 그대의 의미처럼 공간은 단일하고 균질적이며 텅 비어있는 어떤 것이라기보다는 대단히 이질적이고 가변적이며 의미들로 채워져 있는 무정형의 그 무엇이다. 좀 극단적으로 말해서 모든 텍스트는 저마다 고유의 공간을 가지고 있으며, 세상에 존재하는 관점의 숫자만큼의 공간이 있는 것인지도 모른다. 그렇다면 이러한 공간이 황석영과 김영하에게서는 어떤 의미를 갖고 있는가.

원근법이 르네상스 시대의 공간인식을, 그리고 철도(의 시간표)와 비행기의 등장이 시간과 공간에 대한 근대인들의 인식을 변화시키고 또 반영하는 것처럼 『심청』과 『검은 꽃』이 그려낸 황해와 멕시코 등의 공간에는 우리 문학과 역사적 현실의 미묘한 변화들이 반영되어 있다. 주지하듯 공간에 대한 우리들의 경험 내지 인식은 제도, 사회체제, 이념, 과학기술 등에 영향을 받아 형성된다. 예컨대 교통수단의 경우만을 놓고 보더라도 다음과 같이 공간에 대한 인식과 경험에 많은 영향을 주었을 정도이다.

현대는 새로운 거리감각을 가지게 되었다. 이는 과학기술이 창조하고 도시화와 제국주의가 중재한 것이었다. 통신과 교통이 전례 없이 멀리 떨어진 곳으로까지 연장되고, 사람들은 그 어느 때보다도 널리 퍼뜨리면서 동시에 일찍이 그 어느 때보다도 가깝게 했다.7)

---

6) 스티븐 컨 지음, 박성관 옮김, 『시간과 공간의 문화사 1880~1918』(휴머니스트, 2004), 381면.
7) 같은 책, 575면.

한낱 교통과 통신 수단의 발달이 동반한 변화가 이와 같을진대, 인식과 제도는 물론 생활 습관까지 전면적인 변화의 소용돌이 속으로 몰아갔던 근대 사회에서, 나아가 공간의 쟁탈이 국가의 명운을 좌우했던 제국주의 시대에 인간의 시공간에 대한 인식과 경험에 어떠한 영향을 주었을지 짐작하고도 남는다. 요컨대 제국주의 시대를 거치면서 "해외 식민지 획득에 있어서 새로이 등장한 영역"인 바다는 근대사회에 와서 그 중요성이 더욱 증대되는데, 제국주의 시대를 배경으로 하는 『심청』과 『검은 꽃』에서는 바다 그 자체가 중요한 공간인 동시에 사람들을 새로운 공간으로 인도하는 매개로서의 의미를 진니다. 그렇다면 『심청』과 『검은 꽃』 두 텍스트에 나타난 공간과 그 의미는 어떠한가.

우선 두 작품의 공간성에는 현재 우리의 역사적 현실과 공간 감각이 잘 반영되어 있다. 일찍이 라첼F. Ratzel같은 이는 "한 국가의 공간은 문화의 성장과 함께 확대된다. 국가의 성장은 생산, 상업 같은 여타 발전 지표들을 따른다."[8]면서 근대사회의 한 특징으로 '공간적 성장법칙'을 제시한 바 있다. 그런 공간의 성장법칙을 추동하는 중요 동력 가운데 하나가 바로 무역과 이민이다. 누구나 알고 있듯이 우리는 수출을 해서 먹고 살아가는 나라―교역량 13위인 국가―답게 세계 자본주의 체제에 완전하게 통합되어 있다. 금융위기와 IMF 사태, 세계화, FTA 협정 등은 아주 단적인 예이다. 게다가 우리의 경우는 정치적·경제적·교육적인 이유 등에서 이민이 대단히 빈번하고, 싫든 좋든 간에 수출입과 이민 같은 세계화가 대단히 일상화되어 있기도 하다. 전설 속의 심청이를 현대소설 속으로 끌어들여 동북아의 지중해를 일평생 동안 방황하도록 하고, 무려 천삼십 삼명을 멕시코의 유카탄 반도로 내몬 실체가 작가의 상상력이

8) 같은 책, 543면.

라기보다는 그러한 상상력을 강제한 우리의 역사적 현실이라고 단언한다면, 너무나 지나친 과장이 될지도 모른다. 그러나 다른 측면에서 볼 때 황석영의 『심청』과 김영하의 『검은 꽃』은 시간성에 결박되어 있는 서사라기보다는 한국 자본주의가 만들어낸 오늘의 역사적 현실을, 나아가 신자유주의의 물결 등 갈수록 세계화하는 모순을 일국적 단위가 아닌 세계사적 차원에서 탐색해보려는 공간적 사유의 소산이라 할 수 있다.

그럼에도 『심청』과 『검은 꽃』이 한국문학의 심미적 영토를 확장하고 모더니티의 문제를 그 기원부터 찬찬히 되짚어보는 고고학적 성과를 이루어내고 있는 가작이라고 할지라도, 말하자면 동시대 역사적 현실에 대한 조응이라고는 할 수 있어도 세계적 차원과 규모를 지니고 진행되는 자본의 전지구화에 대한 대응으로 보기는 어렵다는 분명한 한계를 가지고 있다.

그러나 아무리 그렇다고 해도 그 성과와 한계까지를 모두 포함해서 『심청』과 『검은 꽃』이 '시간적'일 뿐만 아니라 '공간적'이기도 하며, 최근에 우리 문학이 거둔 성과라는 점만큼은 부인할 수 없는 확고부동한 사실이다. 아울러 이 같은 서사공간의 확장이 우리 문학 지평의 확장으로 이어지게 될지 차분하게 지켜볼 필요가 있다.

오해와 편견을 넘어서

― 독자, 대중 그리고 대중문학에 대하여

1. 문제의 층위―배타에서 수용으로, 추측에서 논증으로

　대중문학은 우리 일상생활의 상당 부분을 점유하고 있는 중요한 문화현상이다. 『해리 포터』나 『반지의 제왕』과 같은 세계적인 베스트셀러들을 위시해서 『퇴마록』·『드래곤 라자』·『셜록 홈즈 전집』·『가시고기』·『무궁화 꽃이 피었습니다』·『아버지』·『동의보감』·『이문열 삼국지』·『묵향』 등에 이르기까지 다양한 장르의 작품들이 대형서점의 서가를 빼곡히 채우고 있으며, 작품에 따라 수백만 부 이상을 헤아리는 엄청난 판매 부수를 기록하고 있다. 이와 같이 상업적인 출판자본을 등에 업은 대중문학의 공세에 밀려 한국문학사의 대표작으로 손꼽히는 소설들, 깊이 있는 사색과 탁월한 서정성이 돋보이는 빛나는 은유들, 격조 있는 고전 시문들이 우리 일상 문화와 기억에서 급격히 사라져가고 있다. 이제 고전적 명작들은 중·고등학교 교과서나 대학 강의실 밖을 떠나서는 더 이상 만날 수 없게 되어가고 있다.
　문화 소비의 중심을 이루고 있는 10~30대 젊은이들을 무작위로 추출하여 김소월·정지용의 시를 암송해 보라고 하거나 해방 이전에 발표된 장편소설을 몇 권이나 읽어보았느냐고 질문을 던져 보라. 십중팔구는 아주 실망스러운 결과를 얻게 될 것이다. 그러나 유명상품의 광고문구나 대중 스타들, 또는 앞에서 거론된 베스트셀러들에 대해서라면 기대했던 것 이상의 대답을 이끌어 낼 수 있을 것이다. 받아들이기 힘든(어쩌면 당연한) 일이지만, 우리는 대다수의 사람들이 김소월이나 정지용보다 최진실과 조용필에 대해서, 『무정』이나 『삼대』보다는 『해리 포터』와 『퇴마록』에 대해서 더 많은 것을 알고 있다는 사실을 겸허하게 인정해야 한다.

그렇다면 최신실과 조용필이 김소월과 정지용을, 『해리 포터』와 『퇴마록』이 『삼대』를 압도하는 이 기이한(?) 일들은 21세기에 접어든 현재에만 국한된 특수 현상인가? 전혀 그렇지 않다. 왜냐하면 그것은 특정 시기에 국한된 특수한 문화 현상이 아니라 1910년대의 『장한몽』과 『무정』, 1930년대의 『찔레꽃』·『순애보』·『사랑』·『방랑의 가인』,『마인』, 1950·60년대의 『청춘극장』과 『자유부인』, 1970년대의 『별들의 고향』과 『죽음보다 깊은 잠』, 1980년대의 『인간시장』, 요즘의 『무궁화 꽃이 피었습니다』·『퇴마록』·『아버지』·『가시고기』 등과 같은 임의의 작품 목록을 통해서 얼마든지 확인해 볼 수 있는 현대사회의 전형적인 문화현상이기 때문이다. 그럼에도 우리 비평은 어째서 이에 대해서 본격적으로 논의하지 않고 있는가.

비평이 유의미한 작품들에 주목하면서 작가와 작품과 독자 사이를 매개하는 안내자로서의 기본적인 소임을 다하고 성실한 읽기와 해석을 통해서 작품이 지닌 의미와 지평을 넓히는 것도 대단히 중요하지만, 우리의 문학적 현실 상황을 객관화하고 이에 대해서 고민하고 적극적으로 발언하는 것 또한 그에 못지않게 중요한 일이다. 이런 점에 비추어 우리 비평이 이 중요하고 유의미한 현상들에 대해서 근엄하게 점잖을 빼면서 침묵하고 있는 것은 스스로의 책무를 저버리는 일종의 문학적 직무유기라 할 수 있다.

대중문학을 읽는 핵심적 키워드이며 이 글에 부여된 과제이기도 한 '대중·독자·대중문학'은 이와 같은 문학적 상황에 대한 우리의 문제의식과 기획을 보다 예각화하고 현실화하기 위한 비평적 실천의 일환이다. 이에 이 글에서는 현대사회의 문화적·정치적 패자覇者인 대중과 대중의 문학적 양상인 독자 그리고 이들과 대중문학이 이루는 관계에 대해서 살펴보고자 한다. 요컨대 대중문학의 양상을 총체적으로 파악하는데 결코 빼놓을 수 없는 대중과 독자와 대중문학이라는 세 개의 대상을 중심으로 한 개괄적인 정리와 검토를 통해서 대중문학이 갖는 정치적·문화적 의미를 드러내고자 하는 것이 바로 이 글의 주요 관심사이다.

그런데 시작부터 공연한 걱정이 슬며시 고개를 내민다. 학술 논문도 아니고 철저한 실증도 없이 이 중요한 주제들에 피상적으로 논의한다는 것은 검은 색종이에 검은 고양이를 그리는 것만큼 공허한 손찌검으로 끝날 수도 있기 때문이다. 그러나 어찌하랴! 최소한의 품위라도 지켜낼 수 있는 엘리트주의자들의 근엄한 침묵보다는 볼 품 없는 알몸일지라도 백일하에 드러내는 과감한 용기가, 엘리트주의자들의 독단과 억측보다는 사회학의 실증을 흉내내는 어설픈 논증과 탐색이 이 글의 어찌할 수 없는 정업定業인 것을.

2. 대중─추상명사에서 고유명사로

근대를 규정하는 주요 특징 가운데 하나는 바로 대중의 출현이다. 막연히 많은 사람들의 집합을 뜻하는 군중으로서의 대중은 언제나 있었지만, 정치 경제적·사회 문화적 함의를 갖는 고유명사로서 대중의 출현은 전형적인 근대적 현상이기 때문이다. 따라서 대중문학의 장르적 정체성과 본질을 규명하는데 있어서 빼놓을 수 없는 핵심적 요소인 대중(성)에 대한 정리와 고찰은, 그 자체만으로도 의미가 있는 기초작업이라 할 수 있다. 그렇다면 이렇게 문제적인 대중은 도대체 누구이며, 누구를 대중이라 하는 것인가?

대중 앞에 덧붙여지는 수많은 접두사들의 존재가 말해주고 있듯이 대중이란 단어의 함의와 용어법은 정리가 불가능할 정도로 다의적이고 복잡하며 모호하기 짝이 없다. 이 용어의 개념과 용례가 어떻게 변화·발전되어왔는지, 그리고 그것이 갖는 문학적 의미와 대중문학과의 관련성에 대해서 살펴보기로 한다.

대중의 개념은 대중 그 자체를 다룬 논의보다는 문화, 특히 사회학 분야에서의 대중문화에 대한 다양한 접근과 정의를 통해서 그 복잡하고 모호한 용어가 비로소 그 모습을 드러내기 시작하였다. 따라서 몇몇의 주요 대중문화이론들에 대한 도식화와 소개를 통해서 대중의 개념을 추출·정리해야 하는 비효율적이고도 피곤한 절차가 불가피해졌다.

문학사회학자로 잘 알려져 있는 앨런 스윈지우드Alan Swingewood는 『대중문화의 신화The Myth of Mass Culture』(Macmillan, 1977)-『대중문화의 원점』이란 제명으로 번역·출간됨)에서 문화를 계급구조·경제체제·정치제도 등의 세 층위를 기준으로 하여 대중문화의 계보와 유형을 ① 귀족주의·보수주의적 대중화론(니체·리비스·아널드·엘리엇·가세트 등), ② 맑스주의적 대중문화론(호르크하이머·아도르노·마르쿠제·벤야민 등이 중심을 이루고 있는 프랑크푸르트 학파), ③ 다원주의적 대중문화론(벨·쉴스·리즈맨·갠스 등) 등으로 대별한바 있다. 복잡하고 다양한 문화이론들과 대중에 대한 관점들이 스윈지우드에 와서 분명하게 정리되면서 대중과 대중문화에 대한 정치적·사회학적 의미와 중요성이 비교적 선명하게 그 모습을 드러내게 되었다.

그는 이 책에서 기왕의 대중문화이론들이 문화와 생산양식·계급구조·사회제도 등과의 연관을 괄호에 넣고 있으며, 무엇보다도 대중문화의 발달이 가져올 수 있는 문화 민주화의 가능성과 대중들의 능동성을 외면하고 있다고 비판한다. 여기에서 알 수 있듯이 그의 대중문화와 대중에 대한 관점이 매우 급진적이고 중층적임을 알 수 있다. 이를테면 대중사회의 도래를 필연적인 것으로 보고 동시대의 대중문화가 부르주아지와 자본의 전일적 지배를 정당화하는 이데올로기이며, 일종의 보수수주의적인 신화라고 비판을 하면서 여기에서 새로운 가능성을 찾아보려는 이중적인 분석 전략이 바로 그러하다(앨런 스윈지우드 저·이강수 역, 『대중문화의 원점』, 전예원, 1984, 187-94면). 이와 같이 그는 필요와 상황에 따라서 대중을 대중문화의 소비자로, 우중愚衆으로 때로는 변혁운동의 주체로 묘사하고 있으며 최근의 인접학문의 다양한 연구성과를 충분하게 포괄하고 있지 못한, 이른바 1970년대 연구로서의 필연적 한계를 노정하고 있다.

최근의 이론적 성과들에 의하면, 대중문화에 대한 논의는 ① 대중사회론, ② 맑스주의 문화론, ③ 문화주의 문화론, ④ 구조주의 문화론, ⑤ 후기 구조주의와 포스트 모더니즘의 문화론, ⑥ 페미니즘 계열의 문화론 등으로 세분된다(G. Tuner, British Cultural Studies: An Introduction, Routledge, 1992; 원용진, 『대중문화의 패러다임』, 한나래, 1996 등에서 이와 같은 방식으로 문화이론들을 유형화하고 있다). 이들의 유형화가 스윈지우드와 구별되는 것은 (후기)구조주의와 포스트모더니즘과 페미니즘을 새로 추가했다는 것 이외에 가세트Ortega y Gasset·아널드M. Arnold의 엘리트주의 문화론으로, 벨D. Bell·쉴즈E. Shils·갠스H. J. Gans 등 미국의 다원주의 문화이론을 대중사회론으로 구별하고 있으며, 맑스주의 계열의 문화론도 프랑크푸르트Frankfurt School 학파와 홀S. Hall·윌리엄스R.

Williams 등이 주축을 이루고 있는 버밍엄 학파Birmingham School로 나누어 고찰하고 있다는 점이다. 본고가 사회학·인문학 논문이 아님으로 여기에 대해서 더 이상의 논의를 덧붙이는 것은 의미가 없음으로 이쯤에서 과감하게 생략해 버리고, 이들의 다양한 관점에서 제기하고 있는 대중에 관한 개념과 인식을 추리고 압축해 보기로 한다.

이들에 의해서 묘사된 대중의 모습은 모두 세 가지 유형으로 나누어진다. 먼저 임의의 많은 사람들이었던 군중을 대중으로 명명한 이들은 아널드·리비스·가세트 등의 근엄한 귀족주의자들인데, 여기에서 가장 악명이 높고 대표성이 있는 것은 가세트에 의해서 규정된 대중이다.

가세트가 말하는 대중mass은 근대의 성립과 함께 출현하였다. 오랫동안 농노와 백성으로 존재했던 그들은 산업혁명과 시민혁명의 과정을 거치면서 신분적 제약과 굴레를 벗어버리고 전통적인 삶의 방식과 공동체로부터 자유로워짐으로써 마침내 대중이 된다. 산업화로 찌든 잿빛의 도시에서 서로가 서로에게 먼 타인이 되는 다수의 군중들이 바로 가세트의 눈에 포착된 대중이었다. 문화도 상품으로 제작되어 판매되는 근대 산업자본주의 사회에서 정치·경제·사회·문화의 모든 부분에서 막강한 영향력을 행사하며 문화소비의 새로운 중심으로 부상한 이들에게 그가 부여한 최초의 명칭은 저속한 우중愚衆이었다. 가세트는 상업적 대중문화와 파시즘 체제에 호명된 이 저속한 우중들이 창조적인 고급문화를 위축시키며 사회와 문화의 전반적인 수준과 질을 떨어뜨린다고 크게 우려하고 비판하면서 이들의 전면적인 등장을 '대중의 반역revolt of the mass'으로 규정해 버린다. 계급·학력·재산 등 어떠한 공통의 사회적 속성을 지니지 않은 채 저급한 취향을 갖는 불특정 다수의 사람들이 대중(우중)이라고 하는 대중에 대한 부정적 인식이 이 시기에 형성·고

착되기에 이른다. 말하자면, 그의 이 귀족주의적 규정(비판)이 대중에 대한 부정적 인식의 한 기원을 이룬다.

그러나 자본주의 생산양식이 점차 고도화되고 교통·통신·교육·매체 등이 급속도로 발달되고 사회조직이 거대화·관료화되면서 이른바 "대중사회 상황"이 연출되자 대중은 지식사회와 자본의 새로운 관심의 대상으로 다시 한번 도약한다. 이때에 대중들의 앞에 추가된 술어들이 바로 균질성·획일화·무성격·무규정성·수동성·비합리성 등이다.

미국의 대중사회론의 주축을 이루는 다원주의는 메카시즘과 냉전체제의 영향으로 인해서 사회주의와 비견되는 내부의 위협으로 보는 보수주의적 인식에 맞서 대중들의 등장으로 인해서 문화적 취향이 다양해질 수 있고(허버트 갠스 저·강현두 역, 『대중문화와 고급문화』, 삼영사, 1977), 고급문화가 보다 더 활성화될 수 있는 계기가 될 수 있다면서 대중과 대중문화에 대한 옹호론과 지지의 입장을 표명(원용진, 앞의 책, 99면)하게 되거니와, 이것이 바로 그 유명한 '대중문화 찬반론'이다. 오늘날 대중문학과 대중에 대한 인식과 이론은 구미로 유학을 가서 이들의 이론을 공부·소개한 고故 황성모黃性模라든지 강현두康賢斗 등과 같은 사회학자들의 영향을 받아 형성된 것으로 보이며, 대중을 바라보는 일반적인 인식과 이해에 일정한 영향력을 행사하고 있다.

끝으로 문화와 문화연구를 유력한 사회변혁의 수단으로 주목하고 있는 버밍엄 대학의 현대문화연구소의 핵심적인 이론가이자 문학평론가인 레이먼드 윌리엄즈는 대중이란 존재하지 않으며 단지 특정한 사람들을 대중으로 보는 경멸적인 관점 내지 방법만이 있을 따름이라고 비판하면서 엘리트주의자들에 의해 능동성과 변혁지향성이 거세된 〈mass〉라는 용어를 즉각 폐기하고 피지배 집단의 새로운 가능성과 능동성에 주목, 이보다 포괄적이고 열린 용어인 〈popular〉

를 사용할 것을 제안한다. 그의 주장이 가지는 의의는 대중(피지배계급)의 의미를 다른 방향에서 해석하고, 문화를 통한 대중적 실천을 문화이론과 문학비평의 영역 속으로 끌어들이고 있다는 점이다. 현실사회주의의 붕괴와 거대이론들이 동력을 잃은 지금, 단번의 혁명으로 국가권력을 찬탈하여 변혁을 이루어내겠다는 과거의 무모한 국가주의적 모델 대신에 개인을 인간화하고 해방시켜 세련된 여가와 문화를 향유할 수 있을 정도로 각성된 주체를 생산해 내기 위해 노력하면서 현재의 불평등한 사회관계를 재생산하는 기제들인 학교(교육)와 지식체계들, 그리고 저널리즘과 미디어와 같은 문화영역들을 문학비평의 대상으로 수용하여 새로운 저항적 공공영역opposi-tional public sphere을 구축하고 이를 통해서 '장구한 혁명'을 완수하자는 그의 주장은, 현재 상황에서 대단히 매혹적인 제안으로 받아들여진다(Raymond Williams, The Long Revolution, Pelican Books, 1961; 레이먼드 윌리암즈 지음, 설준규·송승철 옮김, 『문화사회학』, 까치, 1984).

이상과 같이 대중문화이론 또는 사회학 분야의 연구에서 파생된 대중을 바라보는 다양한 관점들과 개념들을 개괄적으로 검토해 보았다. 이 중에서 특히 우리의 이목을 끄는 것은 대중大衆을 우중愚衆으로, 머리가 빈 깡통으로 간주하는 종래의 귀족주의적 관점들을 비판하면서 여기에서 새로운 가능성을 찾아보고자 하는 윌리암즈의 대중에 대한 관점이다. 그러나 이들의 논의를 포함해서 현재 우리의 대중에 관한 인식과 용어법이 가지고 있는 문제점은 대중大衆이라는 용어가 때로는 〈mass〉로 때로는 〈popular〉로 원칙없이 마구잡이로 사용되고 있다는 점이다. 윌리암즈가 대중을 가리켜 실체가 아닌 형태이며, 특정한 사람과 현상을 그렇게 바라보는 방식만이 있다고 강조하고 있는 것도 이 같은 맥락에서이다. 그렇다면 대중은 누구이며, 누구를 대중이라 이름할 수 있는 것인가?

대중의 개념과 인식에 이러한 혼란이 생겨날 수밖에 없는 것은 대중의 본질적 속성인 부재의 현존—즉 대중이 실체가 아니라 우리 모두에게 내재되어 있는 삶의 다양한 존재 상이며 속성—이기 때문이다. 즉 어느 철학자의 날카로운 지적과 같이 대중은 "특정한 사람들의 집합이 아니라 모든 사람들이 일정 측면 지니고 있는 특성"(이정우, 「현대인의 얼굴: 대중사회의 담론학」, 『인간의 얼굴』, 민음사, 1999, 182면)인 것이다. 대중을 추상적인 군집명사가 아닌 현실적인 고유명사로 보아야 하는 것은 이런 이유에서이다. 이상과 같이 논의한 주요 내용들과 관점을 취합하여 간단하게 정리해 보기로 하자.

(1) 대중은 신분의 구별이 없이 한 사회의 대다수를 이루는 많은 사람들을 가리키는 말이다(『동아 새 국어사전』).
(2) 대중은 사부대중四部大衆의 약어로 비구·비구니·우바새·우바니 등 불가에서 말하는 출가·재가 신도 혹은 수행자들의 총칭이다(『원불교 용어 사전』).
(3) 대중은 계급·학력·재산 등 어떠한 공통의 사회적 속성을 지니지 않으며 저급한 취향을 지닌 불특정 다수의 사람들로 근대화(산업화·도시화·대량교육)의 진전에 따라 출현한 우중들이다(오르테가 가세트 등의 귀족주의자).
(4) 대중은 사회의 거대화·관료화 그리고 교통통신 및 대중매체의 발전에 따라 출현한 대사회의 주요현상이다. 즉 대중은 현대사회와 문화를 지배하는 중심세력으로 문화적 경험이 균질화·획일화되어 있을 뿐만 아니라 수동적·무규정적·비합리적이다. 그러나 대중은 문화민주화의 결과일 뿐만 아니라 문화적 취향과 지평을 넓힐 수 있다는 점에서 반드시 부정적으로 볼 것만은 아니다(쉴즈, 갠스 등의 다원주의자).
(5) 대중은 실체가 아니라 단지 특정한 사람들을 대중으로 바라

보는 경멸적인 관점 내지 방법만이 있을 따름이다. 대중을 지칭하는 바른 용어는 〈mass〉가 아니라 〈popular〉이며, 대중은 상업주의 문화의 주요 소비자인 동시에 변혁의 주체이다(레이먼드 윌리암즈 등 문화주의자).

(6) 대중은 고정불변의 실체라기보다는 현대인들의 삶 속에 내재된 실존적(존재) 양상들에 지나지 않는다(이정우).

대중에 대한 위와 같은 인식은 대중문학에 대한 정의와 직접적인 연관은 없다. 그러나 대중문학을 바라보는 인식과 태도의 일단을 드러내고 있으며, 대중문학을 규정하는 중요한 조건 가운데 하나라는 점에서 대중은 앞으로도 좀더 본격적으로 논의되어야 할 필요가 있는 대상이라 할 수 있다.

3. 독자—타자에서 주체로

대중문학과 관련된 비판적 담론들 속에서 독자는 언제나 우중愚衆의 다른 이름으로 간주되어 왔다. 텍스트는 침묵하는 구조이고, 텍스트의 여백과 그것의 최종적 의미를 생산해 내는 자가 독자라는, 이른바 독자는 작가와 대등한 작품의 공동생산자라는 수용미학(독자반응이론)의 급진적 명제가 널리 인정되고 있는 지금에 와서도 이 같은 인식은 좀처럼 개선되지 않고 있다. 그도 그럴 것이 대중소설은 상품으로 판매하기 위해서 만들어진 것이고, 독자들 역시 감상하고 비판하기 위해서 대중소설을 읽는 것이 아니라 단순히 즐기고 소비하기 위해서 대중소설을 선택하고 읽기 때문이다. 그로 말미암아 대중소설과 대중이 만나는 순간, 즉 독자대중들이 대중소설을 읽는 실존적 양상은 퇴행적 욕망과 도피주의 그리고 부정적인 측면만

이 부각되고 만다. 정말 대중소설을 읽는 독자들은 아무런 사고기능
이 없는 깡통들, 무지몽매한 타자들인가?

이와 관련하여 대중이란 현존하는 실체가 아니라 단지 특정한 사
람들을 '대중'으로 바라보는 경멸적인 시선 내지 방법만이 있을 따
름이라는 윌리엄스의 날카로운 지적을 다시 한번 상기할 필요가 있
다. 바꿔 말하자면 대중소설을 읽는 대중들 곧 대중소설 독자 역시
실체가 아니라 우리 모두에게 내재된 다양한 실존적 양상들에 지나
지 않는다는 것이다.

기실 대중문화가 제공하는 문화적 대기권 속에서 도저히 자유로
울 수가 없는 현대인들은 자신의 주체적 의지나 사회적 지위 등에
상관없이 월드컵을 지켜보는 〈축구팬〉으로 〈태왕사신기〉를 보는 시
청자로 때로는 『아버지』나 『해리포터』 시리즈를 읽는 독자로 살아
갈 수밖에는 없다. 따라서 대중문학이 독자들의 환상과 욕망의 충족
을 위해 판매되는 상품이라는 대중소설의 문제점에 대해 간과하지
않으면서도 독자를 지배 이데올로기에 놀아나는 어리석은 우중愚衆
으로, 일체의 사고기능이 없는 깡통으로 간주하지 않는 현실적인 인
식과 접근법이 무엇보다 긴요하다.

대중문학을 포함한 일체의 대중예술을 자기 표현의 수단을 지니
지 못한 대중들의 저항 방식으로 읽어내려는 윌리엄스 식의 급진적
이고 목적론적인 독법에 무조건 동의할 필요도 없지만, 기왕의 관성
에 떠밀려 독자를 어리석은 대중으로 간주하는 것 또한 경계해야
한다. 그들은 자기 나름의 판단기준을 가지고 작품들을 선택하고 있
으며 작품 속의 환상과 실제의 현실을 혼동하지 않을 만큼 현명하
다는 평범한 사실에 주목해야 한다.

독서를 매개로 이루어지는 독자와 대중문학의 관계는 이보다 매
우 복잡하고 중층적이다. 주지하듯 대중문학은 출판자본과 시장의
논리에 지배되며, 독자들의 주체적 의지와는 상관없이 일방적으로

강요되거나 주어지는 문화상품이다. 자기표현 수단을 갖지 못한 독자들은 여기에 의지해서 자신의 환상과 욕망을 충족시킬 수밖에 없다. 그런데 현상적으로는 독자들이 현실에서 이루지 못한 욕망이나 꿈을 문화상품의 자발적 선택을 통해서 해소하는 것처럼 보이지만, 실제로는 그들의 욕망이 이 상품에 의해 선택 당하고 복제된다는 점이다. 요컨대 이들 문화상품이 대중들의 욕망을 부추기고, 유혹하면서 또 다른 독서에의 욕망을 만들어내고 판매하는 것이다. 대중문학과 독자가 이루는 관계를 다양한 층위에서 살펴보지 못하면, 이 모든 과정은 은폐되고 마치 독자들이 욕망의 해소를 위해서 대중문학을 구입하고 소비(독서)하는 것만 보이게 되는 것이다.

그런데 독자들의 욕망이 자본의 논리에 지배되고 있다는 것은 틀림없는 사실이지만, 역설적이게도 상품으로서의 대중문학은 독자의 선택을 받아야만 비로소 자기의 존재를 실현할 수 있는 아주 허약한 존재들이기도 한 것이다. 세간에 화제를 불러일으켰던 수많은 베스트셀러들은 이를 입증하는 구체적인 사례이다. 도서시장에 헤아릴 수도 없이 쏟아져 나오고 있는 상품들 가운데서 선택받아 살아남은 극소수의 작품들, 그것이 바로 베스트셀러들이고 대중문학의 모습인 것이다. 이와 같이 대중문학과 독자는 서로를 옭아매는 상호종속적이고 순환적인, 이상한 관계를 이루고 있다. 따라서 대중문학의 수용 문제는 이 모든 것들을 함께 고려하면서 복합적이고 초월적인 위치에서, 조금은 냉정한 조감자의 입장에서 바라보아야 할 것이다(독자와 대중문학이 이루고 있는 상호종속적인 관계에 대해서는 이미 졸고, 「전망없는 세계에 대한 대중들의 심미적 저항」, 『출판저널』 269호, 2001. 2. 20에서 자세하게 상론한 바 있다).

한편, 1970년대 중·후반기부터 1980년대까지 수많은 베스트셀러를 생산해냈던 소설가 박범신은 작가로서 늘 부딪치고 의식해야 하는 독자를 이렇게 규정하고 있다.

연주자와 배우는 예술행위 과정에서 관객을 곧바로 만나지만, 작가의 창작과정엔 독자가 너무도 멀리 떨어져 있을 뿐더러 피차 상관할 수도 없다. 따라서 작가에게 독자는 관념이며 추상이다.

그들은 어디에 있는가. 그들은 '그들'이라고 싸잡아 말해도 좋을 그 어떤 공통분모를 갖고 집단적으로 있는가, 아니면 상이한 세계관이나 문화기호를 가진 채 뿔뿔이 흩어져있는가. 그들은 출판유통구조와 가까운가, 작가와 더 가까운가. 그들, 독자들이 작가에게 관념이고 추상이므로 의문은 끝이 없다.(박범신, 「나의 독자와 나의 소설 1」, 『우리 문학이 가지 않은 길』, 신경림 외 지음, 자우출판사, 2001, 59-60면.)

그의 말대로 대중소설을 읽는 독자는 독자적이면서도 집단적인 특질을 공유하는, 나아가 현명한 우중으로서 혹은 불완전한 주체로서의 면모가 다양하게 혼재되어 있는 추상적인 실체이다. 그러한 독자를 불완전한 주체라고 할 수밖에 없는 것은 그들이 오직 주어진 '선택'의 층위에서만 그 위력을 발휘하는 수용자라는 점에서, 그들을 추상적 실체라고 하는 것은 독자란 실제로 실증하고 계량화하기가 매우 까다롭고 난해할 뿐 아니라 본격문학의 독자와 대중소설의 독자가 서로 중복된다는 점에서 그렇다. 그렇다고 해서 독자에 대해서 파악할 수 없는 것도 아니고, 독자가 무슨 고정불변의 존재인 것도 아니다. 현실 속에서 독자는 끊임없는 변화의 도정 위에 서있기 때문이다.

실제로 대중문학이 문화소비의 대세를 이루고 인터넷과 같은 IT 기술이 새로운 소통 방식으로 자리를 잡아가고 있는 지금, 독자는 또 한번의 변신과 비상의 조짐을 보여주고 있다. 계몽주의 시대에는 훈육의 대상이었던 우매한 독자(민중)가 1920·30년대 두 차례의 방향전환 과정을 거쳐 프로문학이 지향해야 할 최상 목표로 격상되었듯이 "누구나 작가가 되고 누구나 독자가"(박범신, 64면) 될 수 있는 쌍방향 소통을 특징으로 하는 디지털 시대에 이르러서는 문학의 진정한 주인으로서 거듭날 가능성마저 보여주고 있는 것이다. 물론 그 질적 수준과 성과는 아주 형편없는 것들이 대부분인 실정이지만, '팬픽'의 등장이나 「나도 작가」 코너에 나타나고 있는 이들의 역동적인 모습을 지켜보면서 잠시 이와 같은 희망적인 생각에 잠겨 보기도 한다. 이 시점에서 다시 처음의 문제의식으로 되돌아가 보기로 하자. 독자란 누구인가? 누구를 대중소설 독자라고 할 수 있는가? 대중소설을 읽는다고 해서 다 싸잡아서 머리가 깡통으로 무시해도 되는 것인가? 독자가 없는 문학이란 있을 수 있겠는가? 그리고 독자 대중문학을 읽는다는 것은 어떤 의미를 가지는 것인가?

솔직히 말해서 대중문학은 지루한 일상과 고통스런 현실로부터 벗어나 재미있고 즐거워지기 위해서 복용하는 저급한 환각제와도 같다. 그리고 그것은 문제의 해결이기보다는 유보이자 도피이며, 자신을 고통스럽고 권태롭게 만드는 현실을 변화시키기보다 자신을 변화(마비)시키게 된다. 여기에서 독자들이 경험하게 되는 것은 욕망의 충족이 아니라 욕망의 결핍이며, 결국 책장을 덮자마자 독서 이전의 현실로 다시 허망하게 돌아올 수밖에는 없는 것이 대중문학 읽기의 본질이다. 탁월한 대중예술 이론가인 존 카웰티John G. Cawelti가 대중소설popular fiction을 가리켜 공식문학formula literature으로 지칭하고 있는 데서도 알 수 있듯이 대중문학은 자신 속한 장르의 공식과 문법을 철저히 준수해야 하는 허망한 장르이기 때문이다(John G. Cawelti, Adventure, Mystery, and Romance, The University of Chicago Press, 1976). 기실 대중소설은 주어진 공식과 도식에서 이탈하는 순간, 대중문학으로서의 자기정체성을 잃고 다른 장르의 문학이 되어 버릴 뿐만 아니라 독자에게 외면을 당할 수밖에 없는 허약한 존재이다. 이 때문에 모든 대중소설은 언제나 하나의 텍스트만이 끝없이 반복·변주되는 운명에서 벗어날 수가 없다. 따라서 아무리 새로운 작품을 읽으려 해도 독자들은 언제나 동일한 하나의 작품만을 읽게 되는 지루한 반복의 사슬에서 벗어날 수가 없다. 대중소설 읽기는 이처럼 허망하고 반복적이며 순환적이다.

그렇다면, 독자들은 이 사실을 전혀 자각하지 못하고 있을까? 아니, 그렇지 않다. 오히려 이 사실을 너무 잘 알고 있기 때문에 대중소설을 읽는다. 독자들은 대중소설을 통해서나마 현실에서는 절대로 이루어지지 않은 권선징악과 행복한 끝내기 그리고 재래의 보수적인 가치들을 거듭 확인함으로써 이 고단한 시대에 심리적 안정감과 위안을 얻고 싶은 것이다. 이를 두고 근엄한 교양인들과 학자들은 대중소설이 독자를 지배 이데올로기와 재래의 관습에 복종하는 수동적인 대중으로 만들 것이고 문학의 전반적 수준을 후퇴시킬 것이라고 비판한다. 그러나 이는 그럴 가능성만 있을 뿐, 실증할 수 없는 일면의 진실에 지나지 않는다. 대중소설을 읽는다고 해서 독자가 갑자기 우중愚衆이 된다거나 창조적인 문학활동에 심각한 위기를 초래한다거나 자본주의 체제가 더욱 더 강화되거나 하지는 않을 것이기 때문이다. 게다가 대중소설의 해악으로 항상 지적되는 도식성·오락성·도피주의 또한 대중소설의 한계인 것은 분명하지만, 다른 한편에서 그것은 근대화와 함께 수많은 모순에 의해 분열되고 그 어떤 합리적 전망과 총체성을 부여해 주지 않는 세계와 대면한 대중들의 퇴행적 저항 내지 환멸의 표현으로 볼 여지가 있다.

대중소설의 도피주의 역시 현실로의 귀환이 예정된 도피이며, 이것을 모르고 있는 독자는 없다. 이와 같이 대중문학과 그것의 대중적 수용은 퇴행적이고 상업주의적이지만, 동시에 저항적이고 중층적인 의미를 지니고 있는 문화 현상이다. 따라서 지금 우리에게 필요한 것은 대중소설에 대한 재래의 비판을 반복하는 것이 아니라 성찰과 반성을 통해서 우리의 문학과 역사적 현실을 객관화해 보는 일이다(졸고, 「전망없는 세계에 대한 대중들의 심미적 저항」, 15면). 이런 점에서 독자는 대중문학의 본질과 그것의 의미를 파악할 수 있게 하는 핵심적인 문제라 할 수 있다.

4. 결론에 대신하여—배타적 이항대립에서 생산적 이항대립으로

대중문학에 대해서 논의할 때마다 항상 부딪치게 되는 문제는 '대중문학은 무엇이며, 어디서 어디까지를 대중문학으로 보아야 하는가' 하는 것이다. 대중문학 앞에 주어진 이 운명적인 물음으로 인해 대중문학에 관심을 갖는 이들은 항상 개별 대중문학 작품에 대하여 논의하기에 앞서 대중문학을 논의해야 할 학문적 또는 비평적 당위성을 설파하면서 그 개념을 세워야 하는 피곤한 과정을 밟아가야 한다. 그러면서도 그 결과가 언제나 만족스럽지 못하다는 것이 바로 이 글이 안고 있는 고민이기도 하다.

대중문학의 개념과 범주에 대해서는 크게 세 가지 측면에서 접근과 정리가 가능하다. 하나는 현실경험과 문학적 통념에 따라 특정한 작품들을 대중문학으로 분류 혹은 정의하는 것이고, 다른 하나는 개별 작품의 서사구성원리와 미적 특질 그리고 작품의 내용과 이념 등을 고려하여 그 개념을 규정하는 것이며, 끝으로 정전canon의 목록에서 배제되거나 타자화된 작품들을 대중문학으로 정의하는, 이른바 반정립적反定立的인 방식으로 정의하는 것이다. 이런 방식에 따라서 대중문학의 범주와 개념을 잠정적으로 정리하면 다음과 같다.

첫째는 우리의 현실경험에 비추어 대중문학이라고 인정되는 작품들, 이른바 ① 대중들을 겨냥해서 출판된 상업적 지향이 분명한 작품 ② 대중들의 이야기를 다룬 통속적인 작품 ③ 대중들이 오락용으로 즐겨보는 작품들이다.

둘째는 대중사회의 도래와 함께 신문·잡지·TV·영화·컴퓨터 등 대중매체를 발판으로 상업성을 띠고 등장한 문화상품들, 곧 대중들의 위안과 오락욕구에 부합하는 흥미를 추구하고 있으며 관습과 규범에 순응하는 한편, 일정한 서사적 패턴과 도식성을 가지고 있는 작품들이다.

셋째는 정전의 목록에서 배제된 작품들이다. 요컨대 전문적인 고등연구기관에서 집중적으로 연구되고 교육을 목적으로 선정된 텍스트들 그리고 연구자들의 다양한 해석을 견디어 내면서 살아남은 작품들로서 지속적으로 연구되고 보존될만한 가치가 있다고 특정 공동체에서 널리 인정받고 있는 고상한 작품들, 이른바 정전正典의 목록에서 배제되었거나 이와 같은 패러다임에서 명시적 혹은 묵시적으로 대중소설로 간주되는 작품들이다.

그렇지만, 이런 방식으로 대상을 규정하고 확정짓는 것 역시 대단히 불만족스럽다. 왜냐하면 근대문학 자체가 작품이면서 상품이라는 양면성을 가지고 있는 데다가 대중문학과 본격문학과의 경계라는 것도 따지고 보면 대단히 자의적이고 모호할 뿐만 아니라 그 경계를 자유로이 넘나드는 것이 또한 문학의 한 속성이기 때문이다. 뿐만 아니라 대중문학 자체가 본격문학 혹은 정전을 전제로 하고 있는 개념이기 때문에 대중문학이라는 범주를 설정하는 순간, 이미 이 정의는 대중문학과 본격문학을 나누는 이항대립적 관점과 패러다임을 결과적으로 용인하는 완벽한 이항대립에 빠져버리고 말기 때문이다.

하지만, 관점을 달리하여 생각해 보면, 이항대립적인 관점과 패러다임 자체는 나쁜 것이 아니다. 다만, 문제는 이와 같은 패러다임을 어떠한 의도에서 사용하고 있는가하는 점이다. 따라서 대중문학을 통해서 우리 문학사의 실상과 문학적 현실을 파악하기 위해서, 나아가 우리 비평의 지평을 넓히려는 의도에서 접근하려는 대중문학론은 재래의 배타적인 이항대립과는 구별되는 일종의 생산적 이항대립이라 할 수 있다.

이러한 관점에서 보면 판타지이든, 무협이든, 추리물이든 장르 자체와 기법(플롯)은 선악과 무관한 중립적인 것이다. 문제가 되는 것은 오직 이것을 순전히 상업적으로 악용하려하거나 무조건 폄하하고 배타하려는 태도와 관점뿐이다. 이제 우리도 온갖 시비와 일체의 현상들을 대승적으로 觀하면서 우리의 인식과 문학적 지평을 넓히는 상생의 문학을 만들어나가기 위해서 노력해야 할 시점에 이르렀다. 바라건대, 공연히 편가르고 무조건 배타하면서 억압하려들지 말자!

상품의 미학과 리메이크의 계보학

— 『삼국지』의 경우

1. 리메이크의 제국 『삼국지』

『삼국지』는 유명한 몇몇 동화들처럼 애초부터 작가라는 개념을 전제로 축조된 텍스트가 아니었다.[1] 시작부터 그것은 변형과 적층의 대상이었지 완성된 고정불변의 닫힌 형식이 아니었기 때문이다. 헤아릴 수 없을 만큼 많은 『삼국지』 리메이크 텍스트들의 존재가 바로 그 증거이며, 어쩌면 이는 텍스트 자체의 성격과 기원에서 이미 예고되어 있었던 것이나 마찬가지이다. 그런 『삼국지』의 본성은 다시 쓰기rewriting이며, 이 다시 쓰기는 소설·영화·만화·실용서·컴퓨터 게임 등 다양한 장르에 걸쳐 몸 바꾸기remaking를 거듭하면서 이를 텍스트 구성원리로 구조화한다. 아울러 『삼국지』의 이 같은 면모는 출판업자들의 상업적 자신감과 작가적 자존심과 결합되면서 더

---

[1] 『삼국지』는 「인어공주」, 「미녀와 야수」, 「알라딘」, 「피터팬」 등의 유명동화들처럼 거듭해서 각색되고 다시 쓰여진다. 그것은 『삼국지』가 [성인]남성들을 위한 동화이기 때문일는지도 모른다. 그리고 이 다시 쓰기는 『삼국지』에만 국한된 현상은 아니다. 동화의 다시 쓰기의 양상에 대해서는 김종엽, 「우리는 다시 디즈니의 주문에 걸리고」, 『열린 지성』, 1997년 여름호를 참고.

욱 증폭되고, 현대 리메이크 문화의 한 전형으로 자리를 잡게 되었다. 한마디로『삼국지』는 동아시아판 스테디셀러요, 리메이크의 제국인 셈이다.

기록상 가장 오래된『삼국지』는 "명나라 홍치 7년(1494), 가정 원년(1522)의 서문이 붙은 이른바 가정본"이다.[2] 그러니까 홍치 갑인년에 간행된 작품을 기준으로 하면 올해로 513년이고, 가정본을 기준으로 한다고 하더라도 최소한 485년의 장구한 세월 동안 '읽혀'온 셈이다. '읽는 텍스트'가 아니라 '말하고 듣는 텍스트'의 유통까지 이 범주 포함시킨다면,『삼국지』는 무려 1,800년이 넘는 긴 세월 동안 동아시아인들의 사랑을 받아온 셈이다. 이런『삼국지』는 근대에 들어와서 더욱 맹위를 떨치게 되었거니와, 1904년부터 2004년까지 일백 년 동안 간행된『삼국지』한국어 판본은 소설, 만화, 드라마, 실용서 등을 모두 포함해서 400종을 훌쩍 넘어선다.[3] 단일한 텍스트가 이렇게 다양한 판본을 쏟아내면서 오랜 세월 동안 많은 사람들에게 읽히고 사랑을 받는다는 것은 경이적인 일이며, 이것만으로도『삼국지』의 규모와 역사 그리고 대중성을 짐작케 한다.『삼국지』를 거대한 '서사의 제국'이며 '리메이크의 제국'이라 하는 것은 이런 이유에서이다.

나아가『삼국지』는 소설 텍스트라기보다는 소설을 차원을 넘어서는 거대한 서사요, 장구한 역사성을 갖는 문화현상이라고 해야 할지도 모른다. 삼고초려, 백미, 칠종칠금 등 고사들을 비롯해서 판소리「적벽가」등 한국문학사의 한 자리를 차지하고 있는 전근대적 문학

---

2) 가정본을 홍치본이라 부르는 관행이 있다. 김문경,『삼국지의 영광』(사계절, 2002), 83면.

3) 인하대 한국학연구소 기초학문 연구단,『삼국지 한국어 역본 해제』(인하대 한국학 연구소, 2005)를 참고할 것. 필자를 포함한 5명의 연구자들은 공동으로 2004년 9월 부터 2005년 6월까지 현존하는 삼국지 판본 342종을 수집, 조사, 정리, 해제한 바 있으며, 이후에 추가적으로 발견되거나 간행된 판본을 포함하면 400종이 넘는다.

들과 만주어 학습교재였던 『삼역총해三譯總解』(1704) 그리고 유원표의 역사전기소설 『몽견제갈량』(1908) 등은 『삼국지』의 폭넓은 활용과 대중적 영향력을 보여주는 사례이기 때문이다. 이런 활용과 변용의 전통은 현재까지도 계속해서 이어져 고우영이나 요코야마 미쓰테루 등의 만화 텍스트들에서 애니메이션, 그리고 코에이KOEI의 전략시뮬레이션 게임 '삼국지 시리즈'에 이르기까지 『삼국지』는 우리의 일상생활 구석구석에서 소비되고 있다. 이처럼 『삼국지』는 '낭송하고 듣는 삼국지'에서 '보고 읽는 삼국지'로 다시 '상호작용적 멀티미디어 텍스트'로 변용, 확장되는 등 폭넓은 스펙트럼을 보여주고 있다.4)

제일재자서, 사대기서, 천년의 베스트셀러 등 다양한 별호들이 말해주고 있듯 『삼국지』는 시공을 초월하여 동아시아 독자들의 각별한 사랑과 주목을 받아왔으며, 황석영·이문열·장정일·김영하·황순원·김동리·박태원·한용운·양주동·박종화·양백화 등 당대의 대표 작가들에서 이름모를 장삼이사張三李四들 및 전문적인 이야기꾼에 이르기까지 수많은 사람들의 손을 거치면서 '삼국지 텍스트'들은 지금 이 순간에도 진화를 거듭하고 있다. 『삼국지』의 역사를 생각하면 그리 놀랄만한 일도 아닐 수 있겠지만, 한용운·양주동에다 황순원과 김동리와 김영하 등이 이 대열에 참여하고 있다는 사실은 조금은 의외이고 이채롭기까지 하다. 1990년대 문학의 기수인 김영하의 경우는 「삼국지 게임」을 소재로 한 단편을 쓴 것임으로 그럴 수 있다 해도 독립투사이며 선승이었던 한용운이나 이두해독과 향가 연구를 해왔던 논객 양주동 그리고 이른바 순문학의 대문자인 황순원과 김동리의 『삼국지』 리메이크는 잠시 우리들의 문학사적 인식에 명현 현상을 일으킨다. 그러면 도대체 어떤 이유에서

---

4) 조성면, 「대중문학과 문화콘텐츠로서의 삼국지」, 『한국문학연구』 제6호(고려대 민족문화연구원 한국문학연구소, 2005), 52-3면.

『삼국지』텍스트들이 거듭해서 다시 씌어지고, 다시 만들어지며, 읽히게 되는 것인가?

2. 리메이크의 계보학 — 나관중에서 장정일까지

소설 『삼국지』의 본래 이름은 『삼국지연의』 또는 『삼국지통속연의』이다. 연의演義란 말은 역사적 사실이나 사건에 허구를 가미하고 부연한 이야기란 뜻이다. 중국에서는 이를 줄여 『삼국연의』라 한다. 이를 『삼국지』로 부르는 것은 한국과 일본의 관행이다. 따라서 우리가 '삼국지'라고 할 때는 「위지」30권, 「오지」20권, 「촉지」15권 등 모두 65권으로 구성된 진수의 역사서 『삼국지』가 아니라 나관중 이후에 갱신되고 또 다시 씌어지고 있는 소설 텍스트 『삼국지』를 가리킨다.

여기저기 흩어져 에피소드의 형태로, 화본話本과 잡극으로 유통되던 파면화한 서사의 퍼즐들을 모아 단일한 텍스트로 구성해낸 최초의 리메이커가 바로 나관중이다. 이를테면 그의 『삼국지』는 진수의 『삼국지』와 이를 토대로 주석과 일화를 덧붙인 배송지(372~451)의 『삼국지주注』등의 공식적인 기록물들, 당대의 변문, 송대의 화본들, 원대의 잡극과 『전상평화삼국지』그리고 민간설화 등을 덧붙이고 변형한 최초의 리메이크 텍스트인 셈이다.

중세 중국문학 전공자이며 전문 번역가 홍상훈은, 장즈허張志和 등의 성과를 근거로 나관중을 최초의 『삼국지』집대성자로 간주하는 실증적 오류에 대해서 조심스럽게 의문을 제기한다.[5] 장즈허는 자

---

5) 나관중설에 대한 이론의 추이에 대해서는 홍상훈, 「'삼국연의'의 정통성에 관한 고찰」, 『삼국지' 변이 양상과 한국문화』(인하대 한국학연구소 기초학문연구단 학술심포지엄 발표문, 2006. 5. 26), 21면을 참고.

신의 저서 『투시삼국연의삼대의안透視三國演義三大疑案』(2002)을 통해서 가정본보다 20년 이상이나 앞선 판본인 명나라 때의 서적상書籍商 황정보黃正甫가 펴낸 『신각고정안감통속연의전상삼국지전新刻考訂按鑑通俗演義全像三國志傳』을 발견하였음을 밝힌 다음, "가정본의 최종 집필자 또한 나관중이 아니라 남경 사례감司禮監 소속의 어느 유명 문인일 것"이라는 주장을 편다. 아울러 "명초에 편찬된 『녹귀부속편錄鬼簿續編』에 기록된 나관중의 행적에는 잡극과 악부, 은어隱語를 지었다는 사실만 밝혀져 있을 뿐 『삼국연의』를 지었다는 언급이 없다는 점을" 근거로 나관중설에 이의를 제기하였다. 장즈허의 주장은 정확성의 여부를 떠나서 『삼국지』판본사의 복잡하고도 광대한 과정을 보여주는 것이라는 점에 커다란 의미가 있다고 할 수 있을 것이다.[6]

어쨌든 『삼국지』의 이런 갱신과 변용은 지금까지 계속되어 완역·축역·평역·창작적 번역 등 다시 쓰기re-writing라는 독특한 현상을 보여주고 있다. 나관중 이후 『삼국지』 리메이크의 역사에서 가장 주목할만한 판본은 모종강毛宗崗의 『삼국지통속연의』(1664)와 요시가와 에이지(吉川英治)의 『삼국지』(1939)이다. 모종강 본은 우리가 『삼국지』라고 인식하고 있는 오늘날과 같은 텍스트 체계를 완성해냈다는 점에서, 요시가와 에이지 본은 『삼국지』를 모종강의 영향을 벗어나 이전과는 전혀 다른 새로운 근대소설로 재창조하였다는 점에서 그렇다. 청대 출판업자였던 모종강이 펴낸 정통(?) 판본은 120회로 구성된 장회소설로서 각 회마다 회평과 한시를 덧붙인 전근대적인 구조를 가지고 있다. 반면, 1939년 8월 26일부터 1943년 9월 5일까지 『추가이쇼교신포(中外商業新報)』에 연재된 요시가와 본은 목차와 구성방식을 달리하고 등장인물의 심리묘사 등을 도입

---

6) 같은 곳.

한 새로운 리메이크 텍스트였다. 요시카와 『삼국지』는 국내에서 발행되던 일본어 신문인 『경성일보』에 꼭 일주일의 시차를 두고 그대로 연재되었으며, 후일 국내 작가와 독자들에게 많은 영향을 주어 수많은 에피고넨 텍스트들을 양산하였다. 김동리·황순원·허윤석(박영사, 1958), 방기환(학우서방, 1958), 김광주(창조사, 1965), 이용호(백조, 1966), 이인광(강우출판사, 1969), 김용제(문우사, 1974), 양주동(진현서관, 1976), 이원섭(대양서적, 1977), 정비석(민정사, 1979), 채정현(삼중당, 1982), 이병주(금호서관, 1985) 등의 작품들이 요시카와 에이지의 『삼국지』를 번역한 대표적 리메이크 텍스트들이다.[7]

덧붙여 『고우영 만화 삼국지』와 함께 가장 널리 읽힌 요코야마 미쓰테루(橫山光輝)의 『전략 만화 삼국지』가 바로 '요시카와 삼국지'를 저본으로 한 리메이크 만화라는 점 또한 빼놓을 수 없다. SF 만화 『바벨 2세』로 국내의 만화독자들을 열광에 빠뜨린 바 있는 저자 요코야마 미쓰테루는 『철완 아톰』으로 우리에게도 잘 알려진 데쓰카 오사무(手塚治蟲)의 수제자였다. 그의 『전략 만화 삼국지』가 쪼우(潮)출판사에서 처음으로 발행된 시기가 1974년 4월이었는데, 60권짜리 만화가 발행 8개월만인 12월에 69쇄를 돌파하는 등 일본에서 선풍적인 인기를 끌었다. 이 같은 선풍적인 인기는 즉각 국내로 전파되었는데, 원작자를 밝히지 않은 채 1975년 2월부터 『소년 중앙』에 소개되었고, 1989년에는 완역되어 자유시대사에서, 그리고 2002년 대현출판사에서 재차 출판되었다.

요시카와 에이지에 의해서 시작된 삼국지 리메이크는 일본에서 하

---

7) 편의상 역자명과 출판사와 출판년도만 표시한다. 한편 이들 가운데서도 김광주는 출판사를 달리한 7종이, 이원섭과 공역한 방기환본이 11종, 양주동이 2종, 이용호가 5종, 이인광이 6종, 정비석이 8종으로 가장 많이 리메이크된 요시카와 본들이다. 여기에 대해서는 『삼국지 한국어 역본 해제』를 참고할 것.

나의 패션이 되어 수많은 에피고넨들을 만들어냈는데, 진순신陳舜臣·기타카타 겐조(北方謙三)·미요시 토로우(三好 徹) 등의 판본들이 대표적이다. 여기서 특기할만한 것은 황석영이 1990년 중원문화사에서 진순신의 『삼국지』 6권을 번역, 출판하였다는 것이다.

국내에서 생산·유통·소비되는 최고의 계보는 아무래도 모종강 계열의 리메이크 텍스트들이다. '모종강 삼국지'는 그 '번역사'가 '한국 삼국지 역사'라고 해야 할 만큼 넓고 깊고 장구한 역사성을 갖고 있다. 해방 이전에 나온 박문서관·영창서관·조선서관·회동서관·영풍서관 『삼국지』 등을 비롯해서 최초의 신문연재본인 '양백화 삼국지(『매일신보』, 1929. 5. 5~1931. 9. 21)', '한용운 삼국지(『조선일보』, 1939. 11. 1~1940. 8. 11),' 그리고 '박태원 삼국지(『신시대』, 1941. 4~1943. 1)'를 꼽을 수 있다. '박태원 삼국지'는 탁월한 모더니스트이며 한문과 동양고전에 해박한 박태원이 번역했다는 점도 이채롭지만, 문체나 작품을 보는 관점 등에서 비교할 판본이 없을 정도의 무등등無等等한 걸작이었다. '그의 삼국지'는 원래 『신시대』에 연재되다가 1945년(박문서관)과 1950년(정음사) 두 차례에 걸쳐 간행되었지만, 그의 월북으로 완역되지 못하고 결국 정음사 사장이었던 최영해가 뒷부분의 번역을 맡아서 발간 2년만인 1955년 10권 분량으로 완간되었다. 혹독한 분단체제 속에서도 50대 중반 이상의 독자들에게 널리 읽혔으니 저 유명한 '최영해 삼국지'가 바로 '박태원의 삼국지', 즉 박태원 문학에 대한 열망의 보충대리물la supplément이었던 것이다. 이 '박태원의 삼국지'는 우여곡절 끝에 1959년 평양에서 제1권이 출간된 이후, 1964년 마침내 6권으로 완성되었다.8) 2008년 깊은샘에서 10권 분량으로 출간된 '박

---

8) 필자는 2006년 말경 도서출판 깊은샘 박현숙 사장님의 후의로 북한에서 발행된 '박태원 삼국지' 완질을 볼 수 있었다. 이 책의 서지 사항은 다음과 같다. 1959년 평양에 소재한 국립문학예술서적출판사에서 1권이 출판되기 시작해서 2권은 1960

태원 삼국지'는 북한에서 나온 텍스트를 저본으로 한 판본이다.

한편, 해방 이후에 나온 모종강 계열의 대표 텍스트들로는 김구용(일조각, 1974; 솔, 2003), 김동리(우석, 1984), 김동성(을유문화사, 1960), 박종화(삼성출판사, 1967; 대현, 1999), 조풍연(계림, 1980), 한용운, 황석영(창비, 2003) 등을 꼽을 수 있다. 이 중에서 독자들의 주목을 끈 걸작은 10종의 리메이크 판본들을 가진 '박종화 삼국지'로 삼성·영문·어문각·삼경·대현 등 여러 출판사에서 경쟁적으로 쏟아져 나왔다. 또한 현존하는 '삼국지들' 가운데 모종강 본을 가장 충실하게 번역한 텍스트로 '김구용 삼국지'를 꼽을 수 있는데, 그의 삼국지 역시 일조각(1974)·삼덕(1981)·솔(2000, 2003) 등 출판사를 바꾸어가면서 모두 4차례나 출판되었다. 아울러 2003년 창비에서 나온 '황석영 삼국지'는 우리 시대의 대표작가가 만들어낸 텍스트이자 '박태원 삼국지'를 계승하고 현대화한 판본이라는 점에서 최근 삼국지 마니아들에게 각별한 주목을 받고 있다.

끝으로 단순한 번역이 아니라 창작적 번역 내지 평역 등의 독자적 재창작형 판본들이 있다. '한국 삼국지'에서 있어서 1천만부의 판매고를 보인 사상 초유의 베스트셀러인 이른바 '이문열 삼국지(민음사, 1988)'[9]를 위시해서 독특한 해석과

'황석영 삼국지'는 박태원을 계승하고 있는 대표 판본이다.

년, 3권은 1961년, 4권은 1962년, 5권과 6권이 1964년에 완간되었다. 한 가지 특이한 점은 책 제목이 『삼국지』가 아닌 『삼국연의』라는 중국식 제목을 따르고 있다는 점과 모든 책의 목차 아래 부분에 '1955년, 북경, 작가출판사'고 병기되어 있다는 점이다. 이것이 1955년 북경 작가출판사에서 완간된 작품을 1959년에 다시 복간했다는 의미인지 아니면 1955년 북경의 작가출판사에서 나온 책을 저본으로 번역했다는 의미인지 아직 확인하지 못했다.

사상 최대의 베스트셀러인 '이문열 삼국지'와 새로운 해석과 관점을 선보인 '장정일 삼국지'.

관점을 선보인 '장정일 삼국지(김영사, 2004)' 등도 주목할 만한 판본으로 꼽을 수 있다.

3. 옹유반조擁劉反曹와 이념의 각축

『삼국지』는 그간 지나치게 과소비돼 왔다. 수백 종의 리메이크 텍스트들의 존재와 독자들의 열광 그리고 '삼국지'를 둘러싼 각종의 과잉담론들의 존재는 단적인 예이다. 이를테면 『삼국지』는 살아있는 처세 경영학이요 인간학 사전이라는 통상적인 찬사들을 비롯해서 후한시대의 한 근은 222.73g이기 때문에 관우의 상징인 82근 청룡언월도의 실제 무게는 41㎏이 아닌 18.26㎏이라든지 후주後主

---

9) 그의 '삼국지'는 원래 1983년 10월 24일부터 1988년 1월 20일까지 『경향신문』에 연재되었다.

유선이 무능한 왕이 된 것은 장판교 싸움 당시 유비가 조자룡을 위로하기 위해서 그를 땅바닥에 내던지는 퍼포먼스를 연출하여 그때 뇌에 충격을 받아 그렇게 된 것이라는 등 시시콜콜한 이야기들이 그것이다. 이런 '삼국지 담론들' 중에서 숱한 논란을 불러일으키면서 '삼국지 담론'의 핵심으로 작동하는 것은 촉한정통론蜀漢正統論 곧 "유비를 옹호하고 조조에 반대한다는 옹유반조擁劉反曹"론10)이다. '삼국지 리메이크의 역사'는 바로 유비 삼형제를 중심에 놓고 보려는 정통적인 입장과 이에 반발하여 조조를 중심에 놓고 보려는 입장 사이의 대립과 갈등의 역사이기도 하다.

사실 『삼국지』는 대단히 정치적 오락물이다. 예를 들어 『삼국지』의 중심축인 유비 삼형제에 대한 독자들의 열광적 지지의 배후에는 부패하고 가혹한 신분제 중세사회에 대한 민중적 항의와 분노가, 즉 새로운 사회에 대한 민중적 열망이 깔려 있다. 공식적이고 규범적인 위로부터의 담론인 사서史書들이 대체로 조조와 왕조사 중심의 경향을 보인다면, 강력한 시정성市井性을 토대로 구축된 아래로부터의 담론인 연의는 철저하게 유비 삼형제 중심이다. 바로 이 지점에서 민중성과 반민중성이, 역사와 연의가 서로 갈라진다.

옹유반조는 이 점에서 민중성의 은유이며, 연의에서 이것은 보다 명료하고 극적으로 제시된다. 중앙/지방 귀족 엘리트들인 조조, 원소, 손권 등에 비해 주인공 유비 삼형제는 한미하거나 미천하다. 유비는 황실의 후예로 볼 수 없을 만큼 한미하고, 관우는 토호를 죽이고 수배를 피해 강호를 떠돌던 신세이고 장비 역시 돼지를 잡던 미천한 신분이다. 그러므로 혈연을 넘어선 이들의 결의는 "소규모의 민중연합"이라고 할 수 있는데, '삼국지'는 이들의 인정투쟁 내지 신분상승을 위한 싸움 그리고 종국적 좌절을 축으로 전개된다.11)

10) 김문경, 앞의 책, 228면.
11) 최원식, 「새 시대 새 감각의 '삼국지' 탄생에 부처」, 『황석영 삼국지 부록: 즐거운

그런데 이들의 민중성은 반동적이거나 퇴행적이다. 이들이 내건 명분은 한 제국의 재건이라는 반동적 슬로건이고, 민중들의 의거라 할 수 있는 '황건적의 난(?)'은 지나치게 왜곡·폄하되어 있거나 부정적으로 묘사되고 있기 때문이다. 그리고 천하의 혼란의 원인을 중세 신분제도와 같은 체제의 모순이나 지배계급의 학정이 아니라 환관들에 전가하는 등 많은 문제점을 노정하고 있다. 옹유반조로 대변되는 『삼국지』 특유의 이 같은 어이없는 인식은 연의에 호의적인 민중적 관점의 이론가/연구자들을 아주 난처하게 만듦과 동시에 야심만만한 작가들에게는 다시 쓰기rewriting의 좋은 빌미를 제공해준다.

> 『삼국지』에서는 흔히 십상시+常侍의 난을 표현하면서 후한말의 모든 사회적 병리의 원인을 오직 환관 때문에 발생한 것처럼 서술하고 있고, 환관은 천하의 간신배로만 이해하고 있는데 이것은 매우 위험한 생각이다. 이것은 오로지 춘추필법으로만 묘사하려는 데서 생긴 병폐이다. 사실은 전혀 다르다. (……) 따라서 춘추필법에 의한 역사 서술은 현대와는 거리가 먼 이야기다. 바로 **이 점이 『삼국지』를 새롭게 써야 하는 이유이다.**[12]

과연, 천하의 혼란의 원흉으로 지목되었던 십상시는 군벌들의 기세에 역사의 무대에서 무기력하게 퇴장한다. 이런 환관을 천하혼란의 원인으로 지목하고 『삼국지』의 인식은 지극히 소박하고 어이없다. 그런데 이런 소박한 인식은 가장 민중적이었던 유비 삼형제의 반동성 곧 한실 재건의 명분과 근왕주의에서 정점을 이룬다. 그러나 이러한 생각은 오늘날의 관점을 무리하게 소급한 것일 수도 있다. 왜냐하면 한실의 재건을 통해서 세상의 혼란과 전란으로부터 백성

삼국지 탐험』(창비, 2003), 3면.
12) 장정일·김운회·서동훈 공저, 『삼국지 해제』(김영사, 2003), 29-30면.

들을 구하고자 하는 유비의 근왕주의와 애민주의는 전근대가 도달할 수 있는 최고의 민중주의일 수도 때문이다. 따라서 동일한 『삼국지』라고 해도 옹유반조의 관점에 서있는가 아니면 조조를 옹호하는 관점에 서있는가 하는 것은, 해당 텍스트가 출현한 시기와 사회적 상황과 관련하여 작가의 역사철학과 정치적 지향을 가늠해 볼 수 있는 중요한 지표이다. 장정일(『삼국지』1권, 김영사, 2004)이 지적하고 있는 바와 같이 정치적 이념과 지향과 관련하여 '이문열의 삼국지'를 가장 반민중적인 텍스트로 신랄하게 비판하고 있는 것도 바로 이러한 맥락에서이다. 예컨대 "동양형의 혁명은 결국 자기가 쓰러뜨린 왕조와 비슷한 새 왕조를 여는 것으로 끝나 버리고, 그 나마도 어리석은 후계자와 그를 둘러싼 권력 장치의 무능 및 부패로 세월이 갈수록 혁명이란 말에는 어울리지 않게 되기 때문이다. (……) 혁명이란 말에는 약방의 감초처럼 따라붙는 민중을 끌어대 봐도 마찬가지"[13]라는 대목이나 "아직도 그(조조)의 행동과 신념은 오직 한漢에 대한 충성심에 바탕하고 있을 뿐이다."[14] 등에서처럼 작품 도처에서 보이고 있는, 즉 이문열 특유의 날카로운 통찰력에 덧붙여진 묘하게 악의적인 해석이나 표현들 그리고 조조 옹호론 등이 이러한 주장을 뒷받침하는 근거들이라 할 수 있을 것이다.

　『삼국지』는 작품의 내용, 형성 과정에서 나타난 적층성積層性, 그리고 텍스트의 수용 등 모든 측면에서 대중적 혹은 민중적이었다. 읽는 이의 관점에 따라 『삼국지』는 처세술로, 심심풀이 전쟁무협으로 다양하게 읽힐 수 있겠지만, 기본적으로는 대단히 불온하고 위험한 변혁의 이야기—심지어는 간웅으로 묘사되어 있는 조조조차도 부패한 후한사회와는 전혀 다른 통치스타일과 개혁적인 정치가로서의 면모를 보여준다—이다. 그런 『삼국지』가 시공을 초월하여 남녀

---

13) 이문열, 『삼국지』1권, 민음사, 65-6면.
14) 같은 책, 84면.

노소와 지위고하를 막론하고 어째서 이토록 오랫동안 묵인·허용·
권장될 수 있었는가. 다음과 같이,

　이제 나는 우리나라 소년, 소녀들을 위하여 내 나름의 『삼국지』를
엮게 되었다. **새 시대의 소년, 소녀란 무슨 뜻인가? 양단된 국토의 평
화적 통일을 외치며, 나라의 위신과 부강을 위해 줄기차게 앞으로 나아
가고 있는 대한민국의 내일의 일꾼들**인 우리나라의 소년, 소녀들이 바
로 여러분들이기 때문이다.[15]

　그것은 그 어느 관점으로 단선화할 수 없는 『삼국지』 특유의 이
중성 때문인 것으로 보인다. 요컨대 위의 인용문—참고로 위의 작품
은 5공화국 시절 청소년 권장 도서의 하나로 간행되었다—에서 잘
드러나고 있듯이 위정자들은 이를 남성적인 전쟁문학이란 당의정에
충의와 효 그리고 애민사상 등을 입힌 훈육의 텍스트로 권장하였지
만, 오히려 독자들은 여기에서 새로운 사회에 대한 꿈과 신분상승에
대한 자신의 열망을 투사投射하였던 것이다.[16] 게다가 의제義弟들의
복수를 위해서 무모하게 복수전을 벌이다가 패퇴한 유비의 아름다
운 실패조차도 동아시아 독자들의 마음속에서는 오히려 장중한 비
극으로 크게 공명하였던 것이다. 이처럼 『삼국지』는 훈육용 텍스트
이자 새로운 시대에 대한 은유로서의 효용성에 파적거리용 오락물
로서의 양면성을 지닌 독/약pharmakon이었던 것이다. 『삼국지』의
장수비결과 리메이크의 행진은 어쩌면 바로 이 같은 텍스트 자체의
모호성과 이중성에, 예기치 않은 계급들 간의 뜻하지 않는 연합과
공모가 만들어낸 기현상이었을지도 모른다.

---

15) 조풍연, 『삼국지』 1권(문고, 1985), 4면.
16) 조성면, 앞의 글, 65면.

4. 리메이크의 최종심급―상업주의와 기호적 욕망

『삼국지』는 애초부터 창작 내지 작가란 개념을 설정할 수 없는 텍스트이다. 무수한 『삼국지』 리메이크 텍스트들의 존재가 바로 그 증거다.

리메이크는 말 그대로 원작을 바탕으로 새로운 작품으로 만드는 작업 내지 작품을 가리키는 말이다. 리메이크는 원작을 새로운 목적과 의도로 가공하여 새로운 작품을 만들어내는 패러디와도 다르며 또한 원작을 분명하게 밝히고 있다는 점에서 표절과도 다르다. 그러나 원작의 권위와 명망에 지나치게 의존적이며, 상업주의적 충동과 제안에 기민하게 타협할 수 있다는 점에서 리메이크를 바라보는 시선은 차갑다. 리메이크는 진정한 창작이라기보다는 기민한 타협이고 모방이며, 창조의 고통을 회피하는 무임승차와 같은 편의주의 같은 것일지도 모른다는 인식 때문일 것이다.

몇몇 진정성 있는 제외를 빼고, 리메이크는 창조의 이름을 빌린 모방이며 모방을 위장한 창조일지도 모른다. 예술의 본질과 창조의 핵심은 모방에 있다는, 이른바 모방론의 관점에서 보면 리메이크는 모방된 것의 모방 곧 모방의 모방이며 모방의 그림자이다. 그래서 리메이크에서는 창조의 땀 냄새 대신, 향기 없는 조화에서 목격되는 건조한 인공의 테크닉을 확인하게 되곤 한다. 요컨대 모든 텍스트는 창조적 생성이 아닌 기표들의 놀이라는 텍스트 이론이나 실재를 대체하고 압도하는 파생실재들의 작동과 연쇄를 현대사회문화의 핵심적 특징으로 제시하고 있는 시뮬라시옹simulation 이론을 받아들인다면, 현존하는 『삼국지』들 아니 문학 텍스트는 모방의 언어게임이며 시뮬라크르들의 질주일지도 모른다.

리메이크가 원작에 의존적이고 상업주의적 열망에 취약하다는 사실은, 우선 판본의 숫자들이 웅변으로 말해준다. 사실, 삼국지』의

꾸준한 대중성은 작가나 출판사 모두에게 리메이크의 욕망을 자극한다. 『삼국지』가 1904년부터 2004년까지 꼭 1백 년 동안 400종이 넘는 판본들을 쏟아낼 수 있었던 비결은 리메이크의 최종심급이라 할 수 있는 상업주의 때문이다. 예나 지금이나 출판은 위험을 감수할 수밖에 없는 벤처사업이다. 때로는 양서를 만들어내겠다는 출판인들의 각오가 경제의 논리를 넘어서기는 하지만, 대개의 경우 출판은 어디까지나 '돈'을 벌기 위한 것이다. 예측을 불허하는 시장의 상황은 출판사의 발목을 붙잡고 있는 가장 큰 걸림돌이며 위기요인이다. 이럴 때 출판사들에서는 동원 가능한 다양한 대책들을 실행에 옮긴다. '삼국지 리메이크'는 작가의 개념을 설정할 수 없는 텍스트구축의 논리도 또한 텍스트에 내재된 텍스트이론 때문만도 아니다. 가장 분명한 사실은 『삼국지』가 인기 있는 대중적인 장르문학들처럼 언제나 최소한의 기본 판매가 보장되는 스테디셀러라는 점이다. 『삼국지』 특유의 순환구조는 여기서 만들어진다. 수요가 있기 때문에 공급하고 공급을 하기 때문에 수요가 생기는, 이른바 재생산의 메커니즘이 바로 그것이다. 이와 같이 리메이크 텍스트들의 배후에서 『삼국지』에 대한 새로운 소비의 욕망과 수요를 만들어내는 출판사의 마케팅 전략 곧 출판 상업주의야말로 리메이크의 최종심급la dernière instance이라 할 수 있다.

덧붙여 출판 상업주의가 호명한 작가적 야심과 자존심—곧 잘 팔리는 명작을 만들어 보고 싶다는 모방의 충동 역시 『삼국지』 리메이크의 또 다른 최종심급이다. 어느 누구라고 할 것도 없이 작가들에게 내재되어 있는 기본적인 두 가지 충동은 위대한 예술가로 인정받고 싶어 하는 명예욕과 작품으로 돈을 벌고자 하는 경제적 동기이다. 어느 누구도 직접적으로 표현하지는 않지만 모두가 다 알고 있는 이 두 개의 충동이야말로 예술적 열정의 근원적인 힘일 것이다. 『삼국지』는 명예를 효율적으로 관리해야 하는 작가들로서는 아

무런 무리 없이 이름과 실리를 모두 챙길 수 있는 매혹적인 대상이
된다.

이름에 대한 욕망은 다른 욕망들에 비해 고결한 것처럼 보이지
만, 어쩌면 이것이야말로 오욕 중에서 자신을 위기에 빠뜨리는 가장
위험한 영혼의 질환일지도 모른다. 죽음의 유한성을 넘어서려는 이
름에 대한 이 기호적記號的 갈망은 놀라운 예술적 성취를 이끄는 창
조의 근원이 되기도 하지만 자신의 소진시키고 불태우는 야누스의
얼굴을 갖는다. 이와 관련하여 『삼국지』 첫머리에 등장하는 양신楊
愼, 1488~1559의 「서사」는 매우 의미심장하다.

서시

장강長江은 흐르고 흘러
동해로 들어간다
물거품 거품마다
영웅의 자취로다

시비是非와 승패勝敗가
돌아 보니 부질없다

청산은 의구한데
몇 번이나
석양은 붉었던고―

강가의 두 늙은이
어옹漁翁과 초부樵夫로다
추월秋月에 춘풍春風에
머리털이 다 세였다

서로 만나 반가워라
탁주 한 병 앞에 놓고
고금의 이 얘기 저 얘기를
모두 다
웃음 속에 주고받더라—

— 양신, 「서사」 전문[17]

웅대한 꿈과 명분에 기대어 몸을 일으켰지만 결국 한 떨기 물꽃
(浪花)으로 사라져간 『삼국지』의 영웅들이 그랬던 것처럼 욕망의 이
허망함이라니! 자기 시대가 끝나면 가차 없이 역사의 무대에서 퇴장
당하는 주인공들을 보면서 역사와 시간의 지엄함과 무상함을 느낀
다. 문득 내게 비현실적 욕망들이 또는 자본에 의해 추동되는 온갖
비인간적인 추악한 욕망들이 들끓을 때 한 떨기 물꽃으로 속절없이
사라져간 일세의 영웅들을, 조용히 지켜볼 일이다.

---

17) 「서사」의 원문은 다음과 같다. "滾滾長江東逝水/浪花淘盡英雄/是非成敗轉頭空/
青山依舊在/幾度夕陽紅/白髮漁樵江渚上/慣看秋月春風/一壺濁酒喜相逢/古今多
少事/都付笑談中." 이 글에서는 박태원 본의 번역에 따른다. 라관중 저, 박태원
역, 『삼국연의』 제1권(평양: 국립문학예술서적출판사, 1959), 27-8면.

탈경계의 사유와 충격적 상상력
—『용의 이』에 대한 몇 가지 테마

1. 듀나와 한국의 SF

듀나는 한국SF의 간판작가다. 주지하듯 한국SF는 이해조·박영희·김동인·김내성·문윤성·서광운·한낙원 등을 거치며 겨우 명맥만을 유지해오다가 복거일이 등장하면서 대체역사란 이름으로 겨우 문학사에 등재될 수 있었고, 마침내 듀나에 이르러 장르문학으로서의 대중성과 경쟁력을 모두 갖추게 되었으니 복거일과 함께 그를 대표작가로 칭해도 지나침이 없을 것이다.[1]

한국문학사상 최초의 과학소설은 1907년『태극학보』(8~11호)[2]에 백락당白樂堂이 쥘 베른의『해저 2만리』를 번역, 연재한「해저여행기담」이다. 이듬해 역시 쥘 베른의『인도황녀의 5억 프랑Les Cinq Cents Millions de la Bégum』을 중역重譯한 이해조의 신소설『철세

---

1) 한국SF의 전반적 흐름과 동향에 대해서는 조성면,「SF와 한국문학」,『대중문학과 정전에 대한 반역』(소명, 2002); 박상준,「21세기, 한국 그리고 SF」,『오늘의 문예비평』(2005년 겨울호)를 참고할 것.

2)『태극학보』는 1906년 8월 24일 동경에서 재일유학생들에 의해 창간된 잡지로 신교육과 과학지식의 대중적 보급 등 강한 계몽주의적 지향을 지닌 학술지이다.

계』(1908)가 발표된다. 여기에 카프KAPF, 1925~35의 맹장이었던 박영희가 1925년 카렐 차펙Karel Čhapek의 희곡『로섬 유니버설사社의 로봇Rossum's Universal Robot』을『인조노동자』란 제목으로『개벽』(2~5월)지에 번역·연재함으로써 마침내 한국문학사에서도 SF가 일과성의 우연이 아닌 문학의 한 현상으로 자리 잡게 된다.

그러나 김종안(후일 문윤성으로 개명)의『완전사회』가『주간 한국』(1966. 1. 2~4. 24)에 연재되기 이전까지 한국의 SF는 김동인·김내성·신동민·한낙원 등 몇몇 작가의 습작 단계의 작품을 제외하고, 여전히 번역문학의 상태에서 답보하고 있었다. 한국SF의 오랜 숙원이었던 창작SF에 대한 갈망은 복거일이 등장하면서 상당부분 해소될 수 있었고, 이어 이성수·김호진·듀나 등의 젊은 작가들이 등장하면서 비로소 생산과 소비의 메커니즘이 구조화되기에 이른다.

듀나는 모뎀을 매체적 기반으로 등장한 이른바 통신문학 세대의 작가이다. 새로운 매체 환경 속에서 사이버 작가로 등장한 1994년부터 지금까지 그는 온·오프라인을 종횡무진으로 넘나들면서 활발하게 작품 활동을 전개해 왔다.『나비전쟁』·『면세구역』·『태평양 횡단 특급』·『대리전』등의 작품집 및 장편들을 포함해서 공동단편집『사이버 펑크』그리고 칼럼모음집『스크린 앞에서 투덜대기』등 작품수와 대중성의 양면에서 올연兀然한 성과를 거둠으로써 명실공히 그는 한국장르문학의 간판작가로서 자신의 입지를 확고하게 구축하였다. 만일 이런 평가에 의심이 생긴다면, 한번쯤 그의 이름과 작품을 빼고 한국SF의 목록을 만들어보라고 권하고 싶다.

2. 탈경계의 상상력과 펑크punk형 실존주의

그 듀나가 SF를 썼고, 이를 작품집으로 펴냈다. 물론 SF작가가

SF를 쓴다는 것은 "해가 지고 바람이 부는 일"보다 더 사소한 일이다. 특히 상상 속에서나 가능했던 것을 시각적 경험세계로 현실화하는 영상매체의 압도적 테크놀로지 앞에서, 또한 첨단매체를 기반으로 한 수많은 텍스트들이 치열하게 경합하는 멀티미디어시대에 장르문학이 한 편 더 추가된다는 것은 사실 얼마나 사소한 일인가. 그런데 듀나가 SF를 쓰고 작품집을 펴냈다는 것은 사소하긴 하되, 아주 특별하게 사소한 일이다. 왜냐하면 이제까지 그의 작품은 단 한 번도 우리를 실망시키지 않아왔고, 이번에는 그가 사변소설Speculative Fiction이며 변종 리보펑크Ribopunk에 판타지까지 가미된 특별한 사소함으로 우리를 찾아왔기 때문이다.

이번 작품집의 발신지는 "212 개발 성군에서 400광년 정도 떨어진" 어느 "표준형 행성", 또는 이대 목동병원 등 서울의 어느 외곽 지역이다. 그런데 여기서 한 가지 주의해야 할 것은 예의 그 화려한 상상력과 리얼리티가 주는 강렬한 기시감으로 인하여 해적유령들의 어드벤처인 「캐리비안의 해적」이라든지 그리스로마신화의 '미노타우로스' 또는 이런저런 제페니메이션 등을 떠올리며 작품의 본적지를 추적하는 소모적인 일을 할 필요가 없다는 것이다. 그만큼 그의 작품은 독자적이다.

표제작 『용의 이』는 초염력extrasensory perception을 지닌 열두 살배기 소녀 '나'의 이야기다. 타인의 생각과 기억을 마음대로 통제할 수 있는 '나'는 우주제국의 특별한 관리를 받아왔다. 그러던 중 우주왕복선에 실려 호송되다 "중력의 소용돌이"에 휘말리는 불의의 사고로 미지의 식민행성에 불시착하게 된다. 승무원들은 모두 사망했고, '나'만 홀로 살아남아 악전고투 끝에 문명의 흔적이 남아 있는 어느 섬에 상륙한다. 그리고 이곳에서 나는 "철기문명으로 퇴보한 야만인" 유령들과 만나면서 기묘한 상황 속으로 빠져든다.

영능력자인 '나'는 죽은 자들의 유령을 일깨워 기억의 회로를 만

듀나의 사이언스 판타지 『용의 이』.

들이주고 이들을 통해서 조금씩 이 행성에 감도는 이상한 기운의 실체와 역사를 파악하기 시작한다. "안녕 폐하, 사자死者들이 당신에게 인사한다Ave Imperatrix, mouituri te salutant"는 머리말의 암시처럼 과거에 이 행성에서는 큰 전쟁이 있었고, 여왕의 수호자들과 반란군들 모두 사망하고 생전의 기억과 의식의 관성만이 남은 유령들이 여왕을 찾아 방황하며 서로 대치하고 있던 상황이었던 것이다. '나'는 불시착한 우주선의 잔해를 모아 행성에서 탈출하기 위한 준비를 하는 한편, 여왕을 수호하려는 유령들과 연대하여 적대적인 세력들과 맞서게 된다. 그러나 '내'가 할 수 있는 일이란 결국 수천 년 전에 죽어버린 여왕의 흔적인 유령과 수다를 떨며, 앞으로 어떻게 소일할까 고민하는 일뿐이다.

작품 속의 '나'는 스토리를 조립하고 전달하는 화자, 아니 유령들과 독자들 사이를 이어주는 영매이며, 듀나가 만들어낸 "회로"이기도 하다. 이 화려한 영매술로 복잡한 퍼즐조각들을 엮어 자기완결성을 갖는 이야기 구조물로 만들어나가는 듀나의 스토리텔링storytelling 솜씨도 일품이지만 이따금씩 행간에서 목격되는 빛나는 잠언들은 장르문학의 범주를 넘어선다. 『용의 이』는 이처럼 듀나의 건재와 노련미를 거듭 확인할 수 있게 해주는 가작임에 분명하나 다른 한편에서 이 혼종적 앤솔로지는 제목만큼이나 난해하고 불친절하여 독자들에게 적잖은 불편과 당혹감을 주기도 한다.

자신이 고백한 바와 같이 그는 독자성 혹은 개성을 중요시하는 작가주의적 유형의 작가이다. 이를테면 그는 대중적 SF의 메인스트림이라 할 우주활극space opera이라든지 정교한 자연과학적 지식을 토대로 한 하드코어 SF들과는 무관한, 독자적인 작품을 쓰고자 한다. 『용의 이』만 해도 그렇다. 아무도 살지 않는 버려진 식민행성, 우주왕복선, 제2제정기 수도 태양계, 식량제조기, 열선총, 정보처리기 등의 관습적 소품들이 아니면, 특유의 사변성과 불친절함으로 인해 이 작품을 사이언스 픽션이라고 말하는 것을 주저하게 만든다.

누구든지 『용의 이』의 '나'처럼 절대고독의 상황에서 자신을 돌아본 실존적 경험이 있을 것이다. 그때 마주친 나는 누구였는가. 내가 나라고 주장할 수 있는 근거는 무엇이었는가. 나는 과연 어디에 있는가. 이 까다로운 존재론적 물음 앞에서 우리가 찾아낼 수 있는 답변은 언제나 궁색하고 초라하다. 나는 누구의 남편이고, 아버지이며, 아들이고, 친구이며, 어느 집단의 구성원이라는 사회적 관계 속에서 생각의 쳇바퀴를 돌리게 된다. 그렇지 않으면 화자인 '나'의 말대로 "육체는 정신과 세계를 연결시켜주는 무감각하고 둔한 도구"에 지나지 않음으로 최종적으로 '나'를 구성하고 있는 '생각'과 '기억들'에서 '나'를 보증하는 정체성의 근거를 찾게 된다. 『용의 이』의 화자이자 영매인 '나' 또한 독자적인 정체성이 없이 오직 타인의 기억들로 채워져 있는 관계망들의 흔적 곧 실체 없는 '유령'과 같은 존재다.

그 기억이 내 기억이 아니었을 수도 있겠지. 내가 가지고 있는 기억은 그 능력을 사용할 줄 알았던 다른 능력자의 기억이고 잊고 있는 동안 그 기억이 내 몸을 감염시킨 것인지도 몰랐다.

나는 다른 사람의 머릿속을 들여다 볼 수 있어. 그냥 상대방이 무슨 생각을 하고 있는지 알아내는 정도가 아니라 그 사람 머릿속에 들어있는 정보를 송두리째 빨아들일 수 있는 거야. (……) 그 때문에 나는 그만큼이나 많은 것을 잊어버리기도 해. 그동안 빨아들인 정보들이 원래 가지고 있던 기억을 밀어내는 거야. 나는 더 이상 내 이름도, 고향도, 나이도 기억하지 못해. 내 몸은 12살 정도처럼 보이지. 하지만 어떻게 알아? 나는 12살일 수도 있고 수백 살일 수도 있어. 내가 그동안 어떻게 살았는지 난 정말 몰라. 몇 개월의 기억을 온전하게 쌓는 것도 여기 와서야 가능했어.

혹시 예민한 독자라면 그런 '나'를 지켜보다 진짜 나를 돌아보게 하는 사유의 소용돌이 속으로 빠져드는 이상한 몰입을 경험하게 될지도 모른다. 장르문학답지 않은 이 같은 사변성이 다음과 같이 그냥 지나쳐 버리기 아까운 실존주의적 통찰을 형성하는 원동력일 터이다.

중요한 건 죄의 무게가 아니라 그 죄가 불러일으키는 고통의 정도이다.

주변의 모든 사물에서 습관적으로 질서와 규칙을 찾는 버릇이 있는 인간들은 그 꿈을 자기 멋대로 해석하고 의미를 부여하고 그러는 동안 그들 고유의 신화와 전설을 만들었던 것이다. 모든 것들은 우연과 오해의 결과였다.

이 잠언들은 「천국의 왕」 같은 다른 작품에 가서는 종교성의 차원으로 도약한다. '영혼'을 첨단테크놀로지를 이용하여 채집하고, 보존하여 영생을 꿈꾸는 광기로 가득한 과학자의 모습을 통해서 소설은 우리가 절대화하고 있는 믿음들 곧 "영생과 천국과 신과 예수의 부활"이 "허상이며 넌센스"라고 주장한다. 종교적 교의의 허구성은 물론 스스로 신의 영역에 도전하고자 과학에 영혼을 팔아버린 현대판 파우스트의 파멸을 그려냄으로써 듀나는 잔인한 이중의 부정을 감행한다. 그러한 이중부정의 최종적 결론은 온전히 독자의 몫으로 남겨져 있다.

듀나는 이렇게 장르문학이라는 상대적 자율성과 면책 특권을 극단으로 밀고 나가는 충격적 사유를 통해서 종교적 교의와 비전을 허구화하고 현대사회에 만연한 폭력성을 문제화하고 희화화한다. 그리하여 작품은 SF의 틀에서 벗어나 고독한 실존주의로, 사회적 발언으로 비상한다. 서로 공존할 수 없는 과학과 종교와 초자연성을 탈경계의 상상력으로 넘나들고 가로지르면서 그동안 한국SF에서 목격하지 못했던 새로운 풍경을 만들어냈으니, 우리는 이를 '사이언스 판타지Science Fantasy'라 명명할 수밖에 없겠다.

3. 장르법칙을 거스르는 올연한 작가주의

듀나는 장르의 법칙과 우리의 기대지평을 상습적으로 위반해온 작가이다. 그의 작품들은 일찍이 로버트 하인라인Robert Heinlein이 선보인 바 있는 사변소설Speculative Fiction처럼 초현실주의적이며 전위주의적인 1950년대의 뉴 웨이브New Wave들 그리고 1980년대 이후 사이버펑크의 문제의식을 더욱 확장하여 리보펑크Ribopunk, 스팀펑크Steampunk, 슬립스트림Slipstream 등으로 계속 분화되어 나가는 현대 SF의 실험주의적 흐름들과 그렇게 멀리 떨어져 있지는 않다.[3] 그러면서도 언제나 충격적이고 언제나 유니크하다는 것이

---

3) 아드리안 멜리(Adrian Mellor)는 SF의 역사를 다음과 같이 경탄기(The Age of Wonder, 1926~37), 황금기(The Golden Age, 1938~49), 수용기(The Age of Acceptance, 1950~61), 반역기(The Age of Rebellion, 1962~73), 제5기(1974~

듀나 문학의 한 특징이다.

이것은 실제의 작품 속에서 종교적 교의를 허구화하는 반종교성, 상상력의 영토를 자국에 제한하지 않는 무국적성 내지 이국적exotic 취향[4], 그리고 언제나 우울하고 고독한 주체들을 통해서 구체화된다. 『면세구역』·『대리전』과 마찬가지로 『용의 이』에 수록된 작품들 또한 장르문학의 문제의식이라고 보기에는 어려운 반종교적 비전과 사유가 깔려있다. 여기에다 편모(「거울 너머로 건너가다」)·편부(「천국의 왕」, 「너네 아빠 어딨니?」)·가정폭력(「너네 아빠 어딨니?」) 등 가족해체와 소년소녀가장 등과 같은 둔중한 사회의식이 한데 결합되어 있으니 그의 작품은 간혹 독자들의 사회힉적 충동을 자극하기도 한다. 그의 작품들은 이렇게 양가적이며 사회로부터 소외된 우울하고 고독한 철학적 주인공들로 가득하다. 이를 모든 것이 경제적 가치로 환산되고 멀티미디어의 압도적인 영향 하에 갈수록 자기정체성을 잃고 기호화되는 현대인들의 표상으로 해석하면 지나칠까. 그야 어쨌든 듀나의 소설들은 장르문학이 아니라 장르문학의 이름을 빌린 사회적 발언이며 성찰적 펑크의 모범적 사례라고 할 수 있다. 『용의 이』는 바로 그러한 충격적 작가주의의 결정結晶이라 할 수 있다.

그러나 현실적으로 이 같은 작가주의가 언제나 보편적 지지를 받는 것은 아니다. 작품을 둘러싼 작가와 독자의 기대와 역학이 항상

현재) 등 5기로 구분한다. SF의 주류적 흐름이 Speculative Fiction로 이동하는 뉴웨이브는 1950년대 후반기에 일어나기 시작한 흐름으로 사이버펑크 등 SF의 외연의 확장을 가져왔다고 진단한다. Adrian Mellor, "Science Fiction and The Crisis of the Educated Middle Class", Popular Fiction and Social Change, Christopher Pawling ed., Macmillan Press, 1984, pp. 25-8.

4) 작품집 『대리전』에서처럼 비록 표면적으로는 부천 아이스 월드나 홈플러스처럼 현실의 공간이 작품 속에 등장하고 있다고 하더라도 그것은 특별한 효과를 얻어내기 위한 소품으로써의 의미밖에 가지지 않는 경우가 대부분이다.

행복한 일치를 할 수 없기 때문이다. 늘 그렇듯 작가에게는 '쓰고 싶은 작품'이 우선하지만, 독자에게는 '읽고 싶은 작품'이 언제나 우위에 놓기 때문이다. 그런 무지막지한 양분법의 차원에서 보자면『용의 이』는 '쓰고 싶은 작품'의 범주에 해당하는 소설이다. 흥미와 대중성보다는 언제나 탈경계의 사유와 충격적 상상력으로 우리를 낯선 세계로 끌어들이는 작가의 도저한 위반에 박수를 보낸다.

제 2 부

간극을 메우며

큰 이야기의 소멸과 장르문학의 폭발

- 1990년대 대중문학과 출판 상업주의에 대하여

1. 너무나 뻔하고 평범했던 1990년대

당연한 얘기이겠지만, 사람들에게는 언제나 자기 자신이 몸을 부 딪쳐 살고 있는 동시대가 가장 어렵고 힘든 시기일 수밖에 없다. 남 들의 중상보다 내 찰과상이 더욱 쓰리고 현실적인 것처럼 시간적 존재인 우리는 다른 시대를 직접 경험하거나 살아볼 수 없고 설사 다른 시대를 잘 알고 있고 이해하고 있다고 하더라도 그것은 어디 까지나 머릿속에서 일어나는 일이기 때문에 어느 누구라도 몸으로 대면하고 있는 자신의 시대가 가장 살기 힘들고 혹독하며 문제적이 라는 생각을 하게 마련이다. 그러나 여기서 한 걸음 비켜나서 다른 관점에서 보자면, 우리가 문제적인 시기고 생각하는 1990년대도 실 상은 지극히 평범하고 정상적인 시기일지도 모른다. 아니 극단적으 로 말해서 역사상의 모든 시대가 오십보백보이고 어떤 특정한 시대 를 문제적인 시대로 바라보려는 패러다임과 태도만이 있는 것인지 도 모른다.

주지하다시피 서구사회에서는 수 백 년에 걸쳐 진행된 근대화 과정을 압축적으로 경험해왔고 또 근대의 온갖 모순이 중첩돼 있는 혹독한 역사시대를 겪어온 우리에게는 1950년대이든 1960년대이든 또는 1970년대이든 1980년대이든 간에 녹록하고 만만한 시기가 없었건만, 유독 1990년대를 특별히 문제화하려는 것은 어떠한 이유에서인가.

돌이켜 생각해보면 우리의 현대사는 시간이 흘러갈수록 삶의 전반적인 수준과 정치적 자유가 끝없이 신장돼왔다. 그런 점에서 보자면 지난 과거보다는 현재 쪽으로 행복감의 부등호가 쳐져야 하고, 따라서 1990년대는 앞선 시대들보다 행복한 시절로 기억되어야 마땅할 것이다. 그런데 사람들은 현재의 어려움에 몰입되어 지난 과거를 유토피아로 동경하는 심리적 퇴행 현상을 보여주곤 한다. 그 때 사람들에 의해 다스려지던 그 시절 우리는 정녕 행복하였는가? 그렇다면 지금은 그때보다 행복한가? 물론 이 자리에서 어줍지 않은 행복론이나 톨스토이 류의 인생론을 펴자는 것도 아니고, 일체의 호불호와 행복이 오직 마음에 달려있으니 마음 바깥에서 행복을 찾는 것은 저 구만리 밖에서 모래를 쪄서 밥을 지으려(沙蒸作飯)는 것보다 더 어리석음을 짓는 일이라는 선승禪僧들의 방할棒喝을 어줍지 않게 흉내 내자는 것도 아니다. 다만, 이 자리에서 우리가 다시 한번 환기해야 할 것은 사고의 관성에 떠밀려 판단하거나 또는 주제를 부각하기 위해서 흔하게 활용되는 비평적 과장을 하지 말고 가능한 범위 내에서라도 실상을 냉정하게 바라보자는 것이다. 이것이 1990년대를 문제화하고 바라보고자 할 때 요구되는 첫 번째 전제이다.

두 번째 전제는 이러한 유형의 주제는 지극히 제한적인 방식으로 접근할 수밖에 없다는 점이다. 애초에 『작가와 비평』에서 내게 주문한 내용의 요체는 '대중문학과 상업주의'라는 두 개의 열쇠어key word를 통해서 1990년대 문학의 시대적 의미와 양상 그리고 그 공과에 대해서 짚어보라는 것이었다. 과연 청탁서에 적혀있는 내용대로 1980년대가 민중문학 내지 사회과학의 시대였다고 한다면, 1990년대는 장르문학과 상업주의의 시대였다. 물론 역사상 대중문학과 상업주의가 번성하지 않았던 적은 없었지만, 1990년대를 이렇게 규정할 수 있도록 하는 근거는 바로 1980년대에, 말하자면 1980년대와 1990년대와의 뚜렷한 차이와 대비 때문이다.

이런 이야기를 서두에서부터 꺼내는 것은 두 가지 이유에서이다. 하나는 1980년대와 1990년대를 단절과 대립으로만 읽어내려 한다는 오해를 피하기 위해서이고, 다른 하나는 이 두 개의 주제어만을 가지고 통해서 이 복잡한 1990년대를 온전하게 읽어내기가 대단히 까다로운 일이어서 지극히 제한적인 범위에서 논의가 진행될 수밖에 없다는 점을 밝혀두기 위해서이다. 바로 앞에서 말한 제한적 범위 내에서의 논의란 이제까지 학문적·비평적인 합의없이 사용되던 '대중문학'과 '상업주의'라는 두 개념을 가능한 범위 내에서 개괄적으로라도 정리해보고 그 바탕 위에서 1990년대의 주요 베스트셀러들을 중심으로 하여 이 시기의 전반적인 특징과 유형 그리고 그 의미 등을 검토해보는 정도의 논의, 이를테면 주제의 외연과 초점을 협소화하여 살펴보겠다는 뜻이다.

2. 열쇠어語로서의 대중문학과 상업주의

1) 대중문학

1990년대 문학을 짚어보는데 중요한 바탕이 될 대중문학이라는 이 열쇠어를 정리하고 규정하기에 앞서 밝혀 두어야 할 것이 있다. 말하자면 이 글에 앞서 이미 발표됐거나 탈고는 했으나 아직 발표되지 않은 필자의 논문—「오해와 편견을 넘어서」와 「대중문학」(『21세기 지식 키워드 100』) 그리고 「대중문학의 이해」(『새민족문학사강좌』하권)라는 세 편의 글—을 다시 정리하고 조합하여 논의를 진행할 수밖에 없다는 점이다.

'문학'이란 개념 자체가, 아니 대다수의 개념들이 그러하듯이 그것들은 항상 단일하고 고정된 의미를 갖기 어렵다. 왜냐하면 일체의 개념들은 그것이 누구에 의해서 어떻게 규정되는가하는 점 그리고 이를 규정하는 관점과 패러다임 등에 의해 달라지거나 크게 영향을 받기 때문이다.

기실 어떤 용어이든 그 외연과 의미를 논란의 여지가 없을 만큼 명쾌하고 완전하게 정의하는 것은 불가능에 가까운, 대단히 어렵고 난감한 일이다. 이와 관련하여 영국의 문화연구 이론가인 존 스토리 John Storey는 자신이 편저한 『문화연구란 무엇인가』의 서문에서 어떠한 분야의 어떠한 개념이든 간에 세 개의 기준과 조건이 충족되어야 한다는 점을 강조한 바 있다. 이른바 연구대상과 그에 대한 접근방식 그리고 그 대상 자체의 학문적(비평적) 역사가 바로 그것이다.

대중문학 역시 다른 개념들처럼 그 범주와 외연이 지극히 모호하고 난해한 용어 가운데 하나이다. 문학의 실체가 무엇인지를 규명하는 작업 자체부터가 쉽지 않은 일인 데다가 실제 현실 속의 대중문학은 고정적이라기보다는 끊임없이 변화하고 변용되는가 하면, 앞에서 언급한 바와 같이 논자들의 관점과 맥락에서 따라서 대단히 복잡하고 다양한 방식으로 규정될 수 있기 때문이다. 그러므로 대중문학 또한 논란의 여지가 없을 만큼 완전무결한 정의를 만들어내려 할 것이 아니라 오히려 이를 문제화하고 재구성해야 하는 장구한 논의의 여정 속에 있는 문제라는 보다 열린 관점에서 접근해야 할 필요가 있다. 그렇다고 해서 개념규정을 위한 최소한의 비평적 노력마저 포기돼서는 곤란하다. 오히려 개념규정작업이 갖는 한계와 문제점을 정확하게 이해한 상태에서 해당 용어에 대해 적극적인 살펴 보고 따져보려는 균형감각을 잃지 않아야 할 것이다.

대체적으로 보아 대중문학은 판타지·과학소설·무협소설·연애소설·역사소설·탐정소설·인터넷소설 등 수많은 하위 장르들을 포괄하는 일종의 장르문학genre literature이라 할 수 있다. 장르문학이란 각 장르별로 고유한 서사규칙과 관습화한 특징들이 있어서 독자들에게 별다른 정보가 제시되지 않고 또 특별한 노력을 기울이지 않아도 누구든지 책을 펼쳐드는 순간 그것이 어떤 장르에 해당되는지 알게 되는 작품들을 일컫는 말이다.

대중문학은 종종 공식문학formula literature으로 규정되기도 한다. 대중문학에 내재된 분명한 특징들, 예컨대 누구든지 알고 있는 뻔한 플롯들·값싼 감상주의·통속성vulgarity·영웅주의·도피주의·상투성·행복한 끝내기·권선징악·대중추수성 등이 바로 대중문학을 공식문학으로 규정할 수 있도록 하는 근거들이다.

대중문학은 또한 경멸과 폄하의 뜻으로 사용되곤 하는데, 상업주의 문학이니 통속문학이니 하는 말들이 바로 그렇다. 상업주의 문학이란 말은 작품성이나 진정성 등 그 무엇보다도 경제적인 이해가 최우선으로 고려되는, 이른바 교환가치가 압도적인 우위에 놓인 문학이라는 의미로 사용된다. 통속문학은 독자대중의 저급한 취향에 영합하기 위해서 동시대의 세태와 유행에 민감하게 반응할 뿐만 아니라 도식성·감상성·선정성 등이 두드러진 저급한 문학이라는 의미로 사용되고 있다. 그러나 이들 용어 모두 아직까지 엄정한 비평적인 검토나 학문적 합의없이 상황과 편의에 따라 논자들에 따라 저마다 자의적으로 사용되고 있는 형편이다.

이런저런 점들을 충분히 고려하고 인정한 상태에서 대중소설의 개념과 범주를 조심스럽게 정리하자면, 다음과 같이 세 가지의 층위로 나누어 생각해 볼 수 있을 것이다. 하나는 우리의 현실경험과 문학적 통념 혹은 관행에 따라 특정한 작품들을 대중소설로 분류 혹은 정의하는 것이고, 다른 하나는 개별 작품의 서사구성원리와 미적 특질 그리고 작품의 내용과 이념 등을 고려하여 그 개념을 규정하는 것이며, 끝으로 정전正典, canon의 목록에서 배제되거나 타자화한(혹은 된) 작품들을 대중소설로 정의─모든 정의에서 금기시되는 방식을 감수하고 규정하는─하는 방법, 이른바 반정립적反定立的이고 부정적인 방식으로 정의하는 것이다.

대중소설의 범주와 개념의 가변성과 수정가능성을 열어 놓고, 기왕의 논의들을 참고하고 종합해서 그 대강을 정리하면 다음과 같다.

첫째는 현실경험에 비추어 대중소설이라고 생각되는 작품들, 이른바 ① 대중들을 겨냥해서 창작되고 출판된 상업적·대중적 지향이 분명한 작품 ② 대중들의 삶과 이야기를 흥미롭게 다루고 있는 통속적인 작품 ③ 대중들이 특별한 훈련이 없이도 오락과 자기위안을 목적으로 손쉽게 소비할 수 있는 작품들이다.

둘째는 근대사회의 도래와 함께 신문·잡지·TV·영화·컴퓨터 등 대중매체를 발판으로 상업성을 띠고 등장한 문화상품들 곧 대중들의 위안과 오락욕구에 부합하는 흥미를 추구하고 있으며 관습과 규범에 순응하는 한편, 일정한 서사적 패턴과 도식성을 가지고 있는 작품들이다. 요컨대 공식문학과 장르문학으로서의 성격이 보다 분명한 작품들이 여기에 해당한다.

셋째는 모든 정의에서 금기시되는 방식, 이른바 반정립적이고 부정적인 방식으로 정의하는 것이다. 이러한 관점에서 대중문학은 정전의 목록에서 배제된 작품들이라고 정의할 수 있다. 전문적인 연구기관에서 집중적으로 연구되고 교육을 목적으로 선정된 모범적인 텍스트들 또는 연구자들의 다양한 해석을 견디어 내면서 살아남은 작품들로서 지속적으로 연구되고 보존될만한 가치가 있다고 한 공동체에서 널리 인정받고 있는 고상한 작품들, 이른바 정전의 목록에서 배제되었거나 이 같은 패러다임에서 명시적 혹은 묵시적으로 대중소설로 간주되는 작품들이 바로 그러하다.

그러나 이 같은 방식으로 개념을 규정하고 정리하는 것은 그 자체로 많은 문제점을 안고 있다. 왜냐하면 본격소설과 대중소설과의 경계는 대단히 자의적이고 모호할 뿐만 아니라 그 경계를 자유로이 넘나드는 것이 문학의 한 속성이기 때문이다. 뿐만 아니라 대중소설이라는 용어 자체가 본격소설내지 정전을 전제로 하고 있는 이항대립binary opposition적인 개념(내지 태도)이기 때문에 대중소설의 범주를 설정하는 순간, 이미 이 정의는 대중문학과 본격문학을 나누는 이항대립적 관점과 패러다임을 결과적으로 용인하는 이항대립에 빠져버리고 말기 때문이다.

대중문학의 개념과 범주를 둘러싼 이 복잡하고 혼란스러운 절차가 잘 보여주고 있듯이 대중문학의 개념은 단일한 또는 어떤 고정된 의미를 갖지 않으며 제시하기도 곤란하다. 따라서 대중문학의 개념 및 범주 문제와 관련하여 취해야 할 가장 바람직한 태도는 '대중문학이란 무엇인가'라는 질문보다는 '대중문학 연구는 무엇을 위한 것이며, 누구를 위한 것인가'라는 질문을 먼저 던져 보는 것이라 할 수 있다.

2) 상업주의

앞에서 이미 언급했지만 상업주의commercialism란 말은 그 어느 무엇보다도 경제적인 이해가 가장 우선적으로 고려되는, 이른바 교환가치가 압도적인 우위에 놓인 것이라는 부정적인 의미로 사용된다. 이 말에 정치경제적인 의미가 부여된 것은 맑스가 『경제철학수고』 등과 같은 초기 저작물에서 상품commodity, 물신주의fetishism, 소외alienation 등의 용어들에 대한 이론화를 시도하면서부터라 할 수 있다. 여기에 루카치와 프랑크푸르트 학파의 이론가들이 이론을 보태고 다듬음으로써 그 의미가 보다 명료해지기 시작하였다.

상업주의에 대해 직접적으로 정리하고 있거나 그와 유사한 용어에 대한 풀이를 하고 있는 관련 정의를 인용하는 것으로 이에 대한 정의에 대신하고자 한다. 물론 여기서 이루어진 정의는 일종의 참고 사항으로 우리와는 역사적 조건과 문화적 상황이 다른 서구인들에 의해 이루어진 것이라는 점을 간과해서는 안 될 것이다.

상업주의commercialism

상업주의란 말은 16세기부터 상서래에서 사용되던 일상적인 영어로, 프랑스어 commerce 그리고 라틴어 com, merx와 어원이 같은 com-mercium에서 비롯되었다. '장사하다'란 뜻을 지닌 불어 꽁메르스 역시 16세기경 사람들 사이에서 통용되던 온갖 유형의 '거래(만남, 상호작용)'를 설명하는 용어로 확장되었다. 상업을 뜻하는 영어 커머셜은 17세기 중·후반 무렵 다른 여타의 행위와는 구별되는 단어로서 무역과 관련된 행위라는 의미로 특화되었다. 처음에 그것은 주로 관형적이었지만, 18세기 중엽부터는 비평적인 제휴를 얻어내기 시작했다. 상업주의는 19세기 중반부에 이르러 다른 어떠한 고려에 앞서 금전적인 이익을 얻어내려는 시스템을 가리키는 비평적인 용어가 된다. 이러한 과정에서 장사하다란 뜻의 불어 꽁메르스는 여전히 그 중립적인 의미를 유지하게 되었고, 상업적인의 뜻을 지닌 영어 커머셜은 긍정적으로 또는 부정적으로 사용할 수 있게 되었다.

방송광고를 설명하기 위한 '상업적인'이란 뜻을 가진 커머셜의 흥미로운 동시대적 용례가 있는데, 1960년대부터 대중적인 오락물과의 관련 속에서 커머셜은 대중음악에서 상업적으로 긍정적인 음향으로서 성공적일 뿐만 아니라 효율적이거나 강렬한 작품의 의미로 활용되고 있다. 그렇지만, 상업방송은 그동안 자율적인 존재로서의 그 자신을 설명하는 말로 채택되었다.[1]

---

1) Raymond Williams, *Keywords: A vocabulary of culture and society*, Fontana Press,

상품commodity

　상품은 생산자가 직접사용하거나 소비하기 위해서라기보다 교환(또는 시장)을 위해 생산하는 대상(또는 서비스)이다. '상품'은 마르크스 경제학의 가장 기본적인 범주이다. 그것은 이로부터 그의 자본주의 분석이 시작되고, 특히 프롤레타리아에 대한 착취에서 상품과 상품교환이 어떤 역할을 수행하는지에 대한 분석이 이루어지기 때문이다.2)

　이상 상식적인 차원에서 소략하게 정리한 두 정의가 1990년대 문학을 해명하는데 얼마나 기여할 수 있을지 모르겠지만, 대체로 이 글에서는 대중문학과 상업주의를 이런 의미로 사용하고 있다.

3. 출판 상업주의의 공과와 장르문학들의 폭발

1) 사회과학 시대의 종언과 출판 상업주의의 노골화

　1980년대가 극도의 억압과 거대한 변혁의 열정이 함께 대립적으로 공존하던 뜨거운 시대였다고 한다면, 1990년대는 거대한 이야기들의 붕괴와 함께 자잘한 삶의 욕망들이 분출하던 그러면서도 다른 한편에서는 모색의 열정이 뒤엉킨 모순의 시대라 할 수 있다. 또한 1980년대가 이성의 힘으로 보다 나은 미래를 건설할 수 있다는 희망과 온갖 가능성이 무한히 열려 있었던 이른바 거대서사의 시대였다면, 1990년대는 근대를 지탱해왔던 이념과 가치들이 붕괴되고 지적 불안감이 교차하던 그러면서도 다양한 문학적 욕망들이 분철했

　1976, p. 70.
　2) 앤드류 에드거·피터 세즈윅 엮음, 박명진 외 옮김, 『문화 이론 사전』(한나래, 2003), 231면.

던 장르문학의 르네상스 시대라 할 수 있을 것이다.

여기서 잠깐 1990년대 독서시장을 뜨겁게 달구었던 대표적인 베스트셀러 혹은 대중적인 장르문학들의 면면을 개괄적으로 정리해보기로 하자. 김진명의 『무궁화 꽃이 피었습니다』, 이은성의 『동의보감』, 이재운의 『토정비결』, 양귀자의 『천년의 사랑』과 『나는 소망한다, 내게 금지된 것을』, 마광수의 『즐거운 사라』, 김정현의 『아버지』, 이인화의 『영원한 제국』, 좌백의 『대도오』, 전동조의 『묵향』, 이우혁의 『퇴마록』, 이영도의 『드래곤 라자』, 이원호의 『밤의 대통령』 등이 1990년대의 대표적인 베스트셀러들이다. 이밖에 국외소설로는 로버트 제임스 월러의 『메디슨 카운티의 다리』, 마이클 크라이튼의 『잃어버린 세계』, 로빈 쿡의 『돌연변이』와 『스핑크스』, 크리스티앙 자크의 『람세스』, 밀란 쿤데라의 『참을 수 없는 존재의 가벼움』, 쥐시킨트의 『좀머씨 이야기』, 베르나르 베르베르의 『개미』, 움베르트 에코의 『장미의 이름』, 그밖에 시드니 셀던의 『게임의 여

1990년대의 대표 베스트셀러인 김진명의 『무궁화 꽃이 피었습니다』와 이인화의 역사추리소설 『영원한 제국』.

왕』과『여자는 두 번 울지 않는다』, 무라카미 하루키의『상실의 계절』등 역시 대중적인 인기를 얻었던 작품들이다. 뿐만 아니라『단』을 계승한 류시화, 오쇼 라즈니쉬 등의 명상서적들과 생활수준의 향상과 여가문화의 발달에 힘입은 유홍준의『나의 문화유산답사기』와 같은 여행 및 기행문들 그리고 이즈음부터 대형서점의 한 코너를 장식하기 시작한 각종의 건강서적들도 독자적인 흐름을 이어가고 있었다.

이상의 작품 목록에서 확인할 수 있듯이 1990년대의 베스트셀러는 연애소설, 추리소설, 판타지, 역사소설, 무협소설, 과학소설 등 1980년대에 비해 소재는 물론 장르가 훨씬 다양화되었다. 뿐만 아니라 외국에서 이미 상품성이 검증된 작품들을 출판사들이 엄선하여 전문적인 기획과 마케팅 전략을 동원하여 독서시장을 공략하여 스스로 베스트셀러 상품을 만들어나갔는가 하면, 1980년대 후반부터 모뎀을 활용한 통신문학의 시대를 거쳐 인터넷을 통한 사이버 문학이 1990년대로 접어들면서부터 출판 상업주의와 장르문학의 새로운 활로로 등장하였다는 사실 또한 특기할만한 변화로 꼽을 수 있다.

1990년대 문학을 규정짓는 이러한 현상의 배후에는 역시 문학인들과 출판인들의 이념과 인식을 규정해왔던 거대이념의 소멸이 중요한 계기로 작용하였다. 오로지 매출액의 규모와 같은 경제적인 관점에서만 놓고 본다면 외국소설의 번역과 그 실체조차도 모호한 세계문학전집, 아동물, 참고서와 교재, 가벼운 읽을거리로서의 통속물들이 주류를 차지하는 것은 어제 오늘의 일이 아니지만, 변혁운동과 문화운동의 일환으로서 사명감을 갖고 출판운동에 뛰어들었던 1980년대에 비해 1990년대는 확실하게 상업주의적이었다. 1990년대 출판문화를 조망하기 위해서 잠시 1980년대 출판문화운동의 양상과 흐름을 간략하게 짚어보기로 하자.

1980년대의 출판문화운동에 대해서 다루고 있는 한 자료는 '80

년대는 사회과학의 시대'로서 새로운 지식에 대한 욕구와 사회변혁의 의지 그리고 출판자유화 조치 등이 한국사회 도처에서 분출하였던 민주화운동의 열기와 맞물리면서 이 같은 흐름을 더욱 가속화한 요인들로 꼽고 있다. 이 때 주종을 이룬 서적들은 그간 이념의 압제로 인해 금기시돼왔던 맑스주의 원전들과 북한 서적 등이었으며, 이를 주도한 발행인들은 주로 20~30대의 젊은 운동가들이었다. 치열한 현실인식과 역사적 사명감에 불타올랐던 젊은 출판인들은 종래의 출판 관행과 운영 방식 등은 아랑곳하지 않은 채 운동인지 출판인지 모호할 만큼 파격적인 조직운영 방식과 모습을 보여주었다. 가령 1980년대의 대표적인 사화과학 서적 출판사로 한길사, 사계절, 석탑, 푸른숲, 백산서당 등을 꼽을 수 있는데 이 중에서 일부는 부부가 공동으로 출판사를 운영하는 경우도 있었고, 백산서당과 푸른숲처럼 "사장도 월급을 받는 직원으로서 경영 수익을 공동 분배하는 운영방식을 선"보이는 등 새로운 출판문화를 보여주었다. 뿐만 아니라 출판사는 출판인들의 높은 문화적·정치적 의식과 시민들의 민주화에 대한 열기와 맞물리면서 극도의 정치적 억압 속에서 이념(서적)의 호황을 이어가는 기현상을 만들어내기도 하였다. 당시의 출판계의 동향을 보여주는 한 통계 자료에 따르면, 군사독재정권의 폭압이 심했던 1983년 당시 출판사가 2,323개였던 것이 민주화에 대한 열망이 정점에 도달했던 1987년을 거치면서 1888년에는 무려 4,300개를 상회하는 출판사가 생겨났으며 발행종수와 부수도 각각 1,965종에 1억 7,000만부를 상회하였다.[3] 이 같은 양적 팽창은 경제호황과 맞물리면서 한동안 가파른 상승세를 탔다. 여기에 덧붙여 국가 권력이 국가안보와 풍속순화를 명분으로 적극적으로 출판시장 개입하여 수많은 출판인들과 도서가 기소되고 금서처분을 받는 등

---

3) 한국일보 사회부, 「출판 문화 운동」, 『신세대 그들은 누구인가』 하권(한국일보 출판국, 1990), 62면.

각종의 탄압과 반작용도 만만치 않았다.[4]

그러나 출판인들의 발목을 붙잡는 가장 큰 문제는 출판 역시 자본과 시장의 논리에 지배를 받고 있으며 출판사의 사활이 달려 있는 핵심 사안이라는 점이다. "출판을 합법적인 선전 공간으로 생각하는데다 비교적 소자본으로도 창업이 가능"[5]했기 때문에 젊은 출판인들이 출판업에 뛰어들었지만, 1990년대로 접어들면서 현실사회주의의 붕괴에 따른 이념의 위기와 이념적 열정의 소진 그리고 출판인들의 생존 문제는 이들을 곧바로 위기로 몰아넣고 말았다. 사회과학 서적들에 대한 대중적 관심이 식고, 이념에 대한 열정이 사라지자마자 차가운 시장의 논리, 삶의 논리와 정면으로 맞닥뜨리게 된 것이다.

사회과학 시대의 종언과 함께 출판 상업주의는 보다 가속화하는데, 그 이유를 크게 네 가지로 정리해볼 수 있을 것이다. 첫째는 한국 출판사의 영세성이다. 창업하기도 용이하지만, 망하기도 쉬울 정도로 소수의 메이저급 출판사들을 제외하고 대다수가 재무구조가 취약하다는 것이다. 따라서 '돈'이 되는 상품에 대한 열망과 '대박'에의 유혹이 더욱 더 강렬해질 수밖에 없었다. 둘째는 변혁에 대한 열정의 소진과 포스트모더니즘의 등장을 꼽을 수 있다. 이와 같이 거대이념의 소멸과 유사이념의 등장은 젊은 신세대 출판인들은 물론 사화과학 서적의 주요 독자층이었던 대학생들의 소명의식과 역사의식의 해체를 더욱 촉진하는 계기로 작용하였다. 셋째는 출판 전문 인력의 부족과 영상문화의 활성화를 꼽을 수 있다. 한국 출판은

---

4) 일제강점기와 1970년 박정희 정권 시대를 고려 대상에서 제외해 놓고 보더라도 1980년대 신군부시절의 탄압이 절정에 달했던 1983년부터 1986년까지 679종의 도서가 압수 또는 판금조치를 당하였다. 기타 금서와 출판탄압의 현황에 대해서는 김삼웅, 『금서: 금서의 사상사』(백산서당, 1987)를 참고할 것.
5) 같은 책, 61쪽.

여전히 양식 있는 출판인들에 의해 의존하고 있을 정도로 출판에 대한 사회적 인식이 낮을 뿐만 아니라 역량 있는 출판기획자들도 크게 부족한 실정이다. 게다가 텔레비전, 비디오, 영화, 컴퓨터 등 영상매체와 다양한 오락물들이 출판시장과 독서시장에 큰 위협요인으로 작용하고 있다는 것이다. 넷째는 너무나 당연한 이야기지만, 자본주의 사회에서 출판은 자선사업이 아니라 기본적으로 영업이며 사업이다. 망하지 않기 위해서 그리고 먹고 살기 위한 생존의 몸부림으로서의 노골화한 출판 상업주의는 어쩔 수 없는 귀결이었다.

그런데 여기서 한 가지 짚고 넘어가야 할 것이다. 그것은 바로 상업주의에 대한 우리들의 인식에 대해서이다. 조지 메이슨 대학 경제학과 교수인 타일러 코웬은, 상업주의에 대한 일반적인 통념에 대해서 다음과 같이 날카로운 일침을 가한다.

> 자본주의 시장경제는 다양한 예술적 시각이 공존할 수 있도록 지원하고, 새롭고 훌륭한 창작품이 지속적으로 생산되도록 도와주며, 소비자와 예술가의 취향을 더욱 세련시키고, 잊혀진 과거의 유산을 보존하고 복원하여 널리 알리는 등의 뚜렷한 장점이 있음에도 불구하고 제대로 평가받지 못했다.[5]

> 진보적인 좌파는 새로운 예술적 혁명을 즐기면서도, 정작 이러한 혁명을 뒷받침하는 자유 시장과 자본주의 체제는 인정하지 않는 것이다.[6]

자본주의 체제와 상업주의(문화)를 비판적으로 바라보는 문화비판주의자들—이른바 맑스주의, 비판이론, 엘리트주의자, 종교인 등—을 비판하고 시장경제가 지닌 긍정적인 측면을 강조하고자 하는 코웬

---

5) 타일러 코웬 지음, 임재서 · 이은주 옮김, 『상업 문화 예찬』(나누리, 2003), 13면.
6) 같은 책, 355면.

의 자본주의 예찬론을 무조건 받아들일 수는 없으나 그의 이 충격적이고 과감한 주장은 문화를 둘러싼 상업주의에 대해서 다시 생각하게 해준다는 점에서, 나아가 상업주의나 시장은 무조건 '나쁜 것이며 절대악'이라고 간주하는 우리들의 관점을 객관화하는 비판적 타자로 한번쯤 검토할만한 가치를 지닌다고 할 수 있다. 이와 관련하여 1980년대를 주도했던 사회과학 시대와 이념의 대중화 역시 일종의 출판 상업주의의 결과는 아니었는지 생각해볼 필요도 있을 것이다. 따라서 지금 우리에게 필요한 것은 『출판연감』들이나 뒤적이면서 통계 숫자들이나 제시하고 상업주의가 얼마나 나쁜 것인지를 거듭 확인하는 상투적인 절차와 공허한 논의를 반복하는 것이 아니라 1990년대 들어와 더욱 강화된 출판계의 상업주의에 대해서 섬세하게 구분하고 따져보는 조금은 냉정하고 현실적인 관점이라 할 수 있다. 어쩌면 이것이 1990년대 출판 상업주의가 지니는 의미이며 역설일지도 모른다.

2) 희망 대신 욕망을 선택한 모순의 시대: 1990년대 장르문학 의 유형과 그 의미

출판 상업주의의 강화 내지 가속화와 함께 1990년대를 규정하는 변별적 특징은 대중문학, 좀 더 정확하게 말하자면 장르문학의 활성화를 꼽을 수 있다. 기술결정론적인 오류의 위험성에도 불구하고, 유례를 찾아볼 수 없을 만큼 1990년대 들어서 장르문학이 크게 활성화하게 된 원인으로 모뎀을 이용한 PC통신문학을 거치면서 순식간에 우리의 일상생활을 뒤바꿔 놓은 인터넷의 등장을 꼽지 않을 수 없다.

인터넷의 보급과 대중화가 워낙 급속하게 이루어져서 그렇지 진정한 의미에서의 인터넷의 역사는 이제 10여 년을 막 넘어섰을 따름이다. 우리가 이를 전혀 의식하지 못할 만큼 인터넷은 너무나도

자연스럽고 신속하게 우리 삶의 일부가 되었다. 이것은 인터넷이 지닌 특징과 위력이 어떠한지를 보여주는 단적인 예라 할 수 있다. 군사용과 과학 실험용 등으로 지극히 제한적인 목적으로 이용되던 인터넷이 지금처럼 급속도로 퍼져나간 것은 1993년 당시 마크 안드리센Marc Andressen이란 대학생이 발명한 웹 브라우저 '모자이크 Mosaic' 때문이었다. 물론 이보다 앞선 1989년 영국의 컴퓨터공학자 팀 버너스 리Tim Berners Lee 등 일군의 연구자들에 의해 모든 하이퍼텍스트hypertext들을 연결하는 월드 와이드 웹World Wide Web을 구축해놓고 있었긴 하지만, 일반 시민들의 인터넷에 대한 접근성을 높이는데 결정적인 역할을 한 것은 모자이크라는 웹 브라우저가 등장하면서부터이다. 다음과 같은 코웬의 지적대로 어떠한 매체이든 간에 정보를 저장하고 전달하는 방식과 속도는 인터넷에 비할 바가 아니었다.

인쇄가 정보를 저장하고 전달하는 수단으로 널리 쓰이기까지는 적어도 2세기가 걸렸다. 라디오는 35년이 걸렸고, 영화와 텔레비전은 20년이 채 안 걸렸다. CD와 VCR 그리고 이제 인터넷은 더 빠른 속도로 자리를 잡았다. 새로운 매체가 그렇듯이, 새로운 예술작품이나 장르 역시 엄청난 속도로 퍼져 나가고 있다.[7]

다소 과장해서 말하면 인터넷은 등장하자마자 우리 일상에서 금방 자연화하였으며, 문학의 지형과 판도에도 엄청난 영향을 끼쳤다. 물론 인터넷이 이렇게 삽시간에 대중화하고 보편화하는 데에는 정보 주도로 이루어진 '국민 PC보급 운동'이라든지 자본의 논리가 결정적인 역할을 했지만, 오늘날과 같이 네티즌들을 엄청나게 배태한 IT의 역할도 부인할 수 없다.

---

7) 타일러 코웬, 앞의 책, 66쪽.

잘 알려진 바와 같이 우리도 1986년 데이콤에 의해서 국내 최초의 컴퓨터 통신망인 에이치 메일H-Mail이 구축된 이후, 케텔Ketel 이라든지 하이텔Hitel 등이 앞을 다투어 생겨났으며, 국내 최초의 통신문학인 이성수의 『아틀란티스의 광시곡』 이후, 공전의 대히트를 기록한 이우혁의 『퇴마록』이라든지 사상 초유의 베스트셀러 판타지인 이영도의 『드래곤 라자』 등이 모두 전자통신과 인터넷을 매개로 창작, 소비되고 유통되었다.[8]

그런데 인터넷이 몰고 온 파장은 단지 과학소설이나 판타지와 같은 장르문학을 활성화하는 정도에서 끝나지 않았다. 그것은 기성문단 권력의 해제, 작가와 독자의 엄격한 구별이 약화 내지 해체되는 작독자作讀者, wreader의 탄생을 가져왔으며, 나아가 출판 시장의 새로운 마케팅 전략이며 활로가 되었다. 이미 인터렉티브니 사이버문학이니 하는 새로운 논의 속에서 문학적 지형도의 변화에 대해서는 위와 같이 자주 언급되어 재론의 여지가 별로 없으나, 말이 나온 김에서 인터넷이 출판시장의 새로운 돌파구 이른바 주요 마케팅 전략의 하나로 등장했다는 사실에 대해서는 간단한 첨언을 덧붙이지 않을 수 없다. 멀티미디어 시대의 문화자본의 논리가 바로 원 소스 멀티 유즈one source multi-use인데, 하나의 히트 상품을 다양한 용도로 활용해서 시장에서의 시너지 효과를 극대화하는 방식이 바로 그러하다. 요컨대 인터넷에서 가장 인기 있는 콘텐츠를 선택, 오프라인으로 진출시켜 이를 책·팬시용품·영화·만화 등 다양한 상품으로 개발, 출시하여 시장장악력과 부가가치 창출을 보다 극대화하는 것이다.

첨단기술과 자본을 등에 업은 영상 매체의 공세에 밀리고 또한

---

8) 첨단 디지털 매체의 등장과 그로 인한 문학 내부의 변화 양상에 대해서는 조성면, 「멀티미디어, 문학, 그리고 판타지」, 『문예연구』 37호, 2003년 여름; 조성면, 「어째서 다시 또 사이버 문학인가」, 『작가들』 9호, 2003년 12월 등을 참고할 것.

예측할 수 없는 독서시장의 여러 가지 변수와 위험성에 대비하기 위해서 출판사들은 이 인터넷 매체들과 즉각적인 제휴에 나선다. 이에 따라 『퇴마록』이나 『드래곤 라자』와 같은 온라인상에서 검증받은 인기 있는 디지털 콘텐츠들이 모두 책으로 출판되기 이른다. 그리고 출판사 이름에 '미디어'라는 이름이 덧붙기 시작한 것도 바로 이즈음이다. 처음에는 마니아들과 아마추어들 사이에서 시작되던 실험적 장르문학들이 어느새 자본의 공세에 밀려 이제는 서로가 서로에 물고 물리는 상호종속적이고 의존적인 관계로 돌변하게 되었으니 이것이 바로 1990년 출판 상업주의의 새로운 출판 풍속도라 할 수 있다. 이와 같은 상업주의 논리가 대중문화를 풍부하게 만들고 대중들의 문화적 향유의 기회를 증진시키며, 문학과 문화의 중요한 존립기반이라는 것을 부인할 수 없겠지만, 1990년대 들어서는 숭고한 이념조차도 상품으로 활용되어 '좌파 상업주의'라는 새로운 준비평용어(?)가 등장한 것 또한 이 무렵이었다.

한편, 앞에서 이미 언급한 베스트셀러 목록에서 확인할 수 있듯이 거대이념의 통제와 견제로부터 자유로워진 출판 자본들은 상업주의를 더욱 노골화하고, 이에 따라 예전에 비해 대중문학은 훨씬 다양화되었다. 임진영[9]은 그러한 1990년대 베스트셀러 소설들을 크게 5개의 유형으로 분류하였거니와, 이 글이 1990년대 초반에 씌어졌다는 점을 감안하고 여기에 사이버문학과 판타지 등을 포함하면 지금 보아도 크게 무리가 없을 정도의 정확성을 보여주고 있다. 그의 분류방식을 토대로 하여 1990년대 대중소설들의 흐름과 유형을 다음과 같이 8개로 범주화할 수 있을 것이다.

첫째는 『동의보감』이나 『람세스』처럼 역사적 인물과 영웅들을 소재로 한 작품군이다. 역사적 인물과 영웅은 이미 그 자체로 충분한

---

9) 1990년대 대중문학의 유형에 대해서는 임진영, 「즐길 수 있는 지식과 공포의 세계」, 『민족문학사연구』 2호, 1992년 7월, 258면을 참고.

서사성과 대중적 인지도를 가지고 있기 때문에 예나 지금이나 대중소설의 주요 레퍼토리로 상품으로 이용되어 왔다.

둘째는 『종이시계』, 『메디슨 카운티』, 『천년의 사랑』, 『상실의 계절』 등처럼 대중소설사에서 가장 유구한 전통을 지닌 '사랑과 연애의 이야기'들이다. 여성들을 위해 대량생산된 환상물들로서 할리퀸 Harlequin 문고 유의 독자들이 주요 소비층이라 할 수 있다.

셋째는 현실 정치와 경제 그리고 협사들과 조폭들을 소재로 한 정치, 기업소설, 무협물들이 여기에 해당한다. 『무궁화 꽃이 피었습니다』, 『밤의 대통령』을 비롯하여 한국 신무협의 새장을 열었다는 평가를 받는 좌백의 『대도오』 등이 여기에 해당한다.

넷째는 『쥐라기 공원』 등 주로 외국 번역소설들이 주류를 이루고 있는 과학소설류이다. 이들 과학소설은 대형 블록버스터 영화들과 맞물리면서 1990년대에는 상업출판의 주요 품목으로 확고하게 자리를 잡았다.

다섯째는 『장미의 이름』, 『영원한 제국』, 『양들의 침묵』 등과 같은 추리소설과 미스터리 스릴러물들이다.

여섯째는 『참을 수 없는 존재의 가벼움』이나 『개미』 등처럼 작품성과 대중성을 한꺼번에 겸비한 이상적인(?) 베스트셀러들을 꼽을 수 있다.

일곱째는 인터넷과 컴퓨터 게임에 바탕을 두고 인기를 끈 사이버 문학, 특히 톨킨의 『반지의 제왕』과 미즈노 료의 『로도스도島 전기』에 영향을 받은 판타지 소설들이다. 『드래곤 라자』를 포함하여 1990년대 후반기부터 2000년대 초반기 동안 출판 시장을 뜨겁게 달구었던 장르 판타지들이 바로 여기에 해당된다.

끝으로 『아버지』 그리고 그 에피고넨들이라 할 수 있는 『가시고기』처럼 유형화가 쉽지 않는 작품들과 '오쇼 라즈니쉬'나 '류시화의 명상시(?)'처럼 『단』을 계승한 각종의 대중적 명상서적들 또한 1990

년대 출판계(또는 산문문학)의 한 특징으로 꼽을 수 있을 것이다. 나아가 생활수준의 전반적인 향상과 전통문화에 대한 대중적 열망 그리고 도회문명에 대한 염증으로 인한 여행서적이나 답사기가 불티나게 팔려나간 것도 특기할만한 사항이다.

이상의 간략한 검토에서 드러나듯이 1990년대는 포스트모더니즘과 출판 상업주의 그리고 거대이념의 약화와 새로운 독서에의 욕망이 결합하여 앞선 시대들과 구별되는 새로운 유행과 흐름을 만들어내었다. 이 같은 대중소설들의 유행이 보여주는 것은 자본의 문화지배력의 급신장과 본격문학의 현실대응력의 붕괴(또는 거대서사의 붕괴) 그리고 이제는 대중적 욕망과 행복마저도 철저하게 상업화가 더 이상 돌이킬 수 없고 피할 수 없는 현실이라는 우울하고도 분명한 사실이다. 일찍이 한 평론가는 1990년대 베스트셀러들의 특징을 '성묘사의 후퇴, 과거지향성의 강화, 진정성의 후퇴와 문학의 오락화'를 꼽았는데, 대체적으로 보아서 무리가 없는 진단이긴 하지만 좀더 세밀한 측면에서의 보완과 복합적인 지적이 필요하다.[10] 큰 이야기와 거대이념의 약화와 함께 위험천만한 유사이념들이 등장하고 있다거나 근대성의 핵심이었던 모더니즘과 계몽이성에 대한 비판 등은 1990년대 베스트셀러 장르문학들에게서 나타나는 분명한 특징이기 때문이다. 예컨대 이현세의 만화 『남벌』과 김진명의 『무궁화꽃이 피었습니다』(이하 '무궁화'로 약칭)라든지 『드래곤 라자』와 같은 장르 판타지들이 그 실례이다.

『무궁화』, 『남벌』, 『일본의 없다』 등의 대중서들에서 나타난 황당한 민족주의와 일본에 대한 적개심은 이념의 공백을 비집고 대중적인 장르문학들 속으로 파고 들어온 유사이념의 한 사례이다.[11] 『일

---

10) 한만수, 「90년대 베스트셀러 소설, 그 세계관과 오락성」, 『대중문학과 대중문화』, 동국대학교 한국문학연구소 엮음(아세아문화사, 2000), 288면.
11) 여기에 대해서는 김경원, 「이념의 상실과 민족주의의 왜곡」, 『민족문학사연구』 제

본은 없다』가 보여준 일본인식의 수준은 논의의 여지조차 없으니 아예 논외로 친다고 하더라도 "한 과학자의 노력으로 남북한의 핵보유가 실현되고 힘으로 일본을 굴복시킨다거나"(374면) "자원의 고갈로 초래된 미래의 위기 속에서 강한 국력이야말로 필수불가결한 요소이며 이를 위해서 같은 핏줄인 남북한이 힘을 합해"(374-5면) 결국 일본 정벌(남벌)에 나선다는 일본에 대한 감정적 대응과 황당무계한 복수의 드라마들 그리고 그 속에서 나타난 위험천만한 공격적 민족주의는 출판 상업주의와 큰 이야기의 공백을 뚫고 출현한 유사이념들이라 할 수 있다. 물론 혹자는 이런 가공의 드라마들이 지배와 억압으로 점철된 우리 근대사에 대한 민중적 분노의 일단을 표현하고 일종의 대리만족과 카타르시스를 제공해주는 역사적 반작용이라고 옹호할 수도 있겠지만, 명백히 이는 "인류 보편의 가치를 무시한 폭력적 민족이기주의"(376면)에 불과한 왜곡된 이념 내지 파시즘의 한 변종이라고 할 수 있는 것이다.

반면 수준 이하의 문장력과 국적불명의 정체성 등 다종다기한 문제점들이 목격되기는 하지만, 모더니즘과 이성의 전일적 지배에 대한 환멸과 모험과 꿈이, 큰 이야기가 소멸된 역사적 상황에서 우리가 잃어버린 꿈을 복원하고 이성과 합리가 지배하는 근대성을 다른 차원에서 비판을 가하고 있는 장르 판타지들의 경우에는 묘한 중층성이 존재한다.[12] 대중문학이 지배와 저항 그리고 상업성과 유토피아적 면모를 동시에 지니고 있는 것처럼 아울러 상업주의가 긍부정의 양면성을 지닌 역사적 극복의 대상이듯이 1990년대의 상황은 뭐라 한마디로 규정하기 어려울 만큼 대단히 중층적이고 복잡하며 모순적이다. 이를테면 한편으로는 억압하고 구속하면서 이를 미끼로

8호(창작과비평사, 1995. 12)을 참고할 것. 이하 인용한 면수만을 표시함.
12) 여기에서 대해서는 조성면의 「환멸의 시학, 환상의 정치학: 오늘의 판타지에 대하여」(≪내일을 여는 작가≫, 1999년 가을호)에서 이미 상론한 바 있다.

(명상서적들의 예에서 알 수 듯이) 대중들에게 환상과 행복을 판매하는 대중문화의 양면적인 모습이, 미국소설을 읽고 할리우드 영화를 보면서 미군을 규탄하는 촛불집회에 나가야 하는 우리의 상황이, 그러면서도 출판 상업주의의 노골화와 가속화에서 알 수 있듯이 자본의 야수성과 악마성이 그 어느 때보다 분명하게 드러남으로 인하여 우리의 역사적 과제가 무엇인지를 명료하게 보여준 시대가 바로 우리가 살아왔던 1990년대이기 때문이다. 이처럼 희망 대신 욕망을 선택하게 했던 이 시대의 업보는, 앞으로 우리 문학이 짊어지고 가야할 분명한 역사적 과보果報이기도 한 것이다.

4. 변혁의 열정과 장르문학과의 연대를 꿈꾸며

1990년대 전사前史로서의 1980년대는, 어쩌면 너무 때늦게 태어난 불운한 열정이었는지도 모른다. 서구에서는 이미 소멸하거나 다른 길이 모색되고 있을 때 부득이하게도 '과거'를 향해 내달릴 수밖에 없었던 뜨거운 모험시대가 바로 1980년대였기 때문이다. 지금의 우리에게 낯설지 않은 비판이론, 알뛰세주의, 해체주의, 문화연구 등이 모두 우리가 열정적으로 추구했던 '과거'에 대한 반성이며 새로운 모색의 담론들이었다는 점에서 그 진정성과 정당성에도 불구하고, 1980년대를 너무 늦게 태어난 열정이라 이름하는 것이다.

이런 점에서 보자면(물론 서구가 역사적 기준이 될 수 없겠으나) 우리의 1980년대는 명백히 한 세대 이전의 문제의식으로의 후퇴이기도 했던 것이다. 그도 그럴 것이 우리 시대를 수놓았던 허다한 변혁이론과 담론의 수용사를 살펴보면 이른바 정통 맑스주의 담론은 극도의 정치적 억압(검열)과 역사적 특수성으로 인해 제대로 소개되지 못하고 포스트 맑시즘들이 먼저 수용되는 기현상이, 이를테면 과

거부터 순차적으로 착실하게(?) 수용되지 못하고 현재부터 과거로 거슬러 올라가는 번역(?)상의 역행이 일어나고 있었던 것이다. 그마저도 현실 사회주의의 붕괴와 함께 추동력을 잃고 말았으니, 모색의 고뇌와 온갖 욕망의 분출과 상업주의의 융성이라는 1990년대적 혼란과 착시와 혼돈은 필시 에서 말미암은 것은 아니었을까.

이와 관련하여 큰 이야기들을 잃고 모색의 담론으로 등장한 문화연구의 이념과 패러다임은 지금의 우리에게 좋은 참고 자료가 될 수도 있을 것이다. 현재 전 세계 인문학에서 각광받고 있는 문화연구는, 그 기원을 살펴보면 새로운 '학제의 양식'이라기보다는 맑스주의의 변용이며 확장이라 할 수 있다.[13] 그런데 이들 초창기 문화연구들 가운데서 가장 관심을 끄는 것은 '현대문화연구소'의 핵심 이론가이자 문학평론가였던 레이먼드 윌리암즈의 작업이다. 그는『문화와 사회』,『맑시즘과 문학』,『문화사회학』등 일련의 작업을 통해서 비평의 지평을 문학 텍스트에서 문화 전반으로 확장시켰다. 요컨대 문학비평의 대상을 이른바 본격문학 중심에서 장르문학과 각종의 하위문화들로 확장해낸 것이다. 이 같은 그의 독특한 관점은 『문화와 사회』의 연속선상에서 계획되었던 문화비평서『장구한 혁명』(1961)에도 잘 드러나고 있다.[14] 그를 포함한 일체의 문화연구가 갖는 허다한 문제점과 한계에도 불구하고 이 범상치 않은 제목이 암시하고 있듯이 진정한 인간해방과 이상의 건설은 단 한번의 무모한 혁명으로 달성되고 해결되는 것이 아니라 일상 생활문화 구석구석에서 작은 것부터 꼼꼼하고 착실하게 이루어내는 '장구한 여정'인 것이다. 이런 점에서 대중문화를 이데올로기적 산업이라 질타했던 비판이론가들과는 달리 대중문화의 중층성 이른바 "대중문화를 동의

13) 물론 호주나 미국의 문화이론들처럼 초창기 문화연구가 지닌 진보성과 실천력이 거세된 문화이론들과는 엄격히 구별되어야 할 것이다.

14) Raymond Williams, *The Long Revolution*, Penguin Books, 1971, p. 9.

와 저항의 영역으로 기술"[15)]하면서 새로운 대안적 이념이 구성될 수 있는 새로운 장으로 파악하고 있는 문화이론가들의 관점은, 그 나름의 분명한 한계에도 불구하고 시사하는 바가 크다고 할 수 있다.

이제까지 검토와 같이 출판 상업주의와 장르문학의 등장 등 1990년대의 중요 현상들은 이 같은 비평적 과제와의 관련 속에서 그 의미를 찾을 수 있다. 그러면서 1990년대적 현상들은 우리에게 새로운 비평적 과제를 던져 주고 있다. 결론부터 말하자면 그것은 대중문화 텍스트들이 대중적 동원력과 변혁의 열정과 미학적 계몽주의를 결합해내고 제휴할 수 있는 새로운 가능성을 탐색해 보는 것이 바로 그것이다. 이런 점에서 1990년대는 절망의 나락에서 새로운 모색의 희망을 품을 수 있었던 역설의 시대였는지도 모른다. 저 장구한 여정을 위해서 장르문학이나 대중적 텍스트들과의 연대를 모색해보는 황당하지만 황홀한 꿈, 이것이 바로 큰 이야기가 소멸되고 장르문학이 폭발적으로 분출하는 이 시대 우리에게 주어진 새로운 비평적 판타지가 아닐까 한다.

---

15) 『문화연구란 무엇인가』, 26면.

대중문학은 말할 수 있는가?

— 1980년대 베스트셀러의 현재적 의미

1. 드라마의 시대와 낯설게 읽기

1980년대는 특정의 역사 시기가 아니라 한 편의 드라마라고 해야 할지도 모른다. 그것은 이 시대가 복합적이고 모순되며 격정적인, 아울러 대단히 극적인 드라마의 구조를 보여주고 있기 때문이다. 이를테면 엄청난 비극이자 저항운동의 새로운 진원지가 된 1980년 〈5·18항쟁〉에서 시작하여 이른바 〈1987년 체제〉의 서막을 연 〈6·29 선언〉에 이르기까지 한 시기가 마치 한 편의 드라마와 같은 극적 짜임새를 가지고 있기 때문이다. 이 불경한 비유를 좀더 밀고 나가자면, 드라마는 시작과 끝만 극적이었던 아니라 매일같이 가슴 아픈 비극과 불굴의 저항과 서슬 퍼런 강압이 함께 교차하던, 그야말로 매순간이 영화보다 더 영화적이었고 드라마보다 더 드라마틱하였던 것이다. 장렬한 화염으로 사라져간 우리의 꽃다운 젊음들이 그러했고, 아스팔트 위를 가득 메운 함성들과 매캐한 최루가스 속에서 서로를 의지하며 뜨겁게 감싸 안았던 스크럼이 그랬고, 또한 선술집에서 잔을 부딪치며 목이 아프도록 함께 부른 노래와 시간들이 그러하였다.

아울러 드라마는 또한 모순되고 혼란스런 착종의 구조를 가지고 있기도 했다. 오랫동안 억눌려왔던 온갖 사회적 모순이 폭발하고 변혁의 열망으로 충일했던 이념의 시대요, 운동의 시대이면서 동시에 '강호'니 '기'니 '도'니 하는 동아시아적 낭만주의 내지 한국판 그노시즘이 우리 앞에 전경화한 초월의 시대, 곧 '변혁에 대한 열망'과 '내적 망명의 충동'이 뒤엉킨 질풍노도의 시대이기도 했던 것이다.[1]

그럼에도 불구하고 움직이는 연속된 시간과 문학을 10년 단위로 강제로 묶어서 논의한다는 것은, 이미 많은 이들이 지적한 바와 같이 작품의 실제 경향과 현실과는 동떨어진 추론의 심리학이요, 모래를 쪄서 밥을 짓는 것[沙蒸作飯]만큼이나 어리석은 시도일지도 모른다. 그러나 문학이 텍스트와 작가와 독자와 현실이 한데 어우러져 의미망을 형성해 나가는 심미적 구성물이며 당대성을 날카롭게 반영하는 사회적 담론이라는 점을 염두에 둔다면, 특정 시기와 문학을 맥락화하여 이해하는 것이 그렇게 빗나간 시도는 아닐 것이다.[2] 게다가 1980년대가 다른 시기들과 확연하게 구별되는 분기와 단층[3]

---

1) 1980년대가 지닌 중층적인 면모에 대해서는 필자가 이미 논의한 바 있다. 조성면, 「절망의 대중들, 초월을 꿈꾸다:『단』그리고『한단고기』」,『대산문화』, 2005년 겨울호, 150면.

2) 유성호 역시 문학사를 10년 단위로 분할하여 분석하는 방식의 위험성과 현실성을 함께 지적하면서 기억하기의 정치학으로서 10년 단위의 사고가 갖는 비평적 유효성 또한 각별히 주목해야 한다고 하였다. 여기에 대해서는 유성호, 「1980년대의 문학적 재인식」,『문학수첩』, 2006년 봄호를 참고.

3) 물론 6·29 이후, 6공화국의 출범과 1988년 올림픽 그리고 현실 사회주의의 붕괴와 거대서사의 급격한 퇴조 등과 같은 굵직한 역사적 사건들이 1980년대 말과 1990년 초반부를 장식했으나 그것은 단순히 시기만 1980년대에 걸쳐져 있을 따름이며 오히려 1990년대적인 현상에 가까운 현상이었다고 할 수 있다. 그래서 나는 가장 1980년의 모습을 가장 전형적으로 드러낸 시기를 1980년 5·18에서 1987년 6·29까지로 논의의 범위를 한정시켜두거나 아니면 이 시기에 집중하는 것이 바람직할지도 모르겠다는 생각을 가지고 있다.

들을 가지고 있으며, 온갖 사회적 모순과 갈등과 열망들이 격발하고 전면화한 시대였다는 점을 상기할 때 이 시기를 특정화하고 공간화하는 것이 그렇게 무모한 일만은 아닐 것이다.

이렇게 희망과 절망이, 변혁의 열망과 신비주의로의 집단적 탈주가 교차하는 저 드라마적인 시대를 지금에 와서 재론해 보자는 뜻은 무엇인가. 필시 그것은 이 드라마가 완성을 기다리는 미결의 진행형 과제이며, 이제는 좀 냉정한 시선으로 이때를 객관화해볼 때가되었다는 비평사적인 요구 때문일 것이다. 이런 맥락에서 나는 이제이 작업을, 좀 낯선 방식으로 진행해 볼까 한다. 굳이 말을 붙이자면, 일종의 낯설게 읽기라고 할까? 이른바 우리를 울리고 웃기고 열광시켰던 1980년대의 대중문학과 베스트셀러들을 통해서 동시대의 문화적 지형과 현실을 다른 각도에서 짚어보고자 한다.

2. '사회적 시멘트론論'과 '대중적 엘릭시르론'을 넘어서 ─1980년대의 베스트셀러와 대중서의 현황과 의미

대중문학과 관련된 반응은 크게 세 갈래로 정립鼎立되어 있다. 하나는 대중들의 열광적인 호응이고 다른 하나는 귀족적 엄숙주의자들의 오불관언吾不關焉한 태도이며, 세 번째로는 대중문학론에서 흔하게 목격되는 두 개의 편향 곧 귀족적 문학주의자들이 항상 반복하는 상투적인 비판들 그리고 대중문학옹호론자들의 뿌리 깊은 피해의식이다. 이들은 대개 대중문학이 널리 유통되고 소비되는 사회문화적 풍토와 상황에 대한 윤리적 차원의 비판이 아니면, 대중문학이 비평담론들로부터 푸대접을 받고 있으며 정당한 평가를 받지못하고 있다는 이른바 억압가설론을 편다. 여기에서 내가 주목하고 싶은 것은 서로 길항하는 두 개의 입장과 대중들의 열광적인 호응이 갖는 의미이다.

먼저 대립하고 있는 두 개의 비평적 입장은 표면적으로는 서로 팽팽하게 대치하고 있는 것처럼 보이지만, 그 심층에는 문화비관주의적 관점과 사회학적 관심이 그 바탕에 공통적으로 깔려있다. 요컨대 비판적 입장에 서있든 옹호론의 입장에 서있든 간에 양자 모두 대중문학이 만들어내는 혹은 만들어낼지도 모르는 사회문화적 '효과'나 '결과'에 대한 관심을 갖고 있다는 점과 비관/판적인 관점을 보여주고 있다는 점이다. 전자는 대중문학이 독서시장을 주름잡으면서 널리 읽히는 현실문화에 대해서 비관/판하고 있으며 후자는 대중문학에 내재된 다양한 함의외 정치적 (무)의식 등에 대해서 주목하지 않는 학술 및 비평담론들의 엄숙주의와 귀족주의적 풍토에 대해서 비관/판한다. 물론 전자가 대중문학은 일상생활문화를 주도하는 체제 내적 오락물로서 압도적 대중성을 바탕으로 치열한 예술정신과 진지한 문학을 위축, 게토화하고 있으며 그로 인해 진지한 문학이 대중들로부터 갈수록 멀어지게 된다는 문화비관/판적 입장에, 후자는 대중문학이 양적으로 주류문화일지 모르나 질적인 평가나 진지한 논의로부터 언제나 소외되어 있으며 차별받고 있다는 피해의식과 비관주의적인 인식에 사로잡혀 있다는 점에서, 이들은 한 이불 속의 냉랭한 두 부부처럼 서로 등을 지고 있다.

그러면 대중문학은 정녕 귀족적 비관주의자들의 주장처럼 저 무지몽매한 '일차원적인 대중'들에게 '휴식'과 '오락'과 '환상'을 제공해줌으로써 사회적 갈등과 모순을 은폐하는 사회적 시멘트social cement이거나 환상과 모험과 사랑타령이라는 만병통치약elixir으로 대중들을 독서라는 약물중독에 빠뜨리고 현실인식을 마비시키는 해독을 끼치기만 하는 존재인가. 그런데 가만히 생각해 보면, 악화가 양화를 구축하듯이 대중문학이 좋은 문학(화)을 구축하는 나쁜 문학(화)이며, 대중을 우중으로 만들고 체제를 더욱 공고하게 만들 것이라는 우려와 비판은 정말로 믿기 어려운 주장이다. 정말로 문학작품이 사회체제와 문화 그리고 대중적인 인식을 좌우할 만큼 그렇게 결정적이고 전면적인 것이라면, 어째서 그동안 본격적이고 체계적으로 비평하고 연구하지 않았던 것인가.

대중문학은 그렇게 대단한 것도 아예 무시하고 넘겨도 좋은 그저 그런 대상이 아니다. 그것은 동시대인들의 욕망 및 감정의 구조를 드러내는 거울로서 보다 본격적이고 적극적이고 치밀한 분석이 필요한 유력한 문학/화–사회학적인 텍스트인 것이다. 그렇다면 이 텍스트에 비친 1980년대 우리 사회의 모습은 어떠하였는가.

본격적인 분석에 앞서 기억의 환기 차원에서 1980년대를 대표하는 주요 대중서들과 베스트셀러들은 어떤 것들이었는지 간략하게 살펴보기로 하자.

1980년대의 독서시장은 다음과 같이 사회과학서(이념서)적군群과 대중서군群으로 양분되어 있었다고 할 수 있다.4) 『해방전후사의 인식』(공저) · 『철학 에세이』(편집부) · 『자본주의 구조와 발전』(코모부찌 마사아키) · 『강좌철학』(윤영만) · 『태백산맥』(조정래) · 『남부군』(이태) · 『남』(김지하) · 『노동의 새벽』(박노해) · 『아무도 미워하지 않는 자의 죽음』(잉게 숄) · 『거꾸로 읽는 세계사』(유시민) 등이

박노해의 『노동의 새벽』은 민중문학을 넘어 노동문학의 새 지평을 연 시집이다.

---

4) 1970년대 출판된 서적들, 예컨대 『객지』(황석영), 『난장이가 쏘아올린 작은 공』, 『무소유』(법정), 『어린 왕자』(생 텍쥐페리), 『우상과 이성』(이영희), 『뜻으로 본 한국역사』(함석헌), 『문학과 예술의 사회사』(하우저), 『서양미술사』(곰브리치), 『한국사신론』(이기백), 『한국문학사』(김현, 김윤식) 등과 같은 스테디셀러들은 대상에서 제외하였다.

1980년대 최고의 베스트셀러였던 김홍신의 『인간시장』.

사회과학 시대를 주도한 이념형 베스트셀러들이라면, 『옷을 벗지 못하는 사람들』(정다운) · 『F학점의 천재들』(이주희) · 『자기로부터의 혁명』(크리슈나무르티) · 『인간시장』(김홍신) · 『추락하는 것은 날개가 있다』(이문열) · 『레테의 연가』(이문열) · 『손자병법』(정비석) · 『오늘 다 못한 말은』(이외수) · 『제3의 물결』(엘빈 토플러) · 『영웅문』(김용) · 『단』(김정빈) · 『한단고기』(임승국 역) · 『동양학 어떻게 볼 것인가』(김용옥) · 『여자란 무엇인가』(김용옥) · 『나의 라임오렌지 나무』(바스콘셀로스) · 『홀로서기』(서정윤) · 『접시꽃 당신』(도종환) · 『두레박』(이해인) · 『축소지향의 일본인』(이어령) · 『시간의 모래밭』(시드니 셀던) · 『공포의 외인구단』(이현세) · 『신의 아들』(박봉성) · '불청객 시리즈'(고행석) · 『삼국지』(이문열) 등의 대중서들과 교양서적들은 동시대인들의 문화적 허기를 채워주던 주요 읽을거리들이었다.

기억의 환기 차원에서 무작위로 대충 열거한 목록이지만, 이 목록에서도 대중들의 어떤 강렬한 열망과 호기심 같은 것이 읽힌다. 요컨대 한편으로는 폭정의 현실을 극복하고 보다 나은 삶과 세상을 희구하는 대중들의 변혁의 열망이 사회과학서적이나 이른바 참여형 문학에 대한 독서로 표출됐다면, 다른 한편으로는 감성적이고 정신적 휴식을 원하는 도피 내지 휴식에의 열망이 대중적 교양서와 오락물에 대한 독서로 분출되었다고 할 수 있다.

이렇게 1980년대의 베스트셀러들을 장르 및 성격별로 분류하면 사회과학 서적 · 문학(참여문학/순문학/대중문학) · 명상 · 교양 · 처세 · 오락물 등으로 세분할 수 있다. 그렇다면 1980년대에 이르러 이렇게 다양한 종류의 출판물들이 쏟아져 나올 수 있었던 이유와 그 의미는 무엇인가. 편의상 이를 다음과 같이 간략하게 정리해서 살펴볼 수 있을 것 같다.

첫째로는 고도성장 및 경제호황과 맞물리면서 문화에 대한 대중적 소비가 높아졌다는 점을 들 수 있다. 이와 같은 문화에 대한 열망이 높아지고 이에 따라 외국문학 번역 일색이었던 세계문학전집이나 교재 출판 등에서 벗어나 우리의 출판문화 전반이 다변화되기 시작했다는 점을 들 수 있다. 특히 〈6 · 29선언〉 이후, 1987년 10월에 단행된 출판자유화 조치는 출판계의 성장과 발전에 큰 영향을 끼쳤다. 문공부의 자료와 출판연감을 토대로 만들어진 조사[5]에 따르면, "1983년 2,323개였던 출판사가 1988년엔 4,300여개 사로 1987년의 2,600여개 사보다 63%나(62면)" 성장했고 "발행부수도 1억 7,000만부를 넘어섰다"고 한다. 아울러 1980년을 100으로 했을 때 1987년 현재 예술 분야는 196.5%의 성장을, 사회과학 서적은 218.6%로 증가했다. 출판 종수로 "사회과학서적은 1980년도에 모두 2,276종이 출판됐고 1987년에는 4,976종이 나왔으며 예술서적은 1980년에 1,222종, 1987년에는 1,965종이 발행(63면)"된 것으로 조사되었다. 물론 여기에는 자본의 논리와 시민들의 비판의식을 희석시키기 위한 5공화국 정권과 그 뒤를 이어 등장한 6공화국 세력의 유화정책도 이러한 흐름을 가속화하는 계기가 되었던 것으로 보인다.[6]

둘째로는 이전과는 다른 정치이념과 ''력을 가진 새로운 주체

---

5) 한국일보, 「출판문화운동」, 『신세대, 그들은 누구인가』 하권(한국일보사, 1990), 56-63면. 이하 동일 텍스트의 경우에는 본문에 직접 면수만을 표시.

6) 이하 도서, 1980년대 출판문화의 현황 특히 발행 부수 및 종수 출판사와 서점수, 그리고 독서인구 비율 등에 대해서는 백운관 · 부길만, 「최근 출판 통계」, 『한국출판문화변천사』(타래, 2000), 271-7면을 참고.

세력, 곧 〈386세대〉[7]의 등장을 꼽을 수 있다. 앞으로 이 〈386세대〉에 대한 다양하고 본격적인 조명이 있어야 하겠지만, 이들은 기성세대에 비하여 정치의식과 개성이 충만한 세대라고 할 수 있다. 이들은 1960년대의 〈4·19세대〉나 1970년대의 〈민청학련 세대〉와는 달리 새로운 정치적 이념과 양태를 보여준 세대라 할 수 있을 것이다. 사회변혁에 대한 의지가 그 어떤 세대보다 강한 이들은 새로운 지식과 이념에 대한 욕망에다 출판을 합법적인 운동의 공간으로 생각하는 소명의식까지 더해져서 출판업이 더욱 활성화하였다.

끝으로 1980년대 들어 만화산업(출판)이 크게 활성화되었고 우리 전통문화에 대한 대중적인 관심이 크게 고조되어 있었나는 점을 꼽을 수 있다. 출판문화협회의 집계에 따르면, 대중적 수요의 증가로 인해 만화의 "출판량은 1980년 1,536종 417만 7,800부, 1984년 3,599종 670만 1,625부, 1987년 5,274종 828만 8,641부로 급격히" 증가하였으며 영역도 교재, 고전, 종교, 실용, 경제상식 등으로 다변화되고 있었다.[8] 뿐만 아니라 전통문화에 대한 관심도 급격히 높아서 김용옥의 『동양학, 어떻게 볼 것인가』를 비롯하여 『단』 등의 서적들이 큰 인기를 끌었다.

3. 억눌린 자들의 목소리 ─『공포의 외인구단』, 『영웅문』, 『단』

1980년대 베스트셀러들 가운데서 내가 주목하고자 하는 것은 이

---

7) 1960년대에 태어나 1980년대에 대학을 다니던 30대의 젊은이들을 가리키는 용어이다. 컴퓨터 등급과 성능을 지칭하는 용어로 널리 쓰이던 386이란 용어를 차용한 절묘한 조어이다. 이들의 대부분은 이제 40대가 되었다.

8) 『신세대 그들은 누구인가』, 115면.

한국 만화 중흥의 기점이 된 이현세의『공포의 외인구단』과 무협소설 사상 최고의 걸작으로 꼽히는 김용의『영웅문』.

현세의 만화『공포의 외인구단』(이하 '외인구단'으로 약칭함), 김용의 무협소설『영웅문』, 그리고 김정빈의 구도소설『단』등 세 개의 텍스트이다. 그 이유는 대표적인 정크 장르 취급을 받았던 만화와 무협소설이『외인구단』과『영웅문』을 계기로 당당하게 대중문화의 중심부로 진입했다는 점에서, 그리고『단』을 기점으로 이른바 명상서적들이 출판가의 단골 메뉴로 부상하기 시작했기 때문이다. 덧붙여 이들 텍스트는 동시대

『단』은 우리 문화와 정신세계에 대한 대중적 관심을 불러일으킨 작품이다.

대중문학은 말할 수 있는가?

와의 밀착성이 높을 뿐만 아니라 동시대를 낯선 대상을 통해서 그리고 '저항'의 코드로 또는 그 맥락에서 읽어보려는 본고의 의도에 딱 들어맞는다.

앞서 말한 바대로 만화가 코흘리개들의 전유물 또는 황색 주간지들의 보조적 콘텐츠라는 일반적 통념에서 벗어날 수 있도록 하나의 전기를 마련한 작품이 바로 이현세의 『외인구단』(1982)이다. 이를 기점으로 하여 이른바 이데올로기 극화의 서막을 연 허영만·김세영 콤비의 이데올로기 극화 『오, 한강』(1987)이 대학생과 지식층의 주목을 받게 되면서 만화는 일약 대중문화의 중심에 본격적으로 진입하였다. 그리고 마침내 1988년 3월 당시 〈종로서적〉과 더불어 대형 서점의 대명사였던 〈교보문고〉에서는 만화전문 코너를 신설하기에 이른다.

1980년대 만화 열풍의 진원지인 『외인구단』은, 때마침 5공화국의 유화 제스처의 하나로 단행된 프로야구의 출범과 함께 성인들마저 만화가게로 불러들이면서 일대의 신드롬을 만들어내더니 1986년에는 스타감독 이장희가 메카폰을 잡고 최재성·이보희 등의 배우들이 출연한 동명의 영화가 제작되는 등 사회적 반향이 대단하였다. 여기에다 영화의 주제가인 가수 정수라의 노래마저 인기를 끄는 등 『외인구단』은 그야말로 1980년대를 대표하는 대중문화의 아이콘이자 원천 콘텐츠로서 확고하게 자리를 잡게 된다. 그렇다면 『외인구단』이 이렇게 폭발적인 인기와 대중적인 반향을 불러일으킨 원인과 그 의미는 무엇인가.

만화는 "눈물 젖은 빵을 먹어보지 못한 자는 인생을 논하지 말라"는 괴테의 말을 오프닝 멘트로 인용하면서 거창하게—그러나 사실은 대단히 통속적으로 시작된다. 가난한 소년 오혜성은 자신에게 잘 대해주는 엄지를 위해 야구를 시작하게 된다. 이들의 순수하고 운명적인 사랑의 장애물은 마동탁이다. 마동탁은 자본주의의 경쟁체제에서 승리한 기득권자를 대변하는 인물이며 냉혹한 현실논리의 은유이다. 반면 오혜성은 사랑과 의리 등 재래의 도덕적이고 전통적인 가치를 대변하는, 따라서 필연적으로 비극적인 운명과 패배가 예정된 낭만적 가치의 한 상징이라 할 수 있다. 이에 비해 엄지는 냉엄한 현실의 논리와 순수하고 낭만적인 사랑 사이에서 끝없이 방황하는, 말하자면 머리와 가슴은 헌신적 사랑과 낭만적 가치에 기울어져 있지만 몸은 현실논리를 외면하지 못하는 방황하는 현대인들의 자화상이라고 할 수 있다.[9]

이렇듯 이현세 만화가 제시한 갈등구조는 기왕의 한국만화나 대중문화에서는 그 유례를 찾아볼 수 없는 참신한 충격이었다. 작품의 내용이나 결말 역시 갈등구조만큼이나 파격적이었다. 촉망받는 대형 투수의 면모를 보이다가 불의의 부상으로 급전직하한 혜성은 조상구, 최경도, 하국상, 최관 등 프로의 냉엄한 경쟁체제에서 탈락하고, 좌절과 절망에 빠진 이들은 손 감독의 지도로 상상을 불허하는 살인적인 지옥훈련을 마치고 마침내 속물적인 세상에 대해 가장 속물적인 방식으로 복수의 행진을 거듭한다. 만일 이들의 신화가 계속되면서 이대로 만화가 끝났다면 이현세 만화는 다른 평범한 만화가 되었을 것이다. 결말은 뜻밖에도 대단히 극적이었다. 마동탁의 아내가 된 엄지는 혜성에게 경기에 져달라는 부탁을 하고, 혜성은 "난, 네가 원하는 것은 뭐든지 할 수 있어"란 저 유명한 자신을 말이 진심이었음을 온몸으로 실천, 결국 날아오는 공 피하지 않고 실명을 불사하면서까지 엄지와의 약속을 기어코 지켜내고 만다. 결국 저 처절한 대결과 숭고한 사랑 앞에서, 중압감과 자책감으로 인해 엄지는 정신이상으로 병원에 입원한다. 그리고 마침내 미쳐버린 엄지와 장님이 된 혜성이 다시 해후하는 상처뿐인 권선징악으로 끝이 난다.

---

9) 정준영, 『만화보기와 만화읽기』(한나래, 1994), 110-1면.

바로 이런 점이 이현세 만화의 특징이며, 압도적인 대중적 호소력의 비결이요, 그가 1980년대 대표만화가로 우뚝 설 수 있었던 이유라 할 수 있다.

그러나 그의 만화가 갖는 진정한 의미는 참신한 갈등구조와 상투적인 행복한 끝내기에서 벗어나 있다는 점에 있지 않다. 결론적으로 『외인구단』의 핵심은 '역설적인 저항이 갖는 한계'라 할 수 있다. 주지하듯 철권으로 일어선 5공화국은 그 태생적 한계와 국민적 저항을 희석시키기 위해서 스포츠·스크린·섹스라는 이른바 전형적인 우민화 정책을 펴게 되고, 그것이 바로 1982년에 출범된 프로야구이다. 지난 월드 베이스볼 클래식(WBC)에서 우리 야구 대표팀이 달갑지 않은 동반자이자 숙적인 미국과 일본을 연파하면서 우리 모두를 기쁘게 한 것은 두말 할 나위 없이 유쾌·통쾌·상쾌한 즐거운 사건이었지만, 사실 따지고 보면 이 속에서도 어김없이 작동하는 네이션-스테이트의 이데올로기와 냉혹한 스포츠 자본의 논리는 우리로 하여 많은 것을 생각게 한다. 사실 '프로'란 무엇이던가. 그것은 몸(사람)을 사고파는, 그야말로 자본의 정글법칙과 경쟁의 논리가 적나라하게 드러나는 지점이 아니던가. 그런 프로 스포츠가 만들어내는 의미는 대단히 중층적이다. 비근한 예로 정권의 안보논리의 일환이었던 프로야구가 〈5·18〉를 겪은 호남인들을 〈해태구단〉을 중심으로 해서 뿌리깊은 지역차별과 왜곡된 정치현실에 대한 구심점을 만들어냈던 것처럼, 이른바 대중문화의 첨병인 만화가 오히려 냉혹한 자본주의 질서와 경쟁구조에 대한 심미적 저항의 표상이 된 것이다. 그러나 이 저항은 독서의 순간 마음속에서만 일어나는 저항이며, 현실의 질서에는 아무런 영향도 주지 않는 타락한 시대의 타락한 대응방식이라는 점에서 분명한 한계를 갖는 것이다. 이렇게 『외인구단』은 상업적이면서 저항적이고 체제 내적이면서도 독자적인 의미를 갖는 1980년대를 대표하는 사회문화적 텍스트의 하나라 할 수 있다.

『외인구단』이 동시대의 현실을 반영하는 날카로운 갈등구조를 통해서 경쟁구조에서 패퇴한 이들의 상상적 복수를 다룬 이야기라면, 김용의 『영웅문』은 폭압적인 정치현실과 냉엄한 사회생활에서 억눌리며 살아가는 동시대 남성들의 힘과 남성성에 대한 갈망을 그려낸 나아가 억눌린 동시대 남성들의 욕망의 분출구 역할을 한 선이 굵은 대중적 서사라 할 수 있다. 물론 김혜린의 순정-무협만화『비천무』와 같은 예외가 있기는 하나 대체로 보아 무협물은 남성들에게 힘(폭력)·의리·자유분방함·관음증적 욕망 등을 만족시켜주는 전형적인 남근주의 장르이다.

1980년대 불어 닥친 김용의 무협에 대한 폭발적인 인기는 이 같은 남근주의 외에도 그의 탁월한 필력과 해박한 인문학적 교양으로 인해 더욱 강화되고 광휘를 발한다. 요컨대 그의 무협은 반드시 실존하는 역사적 사건을 배경으로 삼고 있으며 무협의 백미라 할 수 있는 각종의 무공초식을 중국의 고전문학과 경전들에서 차용한다는 특징을 가지고 있다. 가령 『영웅문』의 제1부 『사조영웅전』에서 주인공 곽정이 펼치는 항룡십팔장降龍十八掌의 주요 초식들인 잠용물용潛龍勿用, 밀운불우密雲不雨 등은 『주역』의 괘사들이며, 『천룡팔부』의 주인공 단예가 구사하는 능파미보凌波微步는 조식曹植의 「낙신부洛神賦」에서 따온 것들이다. 뿐만 아니라 작품의 배경이 주로 정정이 매우 불안정한 "왕조의 교체시기이거나 사회가 불안하거나 민족모순이 격화된 시기"[10]로서 독자들의 흥미를 더욱 배가하는 한편, 묘하게 민족주의적(표면적으로는 중화주의적인) 향수를 자극한다. 이른바 세칭 『영웅문』 3부작이라 알려진 『사조영웅전』과 『신조협려』의 작품배경은 송말원초이고, 『의천도룡기』의 경우는 원말명초이다. 이

---

10) 정동보, 「김용의 무협세계와 『사조영웅전』」, 『무협소설이란 무엇인가』, 대중문학연구회 편(예림, 2001), 271면.

같은 작품배경은 극적 갈등을 더욱 더 고조시킬 수가 있고, 무협소설의 품격과 현실성을 강화하는 효과를 만들어낸다.

뿐만 아니라 빼어난 인물 형상화 또한 김용 무협의 강점이라 할 수 있다. 1부의 주인공 곽정은 우둔하고 고지식한 인물이었으나 타고난 성실성과 인간미로 인해 〈항룡십팔장〉이나 〈구음진경〉과 같은 절정의 무예를 익히고 몽골군을 물리쳐 중국의 위기를 구하는 등 완전무결한 영웅으로 거듭나게 된다. 말하자면 그는 우둔하고 평범한 인간 비범한 대중의 영웅으로 성장하는 통쾌한 성공의 신화의 상징인 것이다. 2부의 주인공인 양과는 고아로 온갖 고생을 거듭하며 이름처럼 과過가 많은 인물이었으니 곽정의 가르침과 소용녀 등과 기연으로 강호의 대협으로 추앙받게 된다. 이른바 그는 개과천선한 영웅의 이야기의 한 전형인 것이다. 3부의 주인공은 후일 명교의 교주가 되는 장무기인데, 이 세 명의 캐릭터 가운데서 가장 특징이 없는 인물이라 할 수 있다. 이런 무미건조한 인물이 주인공이라는 것은 세상과 인생에서 주인공으로 살아갈 수 없는 동시대의 남성독자들에게 묘한 공감과 울림을 준 것이다. 이처럼 『영웅문』에는 세상물정 모르고 냉정한 양과의 연인 소용녀, 능수능란한 화술을 지닌 곽정의 동반자 황용, 개방방주이자 곽정의 스승인 홍칠공, 금나라 왕자 완언홍렬 등 인물들 모두 저마다 개성으로 차고 넘친다.

무협지가 어두침침한 대본소에서 유통되는 정크픽션에서 벗어나 대중문화로서 시민권을 얻을 수 있었던 것은 오로지 『영웅문』과 같은 명품 때문이었다. 이를 계기로 무협소설도 유명출판사들의 정식 출판물로 자리를 잡으면서 대형서점가에서도 진열, 유통되기 시작하면서 일약 대중문화와 장르문학의 총아로 부상하게 된다. 이와 같이 무협소설은 남성독자들에게 강호라는 가공의 자유로운 공간을 마음껏 돌아다니면서 스케일 큰 이야기를 제공해 줌으로써 시대의 아픔과 현실의 고단함에 지친 잠시나마 해방과 일탈과 모험의 기쁨을 선사해주었다. 이런 점에서 김용의 『영웅문』은 대중들에게 1980년대라는 억눌린 시대의 현실과는 대비되는 자유의 공간이며 인공의 낙원이었다고 할 수 있다. 그러나 이 인공의 낙원은 오로지 남성 독자들을 위한 남성의 로망이며, 현실을 바꾸는 대신 카타르시스를 통해서 자신의 감정과 인식을 위로하는 전형적인 대중의 엘릭시르에 지나지 않는 것이다. 그럼에도 이 같은 남성의 신화가 강한 대중성을 갖게 되었다는 것은 동시대 현실의 상황이 대부분의 남성들에게 만족스럽지 못했음을 역설적으로 반영하는 것이며, 합리적인 변혁의 전망과 저항의 운동에 투신하지 못했던 동시대의 대중들의 불만과 울분의 표출이기도 했다는 점에서 『영웅문』은 전형적 사회학적 텍스트라 할 수 있을 것이다.

끝으로 1980년대 베스트셀러들의 주요한 특징 가운데 하나로는 동양의 문화와 고유의 전통문화에 대한 관심 그리고 명상서적의 인기를 꼽을 수 있다. 요컨대 억눌린 자들의 현실에 대한 불만과 증오가 『외인구단』과 같은 '복수의 이야기'와 『영웅문』같은 '남성의 로망'으로 표출된 되더니, 급기야는 이와 같은 현실의 고단함과 비루함으로부터 아예 초월해 버리자는 낭만주의 내지 민족주의적 열풍을 만들어내기에 이른다. 『외인구단』과 『영웅문』이 전자의 범주라면, 『영웅문』·『단』·『한단고기』·『손자병법』(정비석)·『신념의 마력』(크리슈나무르티) 등은 후자의 범주에 포함된다. 여기에서 우리가 각별히 주목할 것은 바로 초월과 신비주의의 부상이다. 과학적 합리주의와 모더니즘의 전일적 지배에 대한 일종의 대중적 환멸과 일탈로서 신비주의는 1990년대 중반부터 거세게 휘몰아치기 시작한 장르 판타지에 대한 대중적 열광과 맥락상의 유사성을 지닌다는 점에서 앞으로 좀 더 따져 보아야 할 필요가 있을 것이다.

김정빈의 『단』은 초월과 신비주의에 대한 대중적 열풍의 시발점이었다는 점에서 1980년대 베스트셀러에서 빼놓을 수 없는 중요한 작품이다. 왜냐하면 이 작품은 기氣니 도道니 하는 정신주의 내지 구도에 대한 대중적 관심을 환기시키면서 뒤를 이어 『한단고기』, 김산호의 만화 『대조선제국사』 등 민족주의적 열광을 자극할 수도 있는 대중서들을 비롯하여 류시화니 오쇼 라즈니쉬니 하는 명상서적들이 새로운 출판품목으로 각광받을 수 있도록 하는 계기를 마련했기 때문이다.

김정빈의 『단』은 평생 동안 선도仙道를 수련한 봉우 권태훈 옹의 구술을 토대로 한 장편실명소설이다. "주인공 우학도인이 단학선법, 축지법, 비홍검飛鴻 등에서 일가를 이룬 삼비팔주三飛八走와 같은 이인들을 만나서 교류하고 수련했던 자진적 경험담, 무려 칠백년 동안 수도했다는 중국 왕진인과 자신의 스승 일송진인에 대한 이야기, 그리고 우리 백두산족에 닥쳐온 3천년의 대운과 1999년에 남북통일이 이루어질 것이라는 등의 신비한 예언을 다루고 있다는 점에서 이 소설은 일종의 한국형 판타지"11)이며 낭만주의요 한국판 그노시즘gnosticism이라 할 수 있다. 주지하듯 낭만주의의 주요 특징들 가운데 하나는 사회로부터 떨어져 나와 문명에 오염되지 않은 원시적인 것과 신비적인 것, 그리고 순수한 자연처럼 오염되고 훼손되지 않은 언어와 인간본성을 중시한다는 점을 꼽을 수 있다. 이렇게 개성과 자아의 해방을 추구하다가 장벽에 부딪치고 세계의 밖으로 나갈 수 있는 출구는 없다는 혹독한 사실 앞에서 절망하고 방황하다가 극단적인 신비주의나 비합리적인 예언의 세계로 빠져 들어가게 되는 것이 대체적인 코스이다.

그러나 이 현대판 낭만주의 내지 한국형 그노시즘이라 할 『단』에 대한 대중들의 과도한 열광은 서구적인 가치나 근대성에 대한 환멸의 표현이라는 점에서 대단히 문제적이다. 그런데 이 낭만주의 내지

---

11) 조성면, 앞의 책, 150-1면.

그노시즘은 당시의 민족주의에 대한 열풍과 무관하지 않다. 사실 이 때는 우리 것에 대한 재발견과 집단적 귀의가 일어나는 시기이기도 했다. 대학가를 중심으로 풍물패·탈춤·민요·마당극 등의 공연이 수시로 이루어지고 민중문화운동연합·한국문화운동연구소 등을 비롯하여 한두레·아리랑·새뚝이·민족극 연구회·춤패 불림·굿패 해원·민요연구회 등이 결성되는 등 민족모순에 대한 자각과 함께 전통문화나 동양사상에 대한 관심이 고조되는 상황이었다.[12] 이렇게 근대화가 서구화이던 질풍노도의 압축성장 시대가 지나가자 이제 자기 것을 돌아보게 된 시기가 바로 1980년대이며, 그러니까 단과 도와 같은 신비적인 것과 동아시아적인 것에 대한 대중들의 집단적 망명 내지 귀의는 서구적 가치에 대한 환멸과 압축성장에 따른 자신감의 회복과 우리 것에 대한 재발견 무드 그리고 새로운 가치와 가능성을 내면에서 찾아보자는 대중적 열망의 표현인 것이라고 할 수 있다.

4. 대중문학을 재영토화하고 새로운 해석의 전선 구축을 위하여

대중문학은 생각보다는 대단히 복잡한 중층적인 존재이다. 이를테면 그것은 대중들의 열광적인 지지와 고급담론들의 싸늘한 냉소사이에서, 일상생활문화의 주류이지만 고급담론의 불청객으로 담론공간을 떠돈다. 그러면서 그것은 또한 체제내적이고 순응적이며 퇴행적이면서도 때로는 저항적이면서도 급진적인 모습의 사이에서 끝없이 부동한다. 특히 대중문학은 상투적이고 뻔한 공식들로 인해 텍

---

12) 「우리 것 찾기 운동」, 『신세대 그들은 누구인가』 상권, 110-4면.

스트 그 자체로서는 독자적인 의미를 갖지 못하고 동시대의 사회문화적 맥락과 담론들의 특별한 기획 속에서만 그 의미를 부여받게 된다. 그러므로 대중문학은 담론의 특별한 주목이 없이는 결코 바로 서지 못하는 침묵하는 웅변이며 말 못하는 달변가이다. 왜냐하면 대중문학은 같지도 않으면서도 다르지도 않은 이야기들이 끝없이 반복되는 즉 내용만 달리한 채 동일한 몇 개의 구조와 패턴만이 끝없이 반복되는 구조물이기 때문이다. 그러나 어느 시대나 다 마찬가지이겠으나 특정한 시기에 특정한 경향의 작품들이 널리 읽힌다는 것, 요컨대 1980년대와 같이 뜨거운 문제적인 시대의 한 복판에서 복수와 초월 등을 매개로 한 남성적 로망들이 널리 읽힌다는 것은 문제적이다. 이와 관련하여 대중적인 베스트셀러들을 읽는 독자들이나 진보적인 운동가들이 서로 공감하는 부분도 있는데, 그것은 바로 동시대 현실과 대중들의 삶이 결코 만족스럽지 못한 상황이라는 점이다.

대중문학이 항상 사회학적인 텍스트로서 다루질 수밖에 없는 것은 바로 이런 점들 때문이다. 따라서 대중문학은 언제나 침묵하는 목소리 곧 언어학적인 용어를 빌리자면 그는 스스로 독자적인 의미망을 형성하지 못하는 의존형태소와 같은 존재인 것이다. 게다가 대중문학과 동시대 현실과 이루는 관계는 대부분의 경우가 임의적이거나 은유적이어서 양자 사이의 내적 연관성과 필연성을 찾아내기가 쉽지 않다. 예컨대 '서울은 벌레먹은 사과와 같다'는 문장이 있다고 하자. 여기서 서울은 '원관념'이고 벌레먹은 사과는 서울의 이미지를 드러내기 위한 '보조관념'이다. 그리고 계열적인 환유와는 달리 통합적이고 강제적인 은유에서는 필연적으로 이 원관념과 보조관념 사이에는 항상 건널 수 없는 비약과 낙차가 있다. 대중문학과 동시대의 현실이 이루는 관계는 이처럼 원관념과 보조관념처럼 통합적이고 비약적이며 강제적이다. 이 느닷없음 또한 대중문학을 침묵하는 존재로 만들어 버린다.

그러면 대중문학은 논의가 불가능한 영역이며 말짱 황인 그런 장르인가. 그렇지 않다는데 바로 문제의 심각성이 있다.

대중문학은 무엇인가란 존재론의 물음에서 대중문학은 누구를 위해서 존재하는가로 문제의 초점을 바꿔 생각해 보자. 누가 대중문학을 읽겠는가. 대중문학은 바로 또 다른 민중문학이다. 단지 그것은 사회적 시멘트도, 이데올로기적 국가기구도, 대중의 엘릭시르도 아니다. 엄연히 해석을 둘러싼 갈등과 대립이 교차하는 정치적 투쟁의 장이기도 하다. 뉴 라이트의 『해방전후사의 재인식』의 출간에서 보여지듯 지금 우리 사회의 일각에서는 1980년대와 1987년 체제의 성과를 부정하고 이에 맞서는 새로운 담론의 전선이 형성되고 있다. 이러한 때 1980년대에 이룩해낸 성과를 비판적으로 계승하면서 대중문학의 영역으로까지 우리 비평담론과 해석의 영토를 확장할 필요가 있다. 1980년대 베스트셀러와 대중문학이 갖는 현재적 의미는 바로 여기에서 찾을 수 있을 것이다.

바깥을 꿈꾸는 새로운 상상력

— 김진경의 판타지 동화『고양이 학교』가 거둔 것과 남긴 것

1. 장르판타지와『고양이 학교』

김진경의 연작 판타지동화[1]『고양이 학교』(이하 '고양이'로 줄임)
는 최근 우리 어린이 문학이 거둔 하나의 성과다. 지난 2001년『반
지의 제왕』과『해리포터』등 장르판타지의 세계적 열풍 속에서 시
작된 '고양이 시리즈'가 1, 2부에 이어 속편인『거울전쟁』을 완결
지음으로써 마침내 6년간의 긴 여정을 끝마쳤다.

이 6년은 성장기에 있는 어린이 독자들에게 결코 짧은 시간이 아
니다. 어린이 문학으로서는 이례적으로 이 럼 긴 시리즈를 오랜 시
간 동안 끌어올 수 있었던 것은 판타지·추리·SF같은 장르문학의
특징, 요컨대 독자들의 충성도가 아주 높ㄱ 견고하기 때문일 것이
다. 그렇다고 하더라도 작품의 길이와 긴 집필시간이 전혀 영향이

---

1) 원종찬은 같은 판타지 장르라고 해도 독자의 연령이나 아동문학의 특성을 고려해
　서 판타지 소설과 판타지 동화로 구분하여 사용하자는 제안을 한 바 있다. 이 글에
　서는『고양이』의 아동문학으로서의 정체성과 특성을 분명하게 드러내기 위해서 장
　르판타지란 말 대신 판타지동화란 용어를 병행하여 사용하고자 한다. 원종찬,「동
　화와 판타지」,『동화와 어린이』(창비, 2004), 103-6면.

한국 판타지 동화의 새로운 가능성을 제시해 보인 『고양이 학교』

없는 것은 아니어서 타깃 독자였던 초등학교 저학년의 독자의 성장에 따라 스토리도 함께 발전하는 흥미로운 점층 구조를 보여준다. 특히 시리즈의 완결편이라 할 『거울전쟁』에는 어린이가 아니라 청소년 독자를 염두에 두고 쓴 작품이 아닐까 하는 생각이 들 정도로 박진감 넘치는 대결과 환상적 모험 그리고 무협적 요소가 크게 강화되어 있다. 아마도 작품의 논리 때문이었다기보다는 타깃 독자였던 초등학교 저학년 독자들의 성장을 의식했거나 독자층을 보다 확장하고자 하는 상업적 측면을 함께 고려한 결과가 아닐까 싶다.

장르판타지[2]는 마술적 상상력을 바탕으로 초자연적인 존재와 사건을 그린 비현실적인 모험의 이야기로 그 속성상 유아적幼兒的이거나 (청)소년문학juvenile literature과 강력한 친화력을 가질 수밖에 없는 장르다. 일찍이 판타지에 대해서 가장 선구적으로 이론화 작업을 시도한 츠베탕 토도로프Tzvetan Todorov는 전통시학의 자의성과 주관주의적 태도에서 벗어나 과학적 구조시학의 정립을 역설하면서 판타지에 대한 정밀한 분석을 시도한 바 있다. 그에 따르면, 판타지는 망설임hesitation의 문학이다. 즉 텍스트의 초자연적이고 비합리적인 이야기 앞에서 자연법칙과 상식에 길들여진 독자들의 마음속에서 일어나는 심리적 망설임이야말로 판타지의 심미적 특징이라는 것이다. 물론 이런 종류의 망설임이란 대개 산타클로스의 존재

---

2) 장르판타지의 개념과 기원 그리고 전개양상에 대해서는 조성면, 「문화콘테츠와 장르판타지: 톨킨의 '반지의 제왕'에서 MMORPG 게임 '리니지'까지」, 『한국문학 대중문학 문화콘텐츠』(소명출판, 2006), 324-37면.

를 아무런 의심 없이 받아들이는 어린이 독자들보다는 성인독자나 평론가들의 내면에서 일어나는 심리적 현상일 터이다.

토도로프는 여기에서 한 발 더 나아가 텍스트 구성의 핵심요소인 초자연성과 자연성의 결합 방식에 따라서 작품을 괴기문학·환상문학·경이문학으로 구분한다. 초자연적인 사건이 자연적인 방식으로 해결되면 괴기문학이 되며, 믿기 어려운 초자연적인 사건이 초자연적인 방식으로 해결된다면 그것은 놀람의 문학 곧 경이문학이 된다는 것이다. 판타지는 괴기문학과 경이문학 사이에 존재하는 부동하는 장르로 초자연성과 자연성의 결합방식에 따라 다시 환상적 괴기 fantastic uncanny와 환상적 경이fantastic marvelous로 나뉜다.3) 이것이 바로 다른 장르와 환상장르를 구별되는 판타지 텍스트의 구조적 특징이라는 것이다. 『고양이』는 환상적 경이와 환상적 괴기 사이를 오가는 복합형 판타지동화라 할 수 있다. 그것은 『고양이』가 미약하게나마 경이적 놀람과 괴기적 공포의 요소를 가지고 있으며, 현실과 환상의 세계가 함께 공존하면서 두 세계를 오가는 열린 작품구조를 가지고 있기 때문이다.

장르판타지의 유형과 범주는 『반지의 제왕』과 『황금나침판』처럼 현실과는 아무런 상관없이 없는 가공의 세계에서 스토리가 전개되는 닫힌 형식과 『해리포터』나 『나니아 연대기』처럼 현실세계와 마법의 세계가 분리된 반쯤 열린 형식 그리고 『퇴마록』같이 현실과 환상의 세계가 아예 함께 공존하거나 병치되는 열린 형식으로 세분할 수 있다. 『해리포터』와 『고양이』는 세계와 현실의 세계가 분리

---

3) TZVETAN TODOROV, *THE FANTASTIC: A STRUCTURAL APPROACH TO A LITERARY GENRE*, CORNELL UNIVERSITY PRESS, 1975, p. 44. "We may represent these sub-divisions with the help of the following diagram: un-canny/ fantastic-uncanny/ fantastic-marvelous/ marvelous. The fantastic in its line separating the fantastic-uncanny from the fantastic marvelous."

되어 자유로이 오갈 수 있는 반쯤 열린 형식은 『나니아 연대기』의 옷장처럼 현실세계에서 환상의 세계를 향해 열린 출구나 두 세계를 이어주는 매개물이 존재한다는 특징이 있다. 런던 역 9와 4분의 3 승강장(『해리포터』)이라든지 인적이 끊어진 깊은 숲 속이나 고양이 학교나 수정동굴(『고양이』)처럼 현실과 환상을 이어주는 매개물들의 존재가 바로 그것이다. 판타지 장르가 다양한 유형의 형태를 갖게 되는 것은 이 장르가 지닌 태생적인 난제, 곧 작품의 현실감을 만들어내고 독자들의 자연스런 몰입을 위한 설득작업의 지난함 때문일 터이다.

그래서 '고양이 시리즈'에서 현실공간과 환상공간은 완벽하게 분리된 별개의 공간이 아니라 서로 영향을 주고받는 상호의존적인 세계로 설정되어 있다. 가령 「태양신검의 수호자」, 「금관의 비밀」, 「흰빛 불가사리」 등으로 구성된 『고양이』 2부에서는 환상의 세계와 도굴, 미군기지 이전 등과 같은 현실적인 문제들이, 「청동거울의 전설」, 「하늘의 돌」, 「거인의 돌」 등으로 이뤄진 『거울전쟁』에서는 학교폭력이라든지 아라씨와 같은 티베트 출신의 이주민 노동자 문제가 작품의 전면에 등장하는 등 현실과 환상의 세계가 긴밀하게 연결되어 있다. 김진경의 연작 판타지가 나름의 문제의식과 메시지를 담아내고 비평가들과 독자들에 긍정적인 반응을 얻어낼 수 있었던 이와 같이 작품이 공상의 세계에만 머물러 있지 않고 반쯤 열린 형식의 유형을 적절하게 잘 활용하고 있기 때문일 것이다.

모든 문학적 담화들이 그렇듯 판타지 역시 참 또는 거짓이라는 진리시험으로부터 자유로운 장르다. 판타지의 심미적 지위가 확보되는 것은 바로 이 때문인데, 김진경은 여기에 그렇게 의존하지 않는다. 오히려 그는 환상과 현실의 상호작용을 통해서 독자들이 환상의 세계 속으로 깊이 몰입해 들어가는 것을 방해하며, 현실을 떠난 환상은 의미가 없거나 있을 수 없다는 냉정한 작가의식을 보여준다. 이런 교차서술방식과 노련함이 『고양이』를 웰 메이드 판타지로 자리 매김하면서 현실과 환상이 그리고 작품성과 상품성이 적절한 균형이 이루어지도록 한 비결이라 할 수 있을 것이다.

2. 고양이 시리즈의 극작술 – 모방, 애니모프animorph, 그리고 토템의 상상력

'고양이 시리즈'는 제목 그대로 민준이와 세나 등 두 어린이가 버들이 · 메산이 · 러브레터 · 스라소니 · 바이킹 등 다섯 마리의 고양이들과 함께 펼치는 모험 이야기이며, 인간이 동물로 혹은 동물이 인간으로 변신하는 일종의 애니모프animorph[4]이다. 여기에 이들의 조언자이며 스승mentor인 마첸을 포함하여 고양이학교의 교장 양말 고양이 · 우체통 고양이 · 털보 고양이 등의 조력자들이 등장하는 등 신화적 모티프와 이야기 구조를 함께 갖췄다.

어느 날 민준이네 집으로 버들이의 편지가 도착하면서 '시리즈 제1부'가 시작된다. 집 떠난 고양이 버들이가 민준이네 사는 고양이 모리에게 편지를 보내온 것이었다. 자신은 우체통 고양이를 따라 고양이 학교에 입학했으며, 글 쓰는 것을 배웠다는 짤막하지만 놀라운 소식을 전해온다. 초점이 자연스럽게 바뀌어 버들이가 고양이 학교에 가게 된 사연과 수정 고양이 반으로

『고양이 학교』는 동서고금의 신화가 통합된 하이브리드 판타지이다.

---

4) 애니모프는 동물animal과 변형morph의 합성어로서 아동물과 장르문학의 한 특징이다.

편성되어 마술수업을 배우고 수정 고양이 동굴의 비밀을 알게 되는 경과가 자연스럽게 그려진다. 그리고 이 과정에서 버들이와 러브레터 등 다섯의 고양이는 "수정이 완전히 빛을 잃고 이천 년 만에 한 번 휴식을 취하는 때"[5]인 '아포피스의 날'이 다가온다는 것을 알게 된다. 아포피스는 뱀의 형상으로 출현하여 태양을 삼켜 버리는 어둠의 신으로 아포피스의 날에는 일식이 일어나면서 그림자 고양이들의 힘이 세지는 위기의 순간이다. 고대 마법책의 예언대로 쓰레기 더미들이 학교를 덮치고 죽은 아이의 환영이 나타나는 등 온갖 불길한 조짐들이 이어진다. 드디어 해와 지구와 달이 일렬로 늘어선 순간, 아포피스가 깨어나고 마첸을 비롯한 다섯 마리 고양이들이 여기에 용감하게 맞서 싸워 결국 승리를 거두게 된다.

고양이들이 "아콩카구아아구카콩아" 하며 마법의 주문을 외우고 수업시간에 떠들고 장난을 쳐야 칭찬을 받는 작품의 상황은 일탈과 위반이 가능한 즐거운 세계 곧 카니발적 공간이다. 이런 종류의 카니발적 놀람과 위반은 우생학과 생명공학의 폐해를 문제화하는 리보펑크Ribopunk, 증기의 은유를 통해서 기계문명의 문제점을 폭로하는 스팀펑크Steampunk 그리고 실재와 허구의 결합으로 사실의 권위를 전복하는 팩션Faction 등 SF와 역사추리소설과 같이 본격문학과 장르문학 사이를 가로지르는 이른바 중간문학 유의 대중문화 텍스트들에게서 아주 흔하게 목격되는 현상이다. '고양이 시리즈'에서 제기하는 주요 테마인 환경오염과 멸종생물·차별받고 혹사당하는 이주민 노동자들·난개발과 문화재 도굴 등의 묵직한 사회학적 주제는 대중문화텍스트를 활용하는 중간문학들에서 흔하게 목격되는 극작술이기도 하다. 이 같은 극작술은 총 54권에 달하는 캐서린 애플게이트K. A. Applegate의 '애니모프 시리즈(1996~2001)'에 큰

---

5) 김진경 글·김재홍 그림, 『고양이 학교』 2권(문학동네, 2001), 107면.

빚을 지고 있는 것으로 보이는데, 공교롭게도 '고양이 시리즈'는 이 크족이라는 우주의 침입자들에 맞서 고양이로 변신하여 싸우는 제이크·레이첼·토바이어스·캐시·마르코 등 다섯 명의 어린이 전사의 활약상을 그린 이야기들과 놀라운 유사성을 보여주고 있다.

또한 '고양이 시리즈 3부작'을 관통하고 있는 두 번째 장르법칙은 조셉 캠벨Joseph Campbell이 신화 연구에서 추출해낸 영웅의 여정The Hero's Journey라는 패턴이다. 영웅의 여정은 신화·할리우드 영화·어드벤처·판타지 등 모든 대중적 스토리 속에 내재된 패턴[6]으로 평범한 일상에 세계에서 모험에의 소명을 받고 스승과 조력자를 만나 온갖 시험과 시련을 겪은 다음, 가까스로 절체절명의 위기를 극복하고 귀환하는 구조를 띠고 있다.[7]

'고양이' 1부의 경우에도 이 같은 구조가 거의 동일하게 반복되어 나타난다. 평범한 일상 속에서(평범한 일상의 세계) 어느 날 갑자기 일상의 틀을 깨뜨리는 사건 곧 버들이로부터 편지가 날아들고(모험에의 소명), 버들이가 러브레터·메산이 등의 협력자들과 만나게 되며, 마법학교에서 마술수업(관문의 통과 동굴로의 접근)을 받는다. 다시 마첸이라는 스승을 만나고, 꼬깜 고양이(마첸의 쌍둥이

---

6) Glassner, Andrew, *Interactive Storytelling: Techniques for 21st Century Fiction*, AK Peters, 2004, pp. 59-66.

7) 영웅의 여정은 대략 이러하다. 평이한 일상의 세계에서 갑자기 모험의 소명을 받은 다음, 망설이거나 거부하다가 선각자를 만나 새로운 세계로 진입하여 영웅으로서의 자질을 시험받는다. 여기서 적과 동지를 확연히 구분되며 시험을 통과하고 모험에 대처하기 위한 특별한 능력을 쌓거나 얻게 된다. 이어 시련에 부딪치고 이를 극복한 다음, 귀환하는 길에 다시 절체절명의 위기에 직면하나 극복하고 금의환향한다. 영웅의 여정은 일상의 세계, 모험에의 소명, 소명의 거부, 정신적 스승과의 만남, 첫 관문의 통과, 시험·협력자·적대자, 동굴 깊은 곳으로의 접근, 시련, 보상(검을 손에 쥠), 귀환의 길, 부활, 영약을 가지고 귀환 등 모두 12단계로 이루어져 있다. 이상 영웅의 여정과 그 구조에 대해서는 Joseph Campbell, *The Hero With a Thousand Faces*, 이윤기 옮김, 『세계의 영웅 신화 』(대원사, 1989)를 참고.

형제이자 그림자 고양이의 리더인 마튜의 또 다른 이름)라는 적대자를 만남으로써 협력자와 적대자가 누구인지 드러나게 된다. 이들 다섯 고양이들이 전사로 거듭 나는 수정 동굴은 관문이자 격전장으로서 여기에서 최후의 대결이 펼쳐지며(동굴로의 진입 또는 시련), 결국 수정 마법의 칼로 아포피스를 물리친 다음, 고양이 학교의 영웅이라는 보상을 받고 일상의 질서를 회복(귀환)하는 것이다. 이것은 작가가 '고양이 시리즈'를 쓰기 위해 얼마나 심혈을 기울여 기존의 텍스트들을 '연구'했는가를 보여주는 성실성의 지표이면서 다른 한편으로는 이 작품이 얼마나 다른 대중문화 텍스트에 대해 '모방적'이었는가를 보여주는 빛과 그림자이다.

판타지 동화의 작가가 보여주는 이 창의와 모방의 시소게임은 단지 영웅의 여정이란 신화적 이야기 구조에 국한되지 않는다. 고양이·마법학교·고양이들의 역사가 시작된 이집트의 나일강·마법의 검·수정 등은 우리 고유의 이야기 모티브들이었다기보다는 대중매체들을 통해서 흘러들어온 외래의 것들이며, 특히 조앤 롤링Joanne K. Rowling의 '해리 포터 시리즈Harry Potter Series', 사토 사토루

『고양이 학교』는 또한 창조와 모방이, 현실성과 환상성이 교차하는 상호텍스트적 판타지동화이다.

佐藤さとる의 『나는 마법학교 3학년ぼくは魔法學校三年生』, 모리스 센닥Maurice Sendak의 『괴물들이 사는 나라Where The Wild are』, 캐서린 애플게이트의 '애니모프 시리즈' 등과 같은 작품들과 강력한 상호텍스트적 관계를 이루고 있음을 감지할 수 있다. 이 가운데에서도 장르판타지의 대문자이자 대표적인 마법학교 이야기인 '해리포터 시리즈'가 '고양이 시리즈'를 낳은 영감의 원천임을 짐작할 수 있다. 고양이

와 마법학교가 주인공으로 또 작품의 중심으로 설정된 것은 고양이에 대해 호의적이지 않은 한국 전래의 이야기 전통에서는 낯선 관습이다. 『고양이』가 한국 동화사상 최초로 장르판타지의 본 고장인 유럽에서 특히 프랑스에서 '앵코륍티블상'을 수상하는 개가를 올린 것도 어쩌면 이처럼 '고양이'의 구조와 내용이 갖는 강력한 기시감과 서구적인 모티브들이 적절하게 잘 활용되고 때문일지도 모른다.

물론 그렇다고 해서 전래의 이야기를 계승하고 창조한 것은 선이며, 외국의 것을 수용하고 모방한 것은 악이라는 편협한 이분법은 곤란하다. 어떤 점에서 모방이야말로 창조의 어머니이며, 이야기의 진정한 세계화와 상호텍스트성은 동시대의 우리 어린이문학이 적극적으로 추구하고 지향해야 할 도전의 대상이기 때문이다.

판타지 장르의 세계적인 유행이 입증하고 있듯 동시대는 합리성과 과학기술이 발달하면 할수록 신화적이고 주술적인 것들의 귀환이 더욱 촉진되는 역설적 시대이다. 또한 매체의 급속한 발달로 인하여 감수성의 세계화와 균질화 그리고 서로 영향을 주고받는 모방과 상호작용이 보편화된 에피고넨의 시대이기도 하다. 기술이 마법이고 모험이 돈이 되며 모방과 상호작용이 대세를 이루는 현대사회에서 '고양이'의 출현은 자연스러운 일일지도 모른다. 이처럼 판타지 장르는 형식과 구조의 '고대성'8)에도 불구하고 현대화와 의고화가 동시적으로 진행되는 대단히 양가적인 장르인 것이다.

'고양이 시리즈'에서 이 같은 양가성과 상호텍스트성은 애니미즘, 달리 말하면 영웅 이야기에 인간과 동물을 결합한 토템의 상상력에

---

8) 소설, 만화, 영화, 컴퓨터게임 등 대부분의 장르판타지들이 마법, 주문, 검, 그리고 중세풍의 관습을 보여준다는 점에서, 나아가 작품의 구조가 조셉 캠벨이 발견한 〈영웅의 여정〉이란 신화적 패턴을 거의 그대로 재현하거나 반복한다는 점에서 판타지는 과거지향적이거나 고대적이라 할 수 있다.

의해 구현된다. 김진경은 동시대의 어린이들에게 친숙한 동물인 고양이들을 주인공으로 전면에 내세우고 신성화하면서 동시에 바리데기·불가사리·묘족·예엔·치우 천황 등 『산해경』이나 『환단고기』 등에 나올법한 동북아의 신화와 전설을 차용하여 환상의 세계를 구축한다. "실제로 이 작품에는 아포피스·태양의 고양이(이집트)·오딘·이그드라실(북유럽)·부상수(중국)·메산이(한국)·인드라의 구슬(인도) 등 수많은 신화적 이미지들이 곳곳에 배치되어 있고, '태양의 길' 지도가 보여주듯이 이들 신화적 이미지들은 서로 연결되어 있다."9)

그런데 이 도템의 상상력은 작품 속에서 텍스트를 구조화하는 동력일 뿐만 아니라 나아가 추악한 속물적 현실 세계를 비판하고 대체하는 대안적 사유로서의 의미를 띠고 있다. 예를 들어 작품속의 현실 세계가 생태계 파괴·도굴·미군기지 건설·인종차별 등으로 얼룩져 있는 반면, 어린이와 고양이가 대변하는 토템적 환상 세계는 궁극적으로 정의롭고 순수한 세상—비록 환상의 공간이 현실의 문제들이 충돌하는 대립과 갈등의 세계로 묘사되어 있다고 할지라도—을 향해 열려 있기 때문이다. 지향해야 할 순수한 어린이의 세계와 지양해야 할 속물적 현실세계를 함께 대비시키는 단선적인 갈등구조와 이분법은 일종의 동심천사주의 혹은 낭만주의이다. 그와 같은 낭만주의가, 비록 이 작품이 동화임을 감안한다고 하더라도 어린이를 세계를 구원하는 영웅으로 호명하는 것은 너무 동화적이다.

이와 같이 어린이가 중요한 존재로 적극 호명되기 시작한 것은 근대 동화들에 의해서이다. 필립 아리에스Philippe Arès의 지적대로 어린이는 아동을 가리키는 단순한 보통명사가 아니라 학교라는 근대적 교육제도의 출현과 함께 탄생한 역사적 관념이기도 하다.10) 이

---

9) 조현설, 「'고야이 학교'를 통해 본 판타지 동화의 가능성」, 『문학동네』(2002년 봄호), 60면.

시기부터 어린이는 무한한 가능성을 지닌 사회의 미래로 사회적 관심과 투자의 대상으로 부상하게 되며, 이들을 근대시민으로 문명화하고 도덕으로 훈육해야 한다는 근대사회의 강박은 어린이 문학 특유의 교훈주의를 강화한다.

각국의 영웅신화들, '해리포터', '애니모프 시리즈'들과 강력한 상호텍스트적 관계를 이루고 있는 작품답게 『고양이』의 주인공 민준이와 세나 역시 현실 속에서는 훈육과 보호의 대상이지만 환상의 세계에서만큼은 타락하고 오염된 세계를 구원하는 영웅으로, 즉 민준이는 태양의 신 고양이로 세나는 대지의 신 고양이로 호명된다. 어린이들을 이상화하고 낭만화하는 것은 일차적으로는 어린이 문학이라는 장르적 규정력과 근대의 교훈주의 때문이지만, 사실 다른 한편에서 그것은 어린이라는 새로운 출판시장에 대한 구애의 표현이기도 하다.

그런데도 근대 동화들에서 어린이를 자꾸만 영웅으로 호명하고 이들에게서 새로운 가능성을 찾으려 하는 것은 병리적인 현대사회의 성황—곧 사회의 타락과 모험이 불가능해진 역사적 상황—을 반영하는 것이라 할 수 있다. 왜냐하면 사회가 불모화되면 될수록 또 문명화되면 될수록 영웅 신화와 환상적 모험 이야기에 대한 수요는 더욱 늘어나게 되기 때문이다. 그리하여 유년기는 무엇이든 가능한 자아의 신화시대로 또는 돌아가고픈 유토피아로 왜곡되거나 이상화된다. 이런 일반적 통념과 장르관습을 이해하지 못하는 것은 아니지만, 정말로 우리의 유년기는 돌아가고 싶은 이상적인 시기이었는가. 이 치열한 경쟁사회에서 어린이로 살아가야 한다는 것은 얼마나 어렵고 혹독하며 험난한 일인가.

현실 속의 우리 어린이들은 여전히 아동학대와 같은 온갖 사회

---

10) 여기에 대해서는 Philippe Arès, *L' enfant et la vie familiale sous l' ancien régime*, 문지영 옮김, 『아동의 탄생』(새물결, 2003)을 참고.

적·문화적 폭력에 무방비상태로 노출되어 있거나 사랑과 교육이란 이름으로 혹사당하고 있다. 점프 아이, 짐보리, 몬테소리, 학습지, 피아노, 태권도, 미술, 무용, 수영, 레고, 로봇공예, 영어유치원, 영재학교 등 수많은 교과목들과 교육 프로그램의 존재는 현재 우리 어린이들의 상황과 처지가 어떤지를 웅변으로 말해 준다. 그래서 우리는 『거울전쟁』의 민준이와 나영이가 나누는 코믹한 대화의 한 토막에서도 우리는 결코 웃을 수가 없게 된다.

> 입 안 가득 라면을 물고 있던 민준이는 말없이 주머니에서 두두리 인형을 꺼내 주었다.
> "정말 대장간에 한번 가긴 가야겠다. 더 녹슬면 부서질지도 몰라."
> 나영이가 꼼꼼히 살펴보며 말했다.
> "대장간이 있어야 가지."
> (…중략…)
> "그럼 아빠한테 얘기해 보자."
> "학교 숙제라고 하면 되잖아!"
> "아! 나보다도 누나가 하면 되겠다. 학교 성적에 들어가는 숙제라고 하면 엄마는 아마 없는 대장간이라도 만들어내라고 아빠를 닦달할걸?"[11]

이런 지점들에서 『고양이』는 아주 가끔씩 단순한 환상적인 모험의 이야기가 아닌 치열한 리얼리즘으로 도약한다. 그럼에도 이 같은 메시지와 작가주의가 장르판타지에서 언제나 보편적 지지를 받을 수 있는 것은 아니다. 판타지동화임에도 불구하고 후련하고 통쾌한 해방감보다는 뭔가 모르게 작품이 경직, 단절되어 있어 자연스런 독서와 몰입을 방해한다는 어떤 이물감을 느끼게 되기 때문이다. 우리도 때로는 동화도 계몽의 기획에 동원되어야 한다거나 현실의 이야

---

11) 김진경, 『거울전쟁』 1(문학동네 어린이, 2007), 92-3면.

기가 되어야 한다는 작가주의적 강박에서 벗어나 한번쯤은 과감하고 억압되지 않은, 그래서 무한하게 자유로운 순수한 환상의 이야기를 만나보고 싶다. 성장기의 우리 어린이 독자들에게는 순수한 환상도 리얼리즘 동화 못지않게 유용하고 꼭 필요한 것이기 때문이다.

3. 바깥을 꿈꾸는 새로운 상상력들을 위하여 - 장르문학과 아동문학의 소통

　장르문학은 한국문학에서, 아니 어린이 문학 내에서는 친숙하면서도 여전히 낯설다. 독자대중의 뜨거운 열광과 학계와 평단의 비우호적인 반응이 교차하는 양가적 상황이 아마 어린이문학은 물론 한국문학 안에서 장르문학들이 직면한 현실일 것이다. 비록 판타지 등과 장르문학들에 대한 주목할만한 글[12]들이 평단에 제출되고 있다고는 하지만, 장르문학들이 아직도 주류적 공간에 들어와 있다고 볼 수는 없는 상황이다. 물론 창작의 영역에서는 전래 민담이나 전설을 현대화한 작품들이라든지 최근 추리소설을 활용한 박용기의 『64의 비밀』, 민담을 창조적으로 변용한 강숙인의 판타지 동화 『꿈도깨비』와 『뢰제의 나라』 등의 성과들이 나오고는 있지만, 연구와 비평 등의 담론의 공간에서 장르문학은 여전히 조심스럽고 흔쾌한 대상은 아니다. 이러한 상황이기에 리얼리즘의 정신과 판타지 장르의, 서구의 장르판타지와 동아시아의 설화문학과의 결합을 통해서 어린이

---

12) 이재복, 『판타지 동화세계』(사계절, 2001)을 비롯하여 『문학동네』(2002년 봄)의 특집 '신화적 상상력과 동화적 상상력'에 수록된 정준영의 「2001년, 그리고 동화적 상상력」, 서동진의 「냉소적인 자기 모방의 세계」, 조현설의 「'고양이학교'를 통해 본 판타지 동화의 가능성」, 이재복의 「진실한 내적 조화를 갖춘 동화의 세계」 등의 글을 꼽을 수 있을 것이다.

문학의 또 다른 가능성과 바깥을 꿈꾸고 사유하는 『고양이』는 분명한 성과다.

특히 선악과 전선이 동화적 이분법처럼 선명하지 못한 이 모호한 시대, 경제와 실용과 합리의 논리가 우선하는 우리 시대에는 동화나 판타지처럼 바깥을 상상하고 새로운 외부를 꿈꾸는 상상력과 언어가 지금의 우리에게는 너무나 절실하다. 그러하기에 작품으로서가 아닌 상상력으로서 장르판타지와 동화의 중요성은 재론의 여지가 없다. 그렇지만 '고양이 시리즈'는 새로운 바깥을 꿈꾸고 보여주었다기보다는 세계 각국의 신화들을 비롯하여 '해리포터'나 '애니모프 시리즈'처럼 외부의 상상력을 모방하고 판타지의 대중적 인기를 적절하게 활용하는 데서 끝난 성과라는 점에서 아쉬움을 준다. 여기에다 어린이 독자들에게 교훈과 메시지를 주어야 한다는 작가의 지나친 계몽주의적 강박 또한 판타지로서의 자연스러움을 저해하고 새로운 바깥을 꿈꾸고 만들어내는데 성공적이지 못했다는 것 또한 너무나 안타까운 대목이었음을 지적하지 않을 수 없다.

그래도 한 가지 희망적인 것은 김진경의 '고양이 시리즈'가 스스로 입증하고 있듯 우리 어린이 문학은 아직도 완성되지 않는 미완의 영역이며 아직도 운동하는 장르라는 사실을 다시 확인할 수 있었다는 점이다. '고양이 시리즈'처럼 아니 이를 능가하는 상상력으로 전래동화나 설화의 모티브들 그리고 판타지 등과 같은 외부의 잘들과 바깥의 상상력들이 우리 어린이 문학이 진정으로 연계되고 교섭할 수만 있다면, 한국 아동문학을 다변화하고 (한국)문학의 새로운 지평을 여는데 크게 기여할 수 있을 것이다. 결론적으로 이런저런 아쉬움과 문제점에도 김진경의 『고양이』는 어린이 문학의 새로운 가능성을 보여준 큰 성과이며, 그 한계까지 포함해서 이 역시 우리 문학이 함께 풀어가야 할 공동의 과제라는 점에서 각별하게 주목해 볼 필요가 있는 것이다.

대중문화로서의 추리소설*
— 한국 추리소설의 현황, 과제, 그리고 전망

1. '미스터리'로서의 한국 추리소설

한국에서의 추리소설(사)은 일종의 '미스터리'라 할 수 있다. 문학사에서 오랫동안 기억될만한 문제작을 생산해내지도 못했고 또한 여느 베스트셀러들처럼 대중들의 열광적인 반응과 매스컴의 화려한 조명을 받아본 적도 없는, 그로 인해 토착화와 상업화에 실패한 특이한 사례로 거론되는 추리소설이 지금까지도 꾸준히 창작·출판되고 있기 때문이다. 뿐인가. 외국의 유명 작가들의 연보와 작품 목록을 줄줄 꿰고 있는 고수급 독자들도 정작 우리 추리소설에 대해서는 '글쎄'라며 의문부호를 찍게 되는 것이 바로 한국의 추리소설(사)이고 보면, 우리에게 있어 추리소설은 문자 그대로 미스터리한 장르이다.

그러나 이런 척박한 현실 속에서도 한국의 추리소설은, 유력한 대중문학이며 대중문학으로서 의외로 100년의 장구한(?) 역사를 이

---

* 이 글은 필자의 첫 번째 평론집 『한비광, 김전일과 프로도를 만나다: 장르문학과 문화비평』에 수록된 바 있으며, 약간의 수정 작업을 거쳐 재수록되었음을 밝혀둔다.

어오고 있다. 대개의 독자들은 의식하지 못하고 있을지라도 출판업에 종사하는 이들에게 추리소설은 항상 최소한 판매가 보장되는 효자종목이었기 때문이다. 예컨대 지난 2000년대 이후 독서 시장에 새로운 숨결과 활력을 불어넣어 준 것이 한국형 역사추리소설을 표방한 팩션faction형 창작물들과 미야베 미유키나 댄 브라운 등으로 대표되는 번역 추리소설들 그리고 셜록 홈즈나 괴도 루팡 같은 고전들을 모아놓은 전집류의 추리소설이었다는 것은 추리소설의 생명력과 저력을 보여주는 대표적인 사례라 할 수 있다. 이와 같이 추리소설은 비록 창작상의 성과는 어떨지 몰라도 작품을 이끌고 가는 '플롯'으로서 또한 '상품'으로서의 추리소설은 언제라도 독자들이 눈과 귀는 물론 기꺼이 지갑을 열게 할 수 있을 정도로 매력적인 장르이다.

그럼에도 그 개념과 유형, 역사적 전개 양상, 의미, 전망 등등 일상적 대중문화이자 장르문학으로서 한국 추리소설의 전반적 상황은 여전히 미지의 영역으로 남아있다. 추리소설을 둘러싸고 있는 이런저런 의문들을 개괄적으로 짚어보기로 하자.

2. 추리소설의 개념, 유형, 그리고 용어

추리소설이 하나의 독자적인 장르로서 완성된 것은 근대 시민사회에 이르러서이다. 물론 세계 최초의 추리소설로 널리 알려져 있는 에드가 앨런 포Edgar Allen Poe의 「모르그가의 살인사건」(1841) 이전부터 수수께끼 풀이의 모티브를 지닌 설화문학을 비롯하여 공안소설公案小說 혹은 송사소설訟事小說과 같은 서사문학들이 있었지만, 오늘날과 같은 추리소설의 장르적 원형이 완성된 것은 포에 의해서이다.

추리소설은 불가해한 범죄나 미궁에 빠진 사건이 이성적理性的 영웅(탐정, 경찰, 첩보원)에 의해 논리적으로 해결되는 과정을 그린 장르문학으로 이성과 합리의 힘으로 세계를 해석하고 인류의 사회와 역사를 발전시킬 수 있다고 하는 근대 이성중심주의 철학과 계몽주의를 내면화(속류화)한 지능형 오락소설이라 할 수 있다. 하지만 현대에 와서 추리소설에 대한 이와 같은 정의는 약간의 보충과 수정이 불가피한데, 그것은 포 이후, 추리소설 장르 자체가 간단하게 정리할 수 없을 정도로 다양하게 분화·발전되었기 때문이다.

추리소설의 하위 장르와 유형은 다양한 기준과 관점에서 분류될 수 있다. 우선, 추리소설은 추론되어야 할 대상인 사건을 어떻게 설정하고 있느냐 따라서 후더니트(whodunit, who done it의 약어로 범인이 누구인가에 서사의 초점을 두고 있는 작품), 하우더니트(howdunit, how done it의 약어로 범행의 방법과 트릭 그리고 범인 가짜 알리바이를 풀어내는데 초점을 두고 있는 작품), 와이더니트(whydunit, why done it의 약어이며 하우더니트의 발전적 변형으로 범행의 이유와 동기 해명에 초점을 두고 있되, 전혀 예상 밖의 인물이 범인으로 밝혀지게 되는 유형의 작품) 등으로 구분된다.

아울러 주인공의 성격과 사건의 해결 방식 그리고 이념적·미적 지향을 기준으로 해서 작품을 유형화할 수도 있다. 안락의자에 앉아서 이성의 힘(두뇌)만으로 사건을 해결하는 이른바 고전파(정통파) 탐정소설, 이성의 힘이 아니라 폭력과 완력을 동원하여 사건을 해결하는 대쉴 해밋Dashiell Hammett의 『말타의 매』와 같은 하드보일드Hard-boiled, 이언 플레밍Ian Flemming의 007시리즈와 같이 국제적 규모의 첩보전을 소재로 하고 있는 스파이 소설roman d' espionnage, 엽기적이고 기괴한 그러면서도 결국에는 사건이 해결되지 않은 채 찜찜하게 종결되고 마는 미스터리 스릴러(mystery-thriller), 마쯔모토 세이(松本淸張)나 프리드리히 뒤렌마트Friedrich Dürrenmatt처럼 사회적 부조리와 모순을 고발하고 비판하기 위해서 추리소설의 형식을 활용하는 사회파 탐정소설, 끝으로 남미의 보르헤스Jorge Luis Borges처럼 재래의 추리소설 문법 따위는 아랑곳하지 않고 해석의 다양성과 모호성을 극단으로까지 밀고 가는 마술적 리얼리즘 계열의 탐정소설이 있다.

하지만, 이와 같은 장황한 설명에도 불구하고 여전히 무엇인가, 해결되지 않은 것이 하나있다. 무엇일까? 그것은 바로 이 장르를 지칭하는 용어가 통일성이 없고 다소 혼란스러운 느낌을 준다는 것, 곧 용어의 통일성 문제이다. 가령 이 장르를 지칭하는 여러 가지 용어로 지금까지 탐정소설, 경찰소설, 추리소설, 범죄소설, 미스터리 등이 마구 혼용하여 사용하고 있는데, 그 이유는 무엇이며 또한 각각의 용어들 사이에는 어떤 차이점이 있는 것인가?

우리들의 짐작과 달리 이 용어들 사이에는 그렇게 본질적인 차이는 없고, 다만 맥락과 관습상 다소의 차이가 있을 따름이다. 추리소설이라는 용어와 함께 이 장르를 지칭하는 가장 일반적인 명칭으로는 탐정소설detective Fiction과 경찰소설roman policier 등이 있다. 전자는 영국에서 후자는 프랑스에서 사용되고 있으며, 사건을 해결해 나가는 주체를 누구(경찰인가, 탐정인가)로 설정하고 있는가하는 점과 국가별 사법제도의 차이에 따라 이렇게 다른 이름으로 지칭된다.

그리고 미국에서는 하드보일드와 미스터리 스릴러 등 탐정소설 형식이 다양하게 분화·발전되자 아예 이를 통폐합해서 미스터리라고 통칭하며, 우리의 경우에는 이들 모든 용어상의 차이와 그동안의 장르사적 분화·발전을 고려하여 편의상 가장 무리가 없고 보편성을 지닌 추리소설이라는 일본식 용어를 사용하고 있다.

결론적으로 야나부 아키라(柳父章)의 『번역어성립사정』이란 책이 잘 보여주고 있듯이 대부분의 근대적 문명어들은 서구에서 유입된

것으로 번역의 문제를 도외시할 수 없으며, 탐정소설과 추리소설 역시 〈mystery〉와 〈detective story〉를 일본에서 어떻게 번역해왔으며 이것이 우리에게 어떤 영향을 주었는가 하는 점을 함께 고려할 수밖에 없는 것이다.[1] 일본의 언어정책, 요컨대 1945년을 전후해서 한자 사용에 관한 규정이 커다란 변모를 겪게 되면서 그 불똥이 추리소설에도 튀게 된다. 즉 이전에는 추리소설의 모든 장르를 탐정소설探偵小說이라고 지칭하다가 1945년 무렵 당용한자當用漢字에서 정偵가 누락되자 이때부터 〈探てい小說〉로 표기하게 되었고 번거로움을 피해 다시 이를 추리소설推理小說로 통칭하여 부르기 시작했던 것이다. 1954년 언어정책이 다시 변화하여 이번에는 정偵자가 당용한자에 다시 포함되었으나 이미 이때는 추리소설이란 용어가 널리 보편화되어 있는 상황이었던 것이다. 식민지 시대를 거치면서 서구의 근대적 문명어들을 일본어의 번역에 영향을 받았던 우리 역시 이후부터 '탐정소설'과 '추리소설'이란 용어를 병행하여 사용해오고 있다가 요즘에는 추리소설이란 용어가 점차 대세를 이루어가고 있는 상황이다.

3. 한국 추리소설의 연대기

동농東儂 이해조(1869~1927)는, 이인직(1862~1917)과 함께 계몽주의 시대를 대표하는 신소설 작가이다. 그가 『제국신문』에 1908년 12월 4일부터 1909년 2월 12일까지 총 49회에 걸쳐 연재하고, 1911년에 보급서관에서 단행본으로 펴낸 『쌍옥적』은 한국 추리소설사의 맨 앞자리에 놓일 수 있는 작품이다. 그러나 최고 수준의 서

---

1) 여기에 대해서는 야나부 아키라 지음, 서혜영 옮김, 『번역어성립사정』(일빛, 2003); 김춘미 외, 『번역과 일본문학』(문, 2008) 등을 참고.

양 추리소설들에 익숙해져 있는 독자들은 『쌍옥적』에 따라붙는 '최초의 또는 효시가 되는' 등의 평가에 대해서 어떤 심리적인 거부감을 느낄 수도 있다. 왜냐하면 이 소설은 친일적 성향의 계몽주의와 서사구조의 허약성으로 인해 진정한 의미에서의 근대소설로 보기 어려운 점이 있고, 무엇보다도 재래의 송사소설의 전통을 이은 공안소설에 가깝다는 한계를 가지고 있기 때문이다.

이런저런 문제가 있음에도 불구하고 『쌍옥적』을 추리소설의 효시로 보아야 하는 대략적인 이유는 다음과 같다. 첫째는 『쌍옥적』 표지에 '정탐소설偵探小說'이란 장르명을 기록한 데서도 알 수 있듯이 징르의식이 분명하게 나타나고 있다는 점이다. 둘째는 재래의 로맨스 형식으로부터 완전하게 벗어나지는 못했을지라도 '경인선 절도' 등과 같이 새로운 근대적 풍물과 새로운 도회의 풍경 등 근대사회의 편린들이 묘사되고 있다는 점이다. 셋째는 사유재산, 개인의 권리 등 근대사회를 지탱하는 새로운 가치들에 대한 인식의 일단을 드러내고 있다는 점이다. 넷째는 증거, 합리적 이성, 사법제도, 신교육 등 미약하게나마 근대성을 구성하는 중요 요소들이 나타나고 있다는 점이다. 이와 같이 『쌍옥적』에는 구소설의 잔재로부터 완전히 벗어나지는 못했을지라도 이전의 공안소설 내지 송사소설들과는 구별되는 새로운 면모를 보여주고 있다.

덧붙여 안회남安懷南, 1910~몰년 미상이 문학소년 시절 아버지 안국선安國善, 1878~1926의 서재에 있는 탐정소설을 보다가 문학에 관심을 갖게 되어 결국 소설가의 길을 걷게 되었다는 회고(『조선일보』, 1937. 7. 13) 등으로 미루어 볼 때 이해조가 『쌍옥적』을 발표할 무렵에 이미 추리소설의 존재가 작가들에게 잘 알려져 있었을 정도로 추리소설의 유통과 소비가 있었다는 환경적인 조건 또한 염두에 두어야 한다. 특히 19세기 말 20세기 초엽은 일본 "탐정소설의 개척자"로 일컬어지는 쿠로이와 루이코(黑岩淚香, 1862~1920)가 활발하게 활동을 벌이고 있었던 시기여서, 그의 작품들이 어떤 형식으로든 국내의 작가들에게 영향을 주었을 것이라는 점을 어렵지 않게 짐작해 볼 수 있다.

어쨌든 『쌍옥적』 이후, 국적불명의 추리소설 『지환당』(1908)이 출판되고 1918년 『태서문예신보』에 코난 도일의 작품이 처음으로 번역·소개되면서 추리소설은 드디어 한국문학사의 분명한 현상으로 자리 잡게 된다. 이해조의 뒤를 이어 방정환·최독견·박병호·최유범·채만식·김동인 등과 같이 몇몇 국내 작가들에 의해 추리소설의 창작이 시도되는데, 이때의 추리소설들은 방정환처럼 어린이들을 근대적 주체로 키워내려는 조급한 계몽적 열정의 소산이거나 채만식(서동산이란 필명으로 1934년 5월 16일부터 11월 5일까지 『조선일보』에 『염마』를 연재)이나 김동인(1934년 7월 10일부터 12월 9일까지 『매일신보』에 『수평선 너머로』을 연재함)과 같이 서양소설에 대한 어설픈 흉내 내기의 차원을 벗어나지 못하고 있었다.

이러한 상황에서 김내성(1909~57)의 등장은 한국 추리소설사에 새로운 획을 그은 일대 사건이었다고 할 수 있다. 그의 데뷔작인 「타원형의 거울」(1935년 3월 일본의 탐정소설 전문잡지인 『프로필』에 신인소개 형식으로 발표됨)은 내용, 형식, 구성, 재미 등 모든 면에 있어서 놀라운 성취와 완성을 이루었기 때문이다. 김내성에 이르러 추리소설 시대가 마침내 본격적으로 전개되기 시작했다고 말하는 것은 이 때문이다. 이런 점에서 1930년대는 한국추리소설의 개화기開花期라 할 수 있다. 많은 연구자들이 지적하고 있듯 1930년대는 대중매체가 비약적인 성장을 이루었고 근대적인 도시가 형성되는 등 그야말로 제한적인 조건이었

한국 장르문학의 큰 별 아인 김내성의 근영.

을망정 '일상생활과 문학의 근대성'이 보다 본격화하고 체감되던 시기이기도 했기에 추리소설의 창작과 유통 그리고 번역이 가능할 만큼 어느 정도까지는 역사적 환경이 성숙해 있었던 상황이었던 것이다.

김내성의 등장과 함께 문단 안팎에서 추리소설 붐이 일어나기 시작했다. 『조선일보』(1939. 2. 14~10. 11)에 연재되면서 폭발적인 인기를 끌었던 김내성의 대표작 『마인』과 『백가면』 등을 위시해서 코난 도일·모리스 르블랑·반 다인·포·가보리오·아가사 크리스티의 작품들이 잇따라 번역·연재·출판되기 시작한 것이다. 이때 추리소설 번역에 가담했던 문인들은 이하윤·김광섭·김유정·김환태·방인근 등등이었는데, 김유정은 추리소설의 기법을 원용한 작품(「만무방」)을 발표하기도 하였고, 나아가 방인근은 번역과 독서의 경험을 토대로 직접 추리소설('장비호'라는 유명 캐릭터를 창조함) 창작에 나서기도 하였다.

한편, 『마인』·『비밀의 문』·『사상의 장미』 이후, 추리소설 창작에 한계를 느낀 김내성은 서둘러 『백가면』, 『쌍무지개 뜨는 언덕』, 『청춘극장』, 『인생화보』 등의 아동물과 연애소설 창작으로 선회했고, 빼어난 명작들이 속속 번역되어 본격적으로 출판되기 시작하자 국내 작가들에 의한 토종 추리소설은 한동안 적막하였다. 이러한 상황에서 1950·60년대에는 백일완·허문녕·방인근·문윤성(김종안) 등의 작가들에 의해 겨우 명맥을 유지하고 있었다.

꺼질듯이 잦아들던 토종 추리소설의 불씨를 되살려낸 대표적인 작가들이 바로 김성종, 이상우 등이다. 2002년 개봉되어 일시적으로 관심을 끌었던 「흑수선」은 한때 문단의 주목을 끌었던 김성종의 데뷔작 『최후의 증인』(1974년 『한국일보』 창간 20주년 기념 장편소설 모집에 당선)을 영화화한 작품이다. 그러나 『제5의 사나이』, 『홍콩에서 온 여인』 등에서 알 수 있듯이 김성종의 작품 경향은 대체로

정통적인 고전파 추리소설이라기보다는
멜로와 범죄 그리고 역사소설 등 다양한
장르들이 결합된 혼합형 추리소설이 압
도적인 다수를 차지하고 있다.

추리소설 전문잡지 『추리문학』 창
간호.

외국의 유명 작품들의 번역이 주류를
이루고 있는 가운데서도 김성종 등 몇몇
작가들에 의해서 명맥을 유지해오던 한
국 추리소설이 1980년대 후반에 이르러
작지만 의미 있는 성과를 이루어내는 바,
『추리문학』의 창간(1988년)이 바로 그러
하다. 독자들로부터 폭발적인 반응을 이
끌어내지 못했지만 『추리문학』은 그동안 축적된 문학적 역량이 결
코 만만치 않음을 유감없이 보여주었다. 그러나 『추리문학』은 시장,
독자, 창작상의 성과, 재정문제 등 산적한 여러 가지 어려움을 극복
하지 못한 채 몇 년을 넘기지 못하고 곧 폐간되고 만다.

그래도 한국 추리소설의 문학사적 생명력은 참으로 질기고 완강
한 것이어서 꺼질 듯 다시 이어지고 있으
니 1990년대에는 구효서의 『비밀의 문』,
이인화의 『영원한 제국』(1993)과 『하비
로』(2004) 그리고 장용민·김성범의 『무
한육면각체의 비밀』과 같은 몇몇 작가의
작품들이 대중적인 반응을 이끌어내며 영
화화되는 등 소기의 성과를 거두었으며,
새 천년에 이르러서는 추리문학 전문 잡
지인 『미스터리 매거진』이 창간되었는가
하면 작년에는 김탁환의 『방각본 살인사
건』(2003), 『열녀문의 비밀』(2005), 『열

추리소설 전문잡지 『미스터리』 창
간호.

하광인』(2007) 같이 빼어난 역사추리소설(또는 팩션)들이 발표되어 많은 이들의 주목을 받고 있다. 그밖에 최근의 성과들로 이정명의 『뿌리깊은 나무』(2006)와 유광수의 『진시황 프로젝트』(2008) 등을 꼽을 수 있을 것이다. 이와 같이 1970년대 이후 한국의 추리소설은 김성종의 하드보일드 스타일의 추리소설과 김탁환의 역사추리소설 이 대세를 이루고 있는 상황이다.

4. 한국 추리소설의 미래와 전망

한국 추리소설(사)은 뭐라 규정하기 어려운 복잡한 양상을 띠고 있다. 앞서 살펴본 바와 같이 추리소설은 다른 장르문학들과는 달리 순수한 창작보다는 서양의 유명한 작품들의 번역이 주류를 이루고 있으며 이른바 베스트셀러로 꼽을만한 작품들도 대단히 드물었기 때문이다. 그러면서도 100년에 가까운 창작 추리소설의 역사를 이어오고 있으며, 그 기법과 '플롯'은 모든 장르에 걸쳐 활용되고 있을 정도로 활발한 면모를 보여주고 있기도 하다. 예컨대 김민영의 『옥스타칼니스의 아이들』과 김탁환의 『방각본 살인사건』은 대표적인 사례이다.

김민영의 『옥스타칼니스의 아이들』은 이영도의 『드래곤 라자』나 이우혁의 『퇴마록』처럼 대중적인 인기를 얻지는 못했으나 '진지하고 중후한 주제의식, 정교한 작품 구성, 유려한 문체, 독창적인 상상력, 컴퓨터 게임과 의학에 대한 해박한 지식(김성곤, 「판타지 문학과 영화」, 『영화기행』, 효형출판, 2002, 237-8면)' 등으로 인해 비평가들로부터 주목을 받은 바 있는, 이른바 퓨전형 판타지이다. 이소설의 장르상의 정체성은 분명히 판타지에 있지만 이야기를 이끌어가는 서사구성 원리 가운데 하나가 추리기법이라는 점에서 흔히

이 작품은 단순한 판타지가 아니라 판타지 기법을 이용한 추리소설이고, 추리소설 기법을 이용한 판타지라 할 수 있다. 작품은 프로그래머인 주인공 이원철이 친구 장욱 경사와 함께 국가권력과 밀착되어 있는 거대한 음모와 살인사건의 배후를 밝혀낸다는 문명비판적인 메시지를 담고 있다.

김탁환의 『방각본 살인사건』 역시 역사소설, 예술가 소설, 추리소설의 면모를 동시에 가지고 있는 빼어난 한국형 추리소설로 작품의 주요 내용은 대략 이러하다. 주인공이자 화자인 이명방은 의금부 도사이자 왕실의 먼 종친이다. 이 전도유망한 약관의 젊은 엘리트가 한양 도성을 온통 공포에 빠뜨리고 있는 연쇄살인 사건의 수사에 나선다. 이병방은 모든 살인사건의 현장에 놓여 있는 소설책을 단서로 당대 최고의 매설가賣說家, 소설가를 지칭하는 경멸적인 표현 청운몽을 체포하여 범행 일체를 자백받고 공개 처형을 집행한다. 얼핏 그것으로 사건이 종결되는가 했지만, 살인이 계속해서 일어나고 사건은 더욱 더 깊은 혼란과 미궁 속으로 빠져든다. 이런 와중에 이명방은 당대 최고의 무예가이자 자신의 스승인 백동수의 소개로 이른바 '백탑파'라 불리는 박지원·홍대용·박제가·이덕무·유득공 등이 중심이 된 지식인 써클의 일원이 되고, 여기서 김진이라는 희대의 문제적인 인물을 만나게 된다. 이병방은 결국 친구 김진의 도움으로 사건의 전모를 밝혀내게 된다.

이 소설의 장점은 흡인력 있는 스토리와 풍부한 인문적 교양 등의 부분적인 것에 국한되지 않는다. 한국적 르네상스 시대라고 해도 좋을 정조 치세의 사상, 예술, 학문, 문화, 정치 등을 추리소설의 형식으로 담아 생생하게 재현해냄으로써 우리 소설의 새로운 지평을 보여주고 있기 때문이다. 이와 같이 현재 한국의 추리소설은, 수많은 작가들의 치열한 열정에도 불구하고 경쟁력 있는 장르로 우뚝 서지 못하고 다른 장르와의 제휴 형태로 새로운 모델을 만들어 나가고 있는 상황이다.

이제까지 살펴본 바와 같이 현재 한국의 추리소설은 대단히 양면적이고 복잡한 양상을 보여주고 있다. 비록 몇몇 작가들에 의해 빼어난 가작들이 나오고는 있지만, 추리소설의 미래는 그렇게 낙관적이지 않을 뿐만 아니라 생존 방법과 선택의 폭 역시 지극히 제한적이다. 식상할 정도로 익숙해져 버린 기왕의 정형화한 트릭과 재래의 형식들을 극복해야 하고 무엇보다 다양한 첨단 미디어들과의 치열한 생존경쟁을 벌여야 하기 때문이다. 그러므로 현재의 우리 추리소설에 주어진 유일한 길은, 이런 모든 문제점들을 단숨에 넘어서고 잠재울 수 있는 걸작을 만들어 내는 것 이외에는 없다.

물론 그렇다고 해서 우리 추리소설의 미래가 결코 비관적인 것만은 아니다. 그 이유는 추리소설이야말로 이제까지 인류가 창안해낸 가장 재미있는 이야기 방식의 하나이므로 쉽게 소멸해 버리지는 않을 것이라는 점, 그리고 비록 몇몇 작품에 국한된 것이었을망정 이들을 통해서 새로운 한국형 추리소설의 가능성을 거듭해서 확인할 수 있었기 때문이다. 특히 김유정·염상섭·이문열·이청준·전상국 등등 많은 작가들이 추리소설의 기법과 플롯을 작품 창작에 활용하고 있다는 점 또한 추리소설이 갖는 중요성과 의미 그리고 그 잠재적 가능성을 보여주고 있는 사례들이라고 할 수 있을 것이다. 이에 더해 드라마, 영화, 게임, 만화 등 여타 장르와의 연대와 매체에 따른 변용의 양상 또한 앞으로 주의 깊게 살펴보아야 할 대목이다.

문학의 시정성을 회복하자

― 아날로그 문학의 위기와 디지털 스토리텔링의 부상

1. 위기적 징후와 그 양상들

한국문학이 심상치 않다. 최근 6년간 연도별 베스트셀러와 스테디셀러를 집계한 조사 결과에 따르면, "베스트셀러 200권 중 한국소설은 총 29권, 점유율 15%를 차지했다"고 한다. 얼핏 특별한 게 없는 평범한 수치로 보이지만, 이것은 "점유율 20%를 차지한 경제경영서, 17%를 차지한 외국소설" 그리고 읽기 부담스러운 딱딱한 비소설들에게조차 밀린 전례 없는 충격적 성적표다.[1] 이 기간 동안 100만부 이상 팔려 나간 밀리언셀러는 모두 60종인데, 여기서 한국소설은 최인호의 『상도』·조정래의 『한강』·조창인의 『가시고기』·김하인의 『국화꽃 향기』 등 달랑 네 편뿐이고 시집은 아예 말할 계제가 못된다. 공지영의 『우리들의 행복한 시간』의 뒤를 이어 요즘 김훈의 『남한산성』이 선전하고 있지만 침체된 문학시장의 흐름을 뒤집기에는 역부족이다. 여전히 문학판에서 압도적 우위를 보이는 것은 엔터테인먼트용 수입소설―특히 일본소설들이다.

1) 「누가 한국문학을 죽이는가」, 『북 데일리』, 2007. 6. 13.

이러한 상황에서 지난 10년 이상 독서계를 이끌었던 장르 판타지의 인기마저 급격히 소멸하면서 한국의 문학 시장은 이렇다 할 동력을 얻지 못한 채 갈수록 깊고 어두운 침체의 터널 속으로 빨려 들어가고 있는 것처럼 보인다. 일본소설의 식을 줄 모르는 기형적인 강세가 시장에 활력소로 작용하고 있기는 하지만, 한국소설을 읽어 줘야 할 독자가 일본소설로 몰려간 형국임으로 그다지 달가울 게 없는 흐름이다. 김영하·김애란·박민규·성석제·은희경·정이현·천명관·박현욱 등 몇몇 중진 및 신인 작가들이 분투하며 나름대로 선전하고 있으나 우리문학에 짙게 드리워진 우울한 침체의 그림자를 걷어내기엔 벅차 보이는 이란격석以卵擊石의 형국이다.

어느새 문학은 권좌에서 내려와 수능시험용으로 대학 강의실로 밀려나 버렸다. 뿐만 아니라 우리문학은 이제 사회를 이끌어가는 주도담론으로서의 위상은 물론 사회적 이슈를 생산해내는 능력을 거의 상실했다. 신세대 젊은 독자들은 한국소설이 재미없고 지루하다고 도리질하고, 작가나 출판업자들은 독자들이 우리문학을 외면하고 외국소설들만 읽는다고 하소연하는 지경에까지 왔다.

그런데 문제는 지금의 상황이 지난날 우리 문학이 겪어 왔던 통상적 어려움이나 문학시장의 불황과는 그 양상이 많이 다르다는 데 있다. 우선 그것은 문학의 판매 부수의 차원에 국한되지 않는다. 판매 부수는 단지 위기의 지표일 뿐이기 때문이다. 이러한 위기적 징후의 배후에는 대단히 복잡한 요인들이 잠재해 있다. 한국문학이 위기를 맞이한 원인은 크게 내재적인 것과 외재적인 것으로 나누어 생각해 볼 수 있을 것이다. 내재적 원인으로는 거대이념의 쇠퇴로 인한 문학적 동력의 상실과 기시감을 주는 고루한 상상력을, 외재적 원인으로는 열악한 창작여건, 지방문인이나 장르문학 작가들에 대한 배타와 차별, 첨단 매체의 등장에 따른 독자의 이탈을 꼽을 수 있다. 요컨대 첨단 멀티미디어의 등장 등 매체환경의 변화에 따른 아날로그적 상상력과 제도의 위기 그리고 정치적 억압기에 사회적 담론의 대리자로서 권위를 가졌던 이념적 후광효과의 상실로 인한 위상의 위기가 다른 요소들과 결합된 복합적 상황이라는 점에서 현재의 그것은 과거와는 구별된다는 것이다. 따라서 수입소설에 대한 독자들의 일시적 쏠림 현상과 토종소설의 판매량의 부진을 놓고 위기라고 하는 것은 과장된 위기감이거나 출판마케팅의 관점에 지나지 않는다. 이런 점에서 한국문학을 둘러싸고 있는 위기적 상황들의 내용과 실체에 대한 정리와 함께 변화한 매체환경 속에서 최근 가장 각광받고 있는 디지털 스토리텔링에 대한 점검은 위기담론의 층위에서 한번쯤 짚어보아야 할 필수적 과제가 된다.

2. 문학위기론의 표면과 심연 — 독서능력의 위기에서 근대문학의 종언까지

문학위기론은 오늘의 문예비평사에 제출된 문학담론들 가운데서 광범한 관심을 끌고 있는, 대단히 선정적이면서도 우울한 의제이다. 필자는 이에 관한 글들을 조사하고 또 검색하면서 이와 관련된 비평과 논의가 일일이 열거하기 어려울 만큼 무성할 뿐만 아니라 아주 빈번하고 반복적으로 다뤄진 낡은 의제였다는 점을 확인하게 되었다. 그리고 최소한의 기본적 검토를 끝내고는 곧바로 읽기를 중단했다. 그것은 브레인스토밍 단계에서부터 기왕의 논의들을 단순 반복하게 될지도 모른다는 판단 때문이었다. 물론 이렇게 한다고 해서 이 의제의 기본적 규정력에서 완전하게 자유로워질 수는 없을 것이다.

그러면 문학위기론이 비평의 쟁점으로 반복해서 다루어지는 것은 무슨 이유인가? 그것은 한국문학의 위기적 징후에 대한 문학인들의 자조와 우려와 모색의 소산이요, 이것이 우리문학의 미래를 가늠할 핵심적 의두疑頭로 현저하게 떠올랐다는 사실에 대한 각성의 결과일 터이다. 문학위기론의 심연과 배후를 검점하기에 앞서 우선, 기왕의 논의를 참고하여 한국문학을 위기적 상황으로 몰아넣은 주요 원인과 현상들을 개괄적으로 정리해본다.

첫째는 문학상, 등단방식, 문예지 등 문학제도에서 발생한 위기이다. 한국의 문학상이 출판 상업주의와 결탁한 유력 매체의 담론 장악의 기도 내지 고도의 작가관리술일지도 모른다는 까칠한 비판은 잘 알려진 바와 같다.2) 가령 인적 네트워크가 취약한 지방문인과 신인급 작가들이 발표지면을 얻지 못하고 각종의 지원제도 및 문학상 심사에서 정당한 평가를 받지 못하는 것이라든지 매체 편의주의에 따라 단편소설 중심의 잡지 구성이나 시상이 작가들의 상상력을 옭아매고 있다는 비판이 바로 그러하다. 그리고 이것이 결국 문학의 저변 확대와 작가들의 창작의욕을 가로막게 됨으로써 문학을 위기에 빠뜨리는 원인이 되는 것이다.

둘째는 우리문학의 엄숙주의와 열악한 창작여건이다. 1990년대 와서 우리문학이 다소 발랄해진 것은 틀림없는 사실이나 장르문학을 경멸하고 인정하지 않는 등 여전히 우리 작가들과 문학계를 짓누르는 엘리트주의와 엄숙주의가 굳건하다는 것이다. 아직도 한국문학은 너무나 근엄하고 진지해서 독자들은 작품을 고행하듯 정색하고 읽어야 한다. 여기에다 기초생활과 노후대책은 고사하고 어떤 보장도 없는 열악한 현실은 작가들이 온전하게 창작활동에 투신할 수

---

2) 문학상과 문학제도의 문제점에 대해서는 『작가와 비평』 제1호(화남, 2004)에서 특집으로 꾸며 집중적으로 다룬 바 있다. 여기에 참여한 필자들은 다음과 같다. 최강민, 「노년의 현대문학상, 사망과 회춘의 기로에서」; 하상일, 「문언유착과 문학권력의 제도화: 조선일보와 동인문학상을 중심으로」; 고봉준, 「시장과 우상: 이상문학상을 비판한다」; 정혜경, 「오늘을 묻다: 오늘의 작가상을 중심으로」; 이경수, 「시문학상이라는 제도의 안과 밖: 김수영 문학상과 소월 시문학상을 중심으로」; 고명철, 「추문과 풍문으로 얼룩진 비평상」 등.

없게 한다. 그로 인해 양질의 작품이 생산되기 어렵고, 그 빈곤한 생산력은 새로운 문학적 수요를 만들어내지 못하고 이 빈약한 문학적 수요는 문학 생산력을 저해하는 부메랑 효과를 만들어내면서 문학의 위기적 상황을 구조화하는 것이다.

셋째는 근시안적 출판 상업주의이다. 팔린다는 기약도 보장도 없는 딱딱한 한국소설보다는 안정적인 수요와 영업이익이 보장되어 있는 외국의 유명 베스트셀러나 일본소설에 주목하는 출판사들의 근시안적인 상업주의 논리 또한 한국문학의 위기를 부채질하는 요인이다. 출판이 계몽운동도 아니고 자선사업이 아닌 경제행위이며, 또한 문학이 작품이자 상품이 될 수밖에 없다는 시장의 매카니즘을 이해하지 못하는 것은 아니지만 문화산업으로서 가져야 하는 최소한의 품격마저 도외시하는 노골적 상업주의 역시 한국문학의 성장을 가로막는 독소이다.

넷째는 첨단 매체들의 등장과 독서능력의 저하이다. 최첨단 테크놀로지로 무장한 블록버스터 영화를 비롯해서 어드벤처, 아케이드, 시뮬레이션, 다중접속역할놀이게임massively multi-player online role-playing game 등 엔터테인먼트형 멀티미디어 아트들은 독자를 유저로 재편함과 동시에 문학시장을 위협하는 최대의 경쟁자로 등장한지 이미 오래다. 이와 같이 매체환경의 변화에 따른 '읽는 문화'에서 '보는 문화'로, 다시 '직접 참여해서 즐기는 인터랙티브 문화'로 문화적 지형이 급속도로 변화해 나가는 것도 낡은 아날로그 시대의 예술인 문학의 존립과 입지를 위협하는 주요 원인으로 꼽을 수 있다. 이와 함께 새로운 매체환경에서 성장한 젊은 독자들이 갈수록 언어에 대한 지식과 능력이 약화되어 가는 동시에 자기반성과 내면성찰을 강요하는 진지한(혹은 불편한) 작품들을 소화하지 못하는 독서능력의 전반적 저하 또한 문학위기의 원인과 결과로 자리를 바꿔가며 순환한다.

끝으로 진보문학의 총합이자 정점이었던 1980년대적 전망의 소멸과 탈민족문학적 요구들은 문학이념을 빠르게 공동화하였고, 그로 인해 정치적 행위와 발언의 대행자이며 담론의 선도자라고 하는, 이른바 문학이 누려왔던 사회적 후광이 거의 사라져버렸다는 것 역시 간과할 수 없다.

이와 같이 문학의 이념적 전망의 상실과 좁은 출판시장과 근시안적 출판 상업주의는 작가들에게 창작과 출판의 기회를 제공해 주지 못하고 있으며, 나아가 압도적인 재미와 몰입감으로 리더reader들을 유저user로 재편하는 멀티미디어 매체들은 문학의 입지를 적대적으로 축소하면서 문학의 위기를 확대재생산한다.

그런데 문제는 문학위기론이 표피적이고 일국적인 차원을 넘어서는 것이라는 데 있다. 일찍이 저자의 죽음을 주창한 롤랑 바르트R. Barthes, 근대문학의 종언을 선언한 가라타니 고진(柄谷行人) 그리고 아예 문학의 죽음을 선포해버린 앨빈 커넌Alvin Kernan의 경우는 대표적이다.

과거 역사주의와 같은 문학이론들에서는 작품을 작가의 피조물로 보고 작가를 작품의 기원으로 간주해왔다. 본래 작가author란 말은 '부가시키다', '증가시키다'란 라틴어 '옥토르octor'에서 파생된 것으로서 활자기술이 보편화하고 작품에 대한 법적 소유권이 확립된 이후에 형성된 근대적 개념이었다. 그런 작가관은 작품 중심의 형식주의와 신비평 시대가 도래하면서 점차 문학의 중심에서 밀려나기 시작했고, 마침내 (탈)구조주의 시대를 맞이하면서 일대의 지각변동을 겪게 된다. 문학작품을 작가의 독자적 표현이 아니라 자신이 속해있는 집단의식의 표현으로 보는 루시앙 골드만(Lucien Goldmann)이라든지 작가를 창조자라기보다는 다양한 글들이 뒤섞이고 편집되는 장소 또는 인용문들을 조직하고 재구성하는 편찬자로 보는 바르트의 관점은 한 예다. 작품을 창작하고 글을 쓰는 주체가 저자가 아닌 글이며 언어라는 주장은 상식에서 벗어난 해괴한 말장난처럼 보이지만, 그것은 근대의 형이상학적 주체들을 해체하고 탈권위화하려는 진정성의 소산이다.3)

반면 앨빈 커넌 같은 이는 문학의 기원이자 권위의 근거였던 저자를 약화시키는 탈중심화 전략 대신 문학(개념)의 탈신비화와 전통적 문학의 사망을 선언한다. 이 같은 파격적 명제를 입증하기 위해서 그는 문화사적 스캔들이었던 〈채털리 재판〉을 논거로 끌어들인다.4)

로렌스(David Herbert Lawrence, 1885~1929)의 『채털리 부인의 사랑Lady Chatterley's Lover』이 처음으로 출간된 것은 1928년이었다. 그러나 파격적 성애 장면과 외설적인 묘사로 인해 작품은 피렌체(1928), 파리(1929), 영국(1932), 뉴욕(1959) 등지를 전전하며 출판되었다. 작품이 거대한 논란의 소용돌이 속으로 휩싸이게 된 것은 진보적 성향의 정치인 로이 젠킨스Roy Jenkins가 검열 제도를 완화하는 법안을 의회에 제출, 통과되자마자 팽귄 출판사가 곧바로 『채털리 부인의 사랑』무삭제판을 출판했기 때문이었다. 출간 즉시 소설은 날개 돋친 듯이 팔려나갔다. 그 사이 성 불구자가 된 귀족 출신의 상이용사가 아내와 하인에게 농락당한다는 외설적인 이야기에 격분한 보수주의자들이 소설을 법원에 기소했다. 재판은 영국의 전통과 예술의 품위를 지키기 위하여 소설이 형편없는 외설물임을 입증, 의법조치하려는 그들의 의도와 다르게 묘하게 꼬이고 확산되었다. 검찰은 갖은 욕설과 음담패설로 가득한 이 소설을 과연 좋은

---

3) 김욱동 역시 문학의 위기를 크게 영상매체의 등장에 의한 독서능력의 위기, 탈장르 현상, 언어의 위기와 저자의 죽음 그리고 문학이론의 도전 등에서 찾고 있다. 특히 저자의 죽음에 대해서는 김욱동, 『문학의 위기』(문예출판사, 1993), 63-82면을 참고할 것.

4) 이하 〈채털리 재판〉의 추이에 대해서는 앨빈 커넌, 『문학의 죽음』(문학동네, 1999), 69-88면을 참고.

작품이라 할 수 있으며 당신의 부인이나 자녀들에게도 권할 수 있겠느냐며 핏대를 올렸다. 이에 출판사측은 당대 최고의 문학평론가와 영문학을 전공한 대학교수들을 대거 증인으로 채택하여 반격에 나섰다. 그러자 재판은 이 작품은 외설물인가 아닌가, 외설물은 무엇인가, 문학은 외설물과 어떻게 다른가, 문학은 다른 글과 어떻게 다른가, 즉 문학이란 무엇인가 하는 논쟁으로 돌변해 버렸다.[5] 그러나 재판과정에서 유명 이론가나 교수들의 문학에 대한 증언과 정의는 모호한 비유와 알아들을 수 없는 묘사로 가득하여 자구 하나를 놓고 치열한 공방을 벌이고 법리적으로 따져온 사법부 사람들에게 문학담론은 허장성세로 가득 찬 허구적 수사에 지나지 않았고 심지어는 자신이 무엇인지 제대로 설명하지 못하는 실어증 환자처럼 비쳐졌다. 문학의 개념을 정의하고자 한 수많은 문학개론서들의 시도에서 알 수 있듯 문학은 개념화가 용이하지 않은 열린 체계이고, 구축과 탈구축과 재구축의 무한한 연쇄의 도정에 있는 담론이기 때문에 애초부터 그것은 명쾌한 정의가 불가능하거나 극단적으로 필요치 않는 것이었다. 결국 이 법정 공방을 거치면서 문학은 "문학적 구질서의 공허함을 증명하고 근거없는 휴머니즘적 믿음을 탈신비화시키고 공허하"[6]다는 것을 백일하에 드러내야 했다. 〈채털리 재판〉을 통해서 커넌이 주장하고자 한 것은 그럴싸한 문학이론과 문학에 대한 통념은 일종의 근대적 신화였고, 따라서 이런 낭만적 개념이 위기를 맞게 되는 것은 당연한 일이라는 것이다.

이에 비해 가라타니 고진은 문학의 위기를 근대국민국가에서 문

---

5) 이상 〈채털리 재판〉의 추이에 대한 논란의 경과에 대해서는 필자가 기존에 발표한 글을 재구성하였다. 조성면, 「금서의 사회학, 외설의 정치학: 소설 '반노'를 통해서 읽어보는 한국의 7~80년대」, 『독서연구』 13호(한국독서학회, 2005. 6. 30), 158-61면.

6) 앨빈 커넌, 앞의 책, 88면.

학이 담당해온 정치적·윤리적 역할의 소멸로 본다. 1960년대 이후 근대민족(국가) 형성의 기반이었던 문학 대신 소설도 철학도 아닌 즉 중립적이고 통합적인 글쓰기 개념이 등장한 것이라든지 음성이나 삽화에서 독립된 근대의 내성적 형식인 문학을 대체하고 시청각 매체인 영화가 등장한 것 그리고 정치적인 문제와 개인사적 과제를 다루던 리얼리즘의 쇠퇴는 그 증거들이다.

> 한국에서 학생운동이 활발했던 것은 그것이 노동운동이 불가능한 시대, 일반적으로 정치운동이 불가능한 시대의 대리적 표현이었습니다. 그러므로 정치운동이나 노동운동이 가능하게 되면 학생운동은 쇠퇴하기 마련입니다. 문학도 그것과 닮아 있습니다. 실제 한국에서 문학은 학생운동과 같은 위치에 있었습니다. 현실적으로는 불가능했기 때문에 문학이 모든 것을 떠맡았던 것입니다.[7]

이와 같이 고진이 말하는 문학의 위기는 근대사회에서 떠맡았던 역할의 소멸로 인한 영향력의 위기이다. 그러나 지금의 위기는 단순한 이념적인 것일 뿐 아니라 매체환경의 변화에 따른 것이기도 하다. 따라서 최근 문학이 맞고 있는 다양한 위기적 상황을, 이야기성의 회복과 첨단 매체와의 연대를 통해서 해소하고 새로운 지평을 열어갈 수 없는지 그 가능성을 따져 보는 일의 현실성이 바로 여기에서 말미암는다.

3. 아날로그 문학의 위기와 디지털 스토리텔링의 부상

문자문학 또는 아날로그 스토리텔링이 위기적 상황에 직면해 있

---

7) 가라타니 고진 지음, 조영일 옮김, 『근대문학의 종언』(도서출판b, 2006), 48-9면.

는 것과 달리 디지털 문학 또는 디지털 스토리텔링Digital Story-telling은 새로운 전성기를 구가하고 있다. 그것이 재래의 문자문학들과 구별되는 점은 문자언어에만 얽매여 있지 않고 다양한 미디어들을 통합하고 자기화한 디지털 시대의 대표 서사라는 것이다. 디지털 스토틸텔링이 순식간에 지식기반사회knowledge based society의 키워드이자 핵심 트렌드로 각광 받을 수 있었던 결정적 이유는 특유의 산업적 가치와 상업적 가치─곧 시장의 논리 때문이다. 여기에 유저들의 열광과 아날로그 스토리텔링을 대체할 미래문학으로서의 심미적 가능성에 대한 평단의 관심마저 더해져 그것은 단숨에 멀티미디어시대의 핫이슈로 떠올랐다.

유력 문학매체들과 학계가 이에 대해 적극성을 보이면서 이론화 작업에 골몰하는 것은 그것이 재래의 문학과 그리 멀리 떨어져 있지 않다는 판단과 함께 광범한 사회적 요구 및 대중적 관심과 연동하여 침체에 빠진 문학의 새로운 전기를 만들어 낼 수 있지 않을까 하는 기대감이 작용한 결과라 할 수 있다.[8] 여러 가지로 난감한 상황에 처한 문학전공자들에게 문화콘텐츠와 스토리텔링은 비교적 적응이 매우 용이한 낯설지 않은 영역이라는 것 또한 이에 대한 관심을 더욱 증폭시키게 되었다. 그것은 정녕 위기적 상황에 직면한 우리문학에 새로운 기회를 열어줄 수 있을 것인가.

스토리텔링에 대한 드높은 사회적 관심에 불구하고 이 물음에 대해서는 일단 쉼표를 찍을 수밖에 없다. 그 이유는 그것이 신자유주의적 실용주의에 결박되어 있는 문화산업이라는 점과 아직까지 어떤 미학적 판단을 내릴 수 있을 만큼의 충분한 성과가 축적되어 있

---

8) 『영원한 제국』의 작가 이인화가 '디지털 스토리텔링'과 관련한 저서와 학회를 만들고 'MMORPG' 게임 개발에 참여한다든지 평론가 최혜실이 스토리텔링에 관한 연구서를 펴내고 있는 것은 단적인 에이다. 또한 문예창작과나 한국어문학과들이 문화콘텐츠학과나 스토리텔링 학과로 개명하고 있는 것 모두 같은 맥락이다.

지 못하기 때문이다.

멀티미디어 시대의 총아로 각광받고 있는 스토리텔링의 일반적 정의는 이야기하기 곧 사실이나 허구를 스토리로 전달하는 담화방식 내지 스토리를 실행story-doing하고 구현한다는 뜻이다. 인간의 가장 오랜 담화양식이기도 한 스토리텔링은 역사상 소리·문자·이미지·동영상 등 다양한 미디어들과 결합하면서 끝없이 발전해왔으며, 최근에는 디지털 기술과 결합되면서 창작·유통·소비 등 종래의 아날로그적 소통방식과는 판이하게 다른 면모를 보여주고 있다. 이를 기왕의 서사문학이론으로 풀어보면 스토리텔링은 일단 스토리와 담화의 두 층위[9]로 나누어 생각해 볼 수 있다. 통상 스토리는 "말하는 이의 어떠한 개입이 없이 일정한 순간에 발생한 현상들을 보여주는 것"이며, 담화discourse는 "말하는 이와 듣는 이가 전제 되어 있으며 말하는 이가 어떤 방법으로든 듣는 이에게 영향을 줄 의도를 가지고 있는 모든 발언행위"[10]이다.

현재 스토리텔링에 대한 이론은 기존의 문학서사이론에 바탕을 둔 전통 서사학과 논의의 중심을 게임과 하이퍼미디어에 두는 게임학ludology으로 양분된다. 논자에 따라서 이를 확장 서사학파the expansionist school와 게임학파the ludologist school로 구별하기도 한다.[11] 시모어 채트먼Seymour Chatman이나 자넷 머레이Janet Murray 등이 이 뉴미디어 콘텐츠들을 전통적인 서사학에서 바라보는 이론가들이라 한다면, MIT 공대에 〈미디어 랩〉을 설립한 니콜라스 네그로폰테Nicholas Negroponte라든지 조지아 공대Georgia Tech 〈이

---

9) 참고로 이인화는 이야기 자체를 스토리라 하고 이야기 형식을 담화로 구분하면서 스토리텔링을 스토리와 담화 그리고 스토리가 담화로 변하는 과정을 모두 포함하는 큰 개념으로 규정한다. 이인화 『한국형 디지털스토리텔링』(살림, 2005), 9면.
10) T. 토도로프 지음, 신동욱 옮김, 『산문의 시학』(문예출판사, 1992), 25면.
11) 한혜원, 「디지털 스토리텔링의 이해」, 『디지털 콘텐츠』, 2007. 3, 60면.

매진 랩〉소속의 연구자들처럼 게임학의 관점에서 멀티미디어 아트[12]에 주목하는 그룹들은 게임학파에 속한다고 할 수 있다.[13]

편의상 현재의 스토리텔링은 크게 세 개의 영역으로 범주화할 수 있다. 구비문학·동화fairy tale·문학 등이 전통적 스토리텔링의 영역에 포함된다면, 만화·영화 등은 그래픽 스토리텔링graphic story-telling[14]에, 하이퍼텍스트문학·MMORPG 등의 컴퓨터 게임은 각각 디지털 스토리텔링의 영역에 수렴된다. 여기서 그래픽 스토리텔링이란 조어는 「스피릿」이란 하드보일드 장르 만화로 널리 알려진 윌 아이스너W. Eisner가 창안한 것으로 영화와 만화 등처럼 그림 혹은 이미지와 언어가 통합된 서사물을 가리키는 용어이고, 디지털 스토리텔링은 디지털 매체와 테크놀로지를 표현 수단으로 활용하는 창작방식을 가리킨다. 디지털 스토리텔링은, 스토리텔러와 관객의 유대가 스토리의 성패를 좌우했던 전통적 스토리텔링이 그러했던 것처럼 스토리가 반드시 유저와의 상호작용을 통해 구현되는 특징을 갖는다.[15] 특히 다중접속역할놀이 게임이나 하이퍼텍스트문학의 경우에는 이 상호작용성을 전제하지 않고서는 스토리가 구현될 수 없다.

스토리텔링의 한 하위 체계인 디지털 스토리텔링은 다시 두 개의 유형으로 나뉜다. 게임 등처럼 산업적으로 활용되는 디지털 스토리텔링을 엔터테인먼트 스토리텔링entertainment storytelling·인터랙

---

12) 첨단 매체와 전통서사의 융합과 새로운 하이퍼미디어 예술의 추이에 대해서는 Bob Cotton & Richard Olive, *Understanding Hypermedia 2000*, 박해천·임도현·최진이 옮김, 『하이퍼미디어는 어디로 가는가』(디자인 하우스, 2002), 12-6면을 참고.
13) 한해원, 앞의 글, 60-1면.
14) 그래픽 스토리텔링의 특성과 개념에 대해서는 Will Eisner, *Graphic Storytelling and Visual Narrative*, POORHOUSE PRESS, 1996, p. 6.
15) 이하 디지털 스토리텔링의 전개와 특성에 대해서는 Carolyn Handler Miller, "Interactive Storytelling: A Brief History", *Digital Storytelling*, Focal Press, 2004, pp. 4-14면을 참고.

티브 내러티브interactive narrative 또는 인터랙티브 스토리텔링in-
teractive storytelling16)이라고 하고, 광고나 교육용 콘텐츠들처럼 정
보를 가공하여 이야기 형태로 전달하는 것을 인포메이션 스토리텔
링information storytelling이라고 한다.17)

　이 같은 디지털 스토리텔링의 중요한 특징은 소설·만화·영화
등 기존의 미디어 콘텐츠들을 모두 흡수·자기화하는 동시에 기존
의 미디어들에게도 상호텍스트적 영향을 미친다는 것과 비선형적이
며 리좀rhyzome형의 구조를 갖는 상호작용성을 갖는다는 것이다.
그러니까 디지털 스토리텔링은 각 장르별로 크리에이터와 유저와
텍스트 사이에, 그리고 기존의 미디어 콘텐츠들 사이에서 이중의 상
호작용성이 작동하는 셈이다. 전략 시뮬레이션 게임·MMORPG·
하이퍼텍스트문학 등이 바로 대표적인 사례이다. 아울러 이들은 재
래의 아날로그 텍스트와는 달리 처음과 끝을 설정할 수 없고 유저
가 직접 참여하여 텍스트를 만들어나가는, 이를테면 독자나 관객은
없고 온통 참여자와 주인공만이 존재하면서 모든 스토리가 역동적
1인칭 시점으로 환원되는 새로운 텍스트의 논리를 보여준다.

　하이퍼텍스트문학의 경우를 예로 들어보자. 하이퍼텍스트란 말은
1960년 인간의 지식 체계를 네트워크로 연결시키는 이른바 제너두
프로젝트Xanadu Project를 주창한 바 있는 테드 넬슨Ted Nelson이
1965년에 처음으로 사용한 새 조어이다. 그런데 이것은 원래 바네
바 부시Vannevar Bush가 1945년 7월에 발표한 논문 「우리가 생각
하는 대로As We May Think」에서 제안한 메멕스memex18) 개념,

---

16) 앤드류 글래스너Andrew Glassner는 게임처럼 유저가 직접 참여하여 이야기와 텍
　　스트를 만들어나가는 아이디어나 이야기 참여하기story participation형 스토리텔링
　　을 인터랙티브 스토리텔링으로 규정한다. 여기에 대해서는 앤드류 글래스너 지음,
　　김치훈 옮김, 『인터랙티브 스토리텔링』(커뮤니케이션북스, 2006), 15면.
17) 한혜원, 「트랜스 미디어 스토리텔링」, 『디지털 콘텐츠』, 2006. 11, 54면.
18) 메멕스memex는 개인의 기억을 보조하는 확장된 기억장치memory extender란 말

곧 활자에 의한 정보관리 방식과 달리 인간의 연상 작용에 의한 선택이 가능한 시스템을 지칭하는 용어를 발전시킨 것이다. 잘 알려진 것처럼 하이퍼텍스트문학은 비선형적 글쓰기의 형태로서 "끊임없이 여러 갈래로 나뉘면서 독자로 하여금 갈라지는 방향을 선택하도록 하는"[19] 신개념의 텍스트이며, 저자와 독자 그리고 각 텍스트가 하이퍼 링크들을 통해 상호작용하면서 새로운 내용들이 만들어지는 생성적 텍스트이다. 마이클 조이스M. Joyce의 『오후, 이야기Afternoon, A Story』(1987)와 마크 아메리카Mark America의 『그래머트론 Grammatron』(1997) 등이 대표적인 작품들이며, 일찍이 국내에서도 『언어의 새벽』(2000)과 『디지털 구보』(2001) 등의 실험적 시도가 있었다.

디지털 스토리텔링이 그 대중성과 잠재력을 인정받게 된 것은 두 차례의 결정적인 계기가 있었다. 1994년 조 램버트Joe Lambert와 니나 멀린Nina Mullen이 디지털 기기를 활용하여 스토리텔링을 교육하는 예술지원센터인 〈디지털 스토리텔링 센터〉을 세운 것과 이듬해인 1995년 미국 콜로라도에서 열린 〈디지털 스토리텔링 페스티벌〉이 큰 성공을 거두면서 세상에 널리 알려지게 된 것이었다. 이와 같이 디지털 스토리텔링은 스토리의 창작과 유통 그리고 소비의 방식을 뒤바꾸면서 스토리텔링의 새로운 강자로 부상하였다.

그러나 탁월한 소통능력과 대중성에도 불구하고 그것은 "결정론적이 아니라 과정론적"[20]이고, 처음에는 새롭지만 구현된 그 순간이 지나면 그 참신성과 유용성이 휘발되는 디지털 아트(예술과 기술이란 이중적 의미에서의)의 한계를 벗어나지 못하고 있으며, 아직도

의 약어이다.

19) 밥 코튼 & 리처드 올리버, 앞의 책, 32면.

20) 조은하, 「디지털 스토리텔링」, 『한국근대문학연구』 15호(한국근대문학회, 2007. 4), 275면.

이렇다 할 창작상의 성과를 만들어 내지 못하고 있다는 점에서 아직은 유보적인 주목의 대상일 뿐이다. 더군다나 현실 속에서 그것은 압도적 다수가 상업적으로 성공을 거둔 콘텐츠들, 이를테면 오락용으로 제작, 활용, 소비되고 있는 상황이라는 점에서 이를 무조건 수용하기 어려운 측면이 있다. 그럼에도 가능성마저 부인할 수 없는데, 그것은 인간의 가장 오래된 기술형식인 스토리텔링이야말로 가장 대중적이고 무한한 잠재력을 지닌 여가활동이자 사회활동이며 정치활동이기 때문이다.

4. 문학의 시정성市井性의 회복하자－또는 하이테크, 고전, 장르문학과의 접속

당연한 말이지만, 빼어난 창작상의 성과를 지속적으로 만들어내는 것 이외에 문학의 위기적 상황을 단번에 타개할 수 있는 마술적 묘방이란 있지 않다. 여기에 덧붙여 학연·지연 같은 패거리주의, 장르문학을 폄훼하는 엘리트주의, 그 역인 장르문학이나 외국의 베스트셀러에만 집착하는 지나친 대중추수주의나 출판 상업주의, 그리고 신생 뉴 미디어 아트들에 대한 배타주의 등의 문제점들을 개선해 나가려는 의지와 실행만 있으면 된다. 기실 문학의 성패와 존폐는 장르나 매체에 달려 있는 것이 아니다. 또한 장르 간 매체 간의 우열 같은 것은 허구적 관념이거나 상대적인 것일지도 모른다. 오직 존재하는 것은 단지 좋은 작품과 그렇지 못한 작품만 있을 뿐이기 때문이다.

지금 우리에게 필요한 것은 재래의 고루한 패러다임과 매체 결정론을 넘어서는 새로운 상상력과 진보적 열정 그리고 풍부한 시정성市井性의 회복 바로 그것이다. 상상력과 열정은 첨언할 나위가 없이 당연한 것이지만, 풍부한 시정성을 강조하는 이유는 무엇인가. 제아무리 새로운 상상력과 진보적 열정이라도 해도 풍부한 문학적 육체와 강인한 문학적 체력 곧 시정성의 뒷받침이 없다면 그것은 어디까지나 공염불이 될 수밖에 없을 것이기 때문이다.

주지하듯 근대의 문학이론, 특히 소설이론들은 시민계급의 발흥과 그 이데올로기에 초점을 맞춘 시민중심주의적 문학론이었다. 부르주아지의 서사시론을 편 헤겔G. W. F. Hegel부터 저 유명한 루카치G. Lukács)·골드만(L. Goldmann)·이언 와트(Ian Watt) 등에 이르기까지의 소설론들이 그러하고, 또한 부르주아지들의 신분상승에 관한 이야기서나 새로운 삶의 진실과 총체성을 찾아서 여행을 떠나는 문제적 인간들의 어드벤처를 그리고 있는 소설들이 그러하다. 그러다가 어느 날 갑자기 창공의 별과 지도를 잃고 표류하는 환멸에 빠진 이들의 내성적 이야기와 주체성을 결여한 기호로 떨어진 인물들의 덧없는 방황 또는 코믹한 발상으로 버티는 이야기들만으로는 새로운 비전을 만들어내기 어렵다.

이 점에서 소설의 시민적 기원을 피력하는 유럽의 이론가들과는 달리 소설의 천민적 기원과 시정성을 주창한 바흐친M. Bakhtin의 고전적 주장은 음미할만하다. 동아시아의 고전들을 잘 활용한 황석영이나 김탁환의 시도들 그리고 B급 장르문학들과의 컨버전스를 통해서 독특한 장르문법을 만들어 가고 있는 팝 아티스트 박민규 등에게서 어렴풋한 가능성이 목격되는 것처럼 우리 문학은 우선 장르문학, 동아시아의 고전 등을 자양분으로 기초체력을 다지는 한편, 하이퍼미디어 아트들과의 연대를 통한 새로운 지평의 확대와 가능성을 적극 따져 볼 필요가 있다. 우리가 디지털 스토리텔링에 주목하는 것 역시 이와 유사한 맥락이다. 문학을 위기라고 말하기에 전에 우선, 문학의 본래인 시정성과 잡식성 그리고 문학인의 초발심인 창작의 열정을 회복하려는 노력을 하자.

제 3 부

경계의 바깥으로

IMF 시대의 대중들에게 제공된 작은 웃음

― 세기말의 베스트셀러 만화 『광수생각』

만년의 피카소는 만화를 그려보지 못했던 것을 두고두고 아쉬워했다고 한다. 그리고 괴테는 『비외 부아씨』, 『베니스 여행기』 등으로 세계만화사의 앞자리를 차지하고 있는 로돌페 퇴퍼(1799~1846)에 대해 열렬한 찬사와 지지를 숨기지 않았던 만화팬이었다. 이 두 개의 에피소드는 만화의 현재의 이중적 위상―즉 저질문화란 낙인에서 벗어나기 위해 거물들의 이름에 기대야 하는 인정투쟁의 현실과 유력한 대중문화이자 〈그래픽 노블〉로 격상된 오늘날의 당당함―을 잘 보여주는 사례이다.

정신사의 관점에서 만화사는 만화에 대한 통념의 변천사라 할 수 있을 정도로 인식과 재인식이 거듭되는 도약의 과정이었다. 그런 만화가 대중문화의 총아로, 미적 가능성을 지닌 예술장르로 재인식되기까지는 몇 차례의 계기를 거쳐야 했다. 이러한 통념을 무너뜨리며 만화사와 베스트셀러의 사회사에서 하나의 결절점을 이루고 있는 작품이 바로 1990년대 말 독서시장의 화제였던 베스트셀러 만화 박광수의 『광수생각』이다.

『광수생각』은 1997년 4월 4일 「바퀴벌레 퇴치법」을 시작으로 『조선일보』에 대중들의 이목을 집중시키면서 연재되기 시작하였다. 이후, 『광수생각』은 2000년 11월 21일까지 약 3년 8개월 동안 1,095차례 걸쳐 절찬리에 연재되었다.

이 만화는 우선 몇 가지 점에서 사람들의 눈길을 끌었다. '신뽀리'라는 허접하고 별 볼 일없는, 그러나 묘한 친근감을 주는 캐릭터에서부터 시작해서 만화의 압권이라 할 수 있는 독특한 엔딩—작품의 말미에 가서 요약·반어·풍자·대조·논점 이탈 등의 동원가능한 모든 수단을 동원한 엉뚱한 촌철살인의 멘트—에 이르기까지 특유의 매력으로 대중들을 울리고 웃기고 또한 황당하게 만들었다. 『광수 생각』이란 제목 아닌 제목도 '광수생각 END'라는 마지막 멘트 다음에 들어가는 코믹한 종지부 때문에 붙여진 것이었다.

〈사례 1〉

신뽀리: 제가 술을 안 마실 수 있겠습니까?

신뽀리: 경제는 땅바닥을 설설 기죠. 동료들은 매일 사직서를 쓰고…

신뽀리: 강도, 강간, 살인 매일 무서운 일이 일어나죠. 과로에…

신뽀리: 상사 눈치 보랴. 애들은 빽빽 울고, 차는 막히고, 그것뿐만이 아니죠…

신뽀리: 청문회 한답시고, 지들끼리 욕하고 싸우고 다들 자신만 옳다고 하고…

신뽀리: 진짜 양심없는 세상이라구요. 이 세상에 양심으로 사는 사람이 있습니까? 양심 냉장고? 웃겨 정말…

신뽀리: 나두 웬간하면 술 안 마시는 사람인데, 세상이 날 술 마시게 한다니까…정말 여러분 양심껏 똑바로 삽시다!

음주단속 경찰관: 아 글쎄 부시고 이야기하시라니까요…

　―남의 눈의 가시보다 자신의 눈의 기둥을 먼저 빼자. 광수생각. END.

〈사례 2〉

며느리: 여보세요!

납치범: 시어머니를 우리가 납치했다. 우리에게 45,000원을 주지 않으면 시어머니를 가만 안두겠다!

며느리: 한 푼도 못줘! 니 맘대로 해!

납치범: 몸값을 주지 않으면 시어머니를 돌려보낸다!

며느리: 통장번호가 몇 번인가요…?

　─당신에게 아들이 있다면 당신도 시어머니가 될 것입니다. 광수 생각. END.

　인용한 대목에서 알 수 있듯이 유머러스한 그림에 코믹한 대화가 피식하고 실소를 베어 물게 하지만, 안에 담긴 메시지는 제법 둔중한 충격으로 독자의 마음속에서 공명한다. 〈사례 1〉 속에는 공식적인 언어들로 표현되지 않았던 보통 사람들의 진짜 속내와 일상이 가감없이 잘 반영돼 있다. 경기침체로 인한 민생경제의 파탄, 직장과 가정이라는 삼각파도 속에 갇힌 가장들의 고통, 정치인들의 공허한 수사적 담론들, 사회면을 장식하는 사건·사고들이 술을 권하고 마시게 만든다며 주인공이 강변한다. 이에 경찰관이 단호하게 음주측정기를 대고 일단 불고 이야기하라며 채근하는 장면에서 만화는 갑자기 개그로 돌변한다. 〈사례 2〉는 사회발전에 따른 전통적 가족관계와 윤리의 위기를 코믹하게 잘 그려내고 있다. 몸값을 주지 않으면 시어머니에게 위해를 가하겠다는 협박에도 나 몰라라 콧방귀를 뀌던 며느리가 시어머니를 돌려보내겠다는 납치범의 말에 화들짝 놀라면서 나긋나긋하게 계좌번호를 물어보는 장면에서 독자들은 실소를 금치 못하게 된다. 『광수생각』의 이런 날카로운 세태풍자는 전혀 새로운 것은 아니었지만, 허접하고 엉성한 듯한 그림이 실제의 우리현실을 되돌아보게 만들면서 놀라운 폭발력을 발휘한다. 주인공을 독자보다 열등한 존재로 그려냄으로써 웃음을 자아내는 방식은 희극 같은 하위모방low mimetic 양식의 전형적인 특징인데, 작가는 이를 최대한도로 잘 활용하여 영악한 우리시대의 인간들의 판단력을 무장해제시켜버린다.

허접하고 엉성한 듯한 하위모방의 전략으로 당대성을 날카롭게 재현하고 풍자하여 세대를 초월한 공감을 얻어낸『광수생각』은, 그러나 젊은 독자들의 구독률을 높이고 또한 IMF에 구제금융을 신청하는 등 피폐한 정치경제의 현실을 다룬 기사들로 차고 넘치는 신문의 경직성을 완화하고 독자들을 위무하기 위한 '조선일보다운' 연성화 전략의 소산이었다. 주지하듯『조선일보』의 마케팅 전략은 예나지금이나 매우 탁발한 바 있는데, 실제로 구독료는 집행하는 당사자인 주부층을 공략하기 위한 가정면(그 마지막 잔영이 지금도 꾸준하게 연재되고 있는 '리빙 포인트'이다)의 신설이라든지 지금처럼 교육(논술과 한자 등)을 볼모로 독자들을 유지하는 마케팅 전략이 바로 그러하다. 만화를 독자관리에 활용하는 전략은 일백년에 육박하는 유구한 전통을 지닌 수법이거니와, 20세기 초 미국의 유력 신문들이 '퍼니스funnies'라는 유머만화(이런 이유로 초기에는 만화를 코믹스라 하지 않고 퍼니스라고 했다)를 일요일판 컬러신문 부록으로 발행하여 구독률을 높이는 수단으로 활용하였던 것이다.

미치 앨봄의『모리와 함께한 화요일』, 이우혁의『왜란종결자』, 이영도의『드래곤 라자』, 류시화의『지금 알고 있는 걸 그때 알았더라면』, 공지영의『무소의 뿔처럼 혼자서가라』등처럼 이 시기는 삶의 위안을 주는 교훈적이거나 작은 영웅들의 이야기들이 대중들의 큰 지지를 얻고 있는 상황이었다. 이런저런 정황에 비추어 볼 때『광수생각』은 IMF사태라는 미증유의 현실에 지쳐버린 대중들에게 제공된 작은 웃음이었고 일종의 정신적 쉼터였다. 쉬고 싶고 웃고 싶은 대중들의 이완에 대한 욕망과 거대언론의 상업주의 전략이 공모하여『광수생각』을 베스트셀러로 만들었다고 하면 작품에 대한 지나친 폄훼가 될까? 그야 어쨌든『광수생각』은 태생적 한계에도 불구하고, 만화가 키치란 통념의 사슬을 풀고 문화로 진입한 드문 사례이며 '만화 에세이'라고 하는 새로운 미적 가능성을 선보였다는 점에서 매우 이채로운 베스트셀러로 기억될 필요가 있을 것이다.

자본과 마술적 테크놀로지가 선물한 추억의 영웅

― 「태권 브이」 신드롬에 대하여

「태권 브이」(1976)가 힘차게 날아올랐다. 일본만화 「마징가 제 트」(1972)의 뚜렷한 모방 혐의에도 불구하고, 각종의 여론조사에 서 한국인들에게 인지도가 가장 높고 가장 사랑받는 토종 로봇 1위 에 선정되기도 한 전례에 비추어 보면 최근의 「태권 브이」의 기록 적 행진은 이미 예고된 것이나 진배없다. 이 같은 대중적 인지도에 힘입어 2년간의 디지털 복원 작업 끝에 30년 만에 다시 태어난 「태 권 브이」는 대부분의 아이들이 어머니보다는 아버지의 손을 잡고 보러가는 진귀한 풍경을 연출하며 우리 앞에 다시 화려하게 부활하 였다.

아이들보다 어른이 더 열광하는 '태권 브이 신드롬'에는 다른 흥 행물들과 같으면서도 구별되는 몇 가지 흥미로운 특징들이 목격된 다. 우선 소박한 서사에 촌스런 스펙터클로 이루어진 '사라져버렸던' 과거의 애니메이션을 기적적으로 되살려낸 테크놀로지의 마술성이 다. 영화가 본래 테크놀로지와 마술성의 소산이라는 사실―곧 몽타 주니 미장센이니 하는 영화적 트릭들은 물론 영화사의 앞자리를 차 지하고 있는 명감독 조르주 멜리에스Georges Melié(1861~1938)가

로보트 태권 V 는 이제 한국 애니메이션과 토종 로봇의 대명사의 신화로 자리 잡았다.

마술사 출신이었다는 점―을 감안해 본다면, 「태권 브이」 역시 상업화한 마술적 테크놀로지의 소산임을 어렵지 않게 짐작할 수 있다.

　판타지의 세계적인 유행이 잘 보여주고 있듯 합리성과 과학기술이 발달하면 할수록 신화적이고 주술적인 것들의 귀환이 더욱 촉진되는 역설이 발생하게 된다. 기술이 마술인 현대사회에서 이것은 아주 자연스러운 현상일 터이다. 따라서 우리가 영화관에서 본 것은 추억의 애니메이션 「태권 브이」가 아니라 어쩌면 상업화한 테크놀로지의 마술과 모더니티의 역설일는지도 모른다.

지금은 온갖 종류의 로봇들로 차고 넘쳐서 아주 심드렁해졌지만, 초창기 SF에서 로봇은 아주 충격적인 정치적 상징이었다. 로봇이란 말이 '노동하다'란 체코어 '로보타robota'에서 나왔으며, 이것은 가혹한 노동에서 시달리는 산업노동자와 비인간적인 산업자본주의를 비판하기 위한 카렐 차펙Karel Čapek(1890~1938)의 은유적 장치였다. 이러한 로봇을 대중화한 작가가 바로 아이작 아시모프Isaac Asimov(1920~1992)였고, 이를 더욱 속류화한 이가 '아톰'의 데스카 오사무手塚治蟲(1928~1989)와 '마징가'의 나가이 고永井豪. 이들의 로봇만화가 유명해진 것은 두려운 서양에 대한 패전국 일본의 콤플렉스를 치유해준 영웅적 캐릭터들이었기 때문이고, 아울러 이는 전후 일본 자본주의의 산업적 자신감과 산업공학적 상상력의 표상이기도 했다. 산업화와 개발이 지상 명제였던 개발독재시대 「태권 브이」는 산업화의 열망이 만들어낸 급조된 모방이었다. 일본의 망가 캐릭터들에 열광을 하면서도 무엇인가 알 수 없는 결핍을 느꼈던 대중들의 욕망을 잘 포착하여 토착화하고 상업화에 성공한 에피고넨 캐릭터가 바로 우리의 영웅 「태권 브이」였던 것이다.

최근의 '태권 브이 신드롬'과 관련하여 각별히 주목해야 할 것은 도피와 퇴행의 문화사회학이다. 한국의 어린이들이 「태권 브이」에 열광할 즈음, 일본의 청년들은 〈기동전사 건담機動戰士ガンダム〉(1979)에 열광하고 있었다. '전공투'의 몰락과 함께 찾아온 좌파의 위기가 상실에 빠진 젊은이들을 애니메이션과 게임이라는 인공의 낙원 속으로 몰아넣은 것이다. 그것들은 모든 악을 통쾌하게 일소하면서 새로운 세계를 만들어 나갈 수 있는 짜릿한 모험의 세계, 무엇이든 가능한 신명나는 인공의 낙원이었다. 여기에서 일본의 현실에 좌절한 젊은 좌파들은 상상적 혁명과 모험의 신세계를 개척했던 것이다. 이른바 오다쿠(お宅)들이 탄생하는 순간이었다. 「태권 브이」와 「건담」이 서로 갈라지는 것은 바로 이 지점이다. '건담 세대'가 좌절한 성인

들이었던 것에 비해 한국의 변혁주체세력이자 '태권 브이'의 주요 소비자였던 386세대는 아직 개발의 도상에 있었던 미성년의 상태에 있었기 때문이다. 이로부터 만 30년을 훌쩍 넘긴 지금 좌절한 한국의 386들이 태권 브이를 찾아, 아니 잃어버린 유년기의 추억과 신화를 찾아 자신의 아이들의 손을 잡고 인공의 낙원 극장을 찾는다. 이 지점에서 '건담 세대'와 '태권 브이 세대'가 다시 묘하게 합쳐진다.

끝으로는 '태권 브이의 사회심리학'이다. 그 무엇이든 마음만 먹으면 가능할 것 같았던 자아의 신화시대인 유년기를 거쳐 혹독한 현실계에서 악전고투하고 있는 386들, 아니 대한민국 성인들이 지금 꿀 수 있는 가능한 꿈은 무엇일까? 오늘날의 '태권 브이 신드롬'은 각종의 영웅 신화들, 곧 '대장금'·'주몽'·'궁'·'대조영' 등처럼 사회의 주변으로 밀려나 있었던 천민 여성과 서자 그리고 중국집 배달원이 어의로, 국왕으로, 태자마마로 급상승하는 황당한 성공의 드라마success story drama에 대한 열광과 맥락적 동일성이 목격된다. 아이들의 성적이 오르고, 대출받아 장만한 아파트 값이 올라가는 것 또는 월급과 호봉이 올라가는 게 유일한 희망이고 기쁨인 386들에게 '태권 브이'는 잃어버린 자아의 신화에 대한 보충대리물일지도 모른다. 어쩌면 지금의 우리 사회가 추구해야 할 것은 상업적 테크놀로지가 제공해준 선물에 안주하는 것보다 이 같은 열정과 갈망을 현실변혁의 새로운 동력으로 흡수하고 바꾸어주는 일 곧 새로운 진보의 세기를 열어가는 일일 것이다. '태권 브이'는 그런 점에서 우리 시대의 문화적 화두이며 한 시험대이다.

남성들의, 남성들에 의한, 남성들을 위한 남성 로망

― 무협소설

아주 같지도 않으면서도 전혀 다르지도 않은 스토리, 박진감 넘치는 무공 대결, 절세 미녀와의 환상적 로맨스, 의리와 정의를 위해서 간난신고를 마다하지 않는 드높은 기개와 의협…. 사실 무협소설에 대한 설명으로 이 이상의 추가적인 묘사는 불필요할 정도다. 그런데 우리는 어째서 이 뻔한 이야기를 계속해서 읽는 것인가?

답변은 역시 무협의 이야기 구조가 그렇듯 뻔하고 궁색할 수밖에 없다. 이런저런 번잡스런 설명 다 집어치우고 페일언蔽—를 왈曰, 그저 재미있기 때문이라는 것! 다른 장르문학들처럼 무협소설 또한 이야기의 중독성이 강할 뿐만 아니라 독자들의 충성도가 매우 높은 편이다. 지루했던 고교시절 수업 시간에 몰래 보던 묘미와 별빛 영롱한 삭풍의 긴 겨울밤에 무협지를 읽는 재미는 마치 한일전 역전승만큼 통쾌하다. 물론 이 비유는 역사적으로 얄팍하고 미운 짓만 골라 하는 일본에 이겼다는 순수한 통쾌함을 이야기하는 것임으로 국가주의적 열망과는 거리가 있는 것이다.

그런데 무협소설은 왜 중요한가? 우선 그것은 저 지독한 상투성

〈포비든 킹덤〉과 〈쿵푸 팬더〉는 무협장르의 세계화와 대중문화의 초국적성의 한 표상이다.

에도 불구하고 많은 독자들이 즐겨 읽는 우리 시대의 생활문화라는 점 그리고 무협소설이 자리하고 있는 특수한 역사적·문화사회적 맥락 때문이다. 소설이 영화로, 영화가 아케이드 게임으로, 다시 소설이 만화로 변신하는 무협의 다양성과 변화는 눈부실 정도다.

올 여름 반영웅적인 코믹 영웅―평범한 뚱보 팬더를 등장시켜 '권태'라는 근대 사회의 저주로부터 잠시나마 우리를 구원(?)해준 착한 애니메이션 「쿵푸 팬더」(2008)라든지 평범한 일상에서 뜻하지 않게 소명을 받고 모험의 세계에 진입하여 시험을 통과하여 조력자와 동지를 얻은 다음, 시련을 극복하고 부활한 적마저 물리친 다음 영웅이 되어 귀환한다는 조셉 캠벨Joseph Campbell의 저 유명한 영웅 이야기의 패턴 〈영웅의 여정Hero's Journey〉에 『서유기』를 버무린 할리우드 무협 「포비든 킹덤」(2008)의 등장은 오늘날 무협의 생산 및 소비 양상의 폭과 영향력을 웅변으로 보여준다.

이렇게 서로 다른 장르의 이야기와 이야기들이 영향을 주고받으며 섞이고, 미디어와 미디어 간의 통폐합이 이루어지는 무협의 저 복잡한 트랜스미디어 스토리텔링trans-media storytelling은 참으로 현란하다. 대중성과 시장성이 최종적 목표인 무협 같은 대중문화에서 이제 국경과 국적은 무의미하거나 부차적이다. 국경을 초월하여 세계시장으로 진출하기 위한 기민하고 발 빠른 스토리의 선점 능력과 몸 바꾸기를 통한 이윤의 창출만이 오직 핵심적 관건일 뿐이다.

그런 점에서 무협은 행운이 따르는 장르였다. 세계 전역에 펴져 있는 화교 디아스포라들이란 튼튼한 기반과 만인에게 친숙한 영웅 이야기의 패턴으로 말미암아 삽시간에 세계화될 수 있기 때문이다. 그래서 우리의 경우에도 무협이 국내에 소개되자마자 즉각 공전의 히트를 치며 단숨에 대중화·토착화될 수 있었던 것이다.

무협소설의 기원과 한국무협소설의 출발 시점 문제는 아직도 논란의 여지가 많다. 그러나 무림인을 자처하는 광팬이라면 꼭 염두에 두어야 할 꼭 기억할만한 7언시 두 귀와 세 편의 작품이 있다. 우선 신필神筆 진용金庸의 작품 14편의 첫 이니셜을 딴 비설연천사백록飛雪連天射白綠 소서신협의벽원笑書神俠倚碧鴛이라는 구절이 그렇다. 또한 처음으로 무협소설이란 표제를 내걸고 발표된 린수林紓, 생몰년 미확인의 단편소설 「부미사」(1915)와 『홍잡지』에 무려 6년 동안이나 연재되며 무협의 장르공식을 탄생시켰다는 평가를 받는 평강불초생平江不肖生 샹카이란(向愷然, 1890~1957)의 『강호기협전』(1922), 끝으로 웨이츠원(尉遲文)의 『검해고홍』을 토대로 김광주(1910~73)가 『경향신문』에 1961년 6월 15일부터 1963년 11월 24일까지 총 810회에 걸쳐 연재된 『정협지』가 그것이다.

사실 연재 당시 『정협지』가 보여준 폭발적 인기는 이야기 구조와 이념이 우리에게 거부감 없이 잘 수용될 수 있기 때문이기도 했지만, 정확하게 말하자면 극도의 정치적 억압과 혼란 속에서 고통 받던 대중들에게 제공된 작은 쉼터의 구실을 해주었기 때문이다. 이와 같이 무협은 『사기』의 『자객열전』이나 온갖 화본소설 등 중국 전통

소설의 맥락 속에 놓여 있으며 중화주의에서 자유롭지 못한 장르이긴 하지만, 혹독한 역사적 역사 속에 놓여 있던 한국의 독자들에게 하나의 위안이었으면서도 동시에 이미 우리에게 익숙한 전래의 의적소설이나 군담소설 등과 이야기들과 성격이 유사하여 아무런 거부감 없이 수용될 수 있었다는 것이다.

작품의 리얼리티 문제나 상품성에 대한 시장의 저항이 완화되고 번역을 통해 창작 역량이 축적되자 번역과 번안과 창작적 번역의 모호한 공존이 잠시 이어지더니, 손창섭(1922~)의 『봉술랑』(1978)의 뒤를 이어 을재상인 김대식(1952~)의 『팔만사천검법』(1979)이 연이어 발표되면서 마침내 이 귀화 문학은 창작무협이라는 새로운 시대를 열었다. 그리고 오늘날 한국무협의 대표 작가들이라 할 검궁인(생년 미확인)·사마달(생년 미확인)·야설록(1960~)·금강(1956~)·용대운(1961~)·서효원(1959~92)·좌백(1965~)·진산(1969~) 등의 작가들이 등장하더니, 1990년대 중반 이른바 신무협의 시대가 도래하였다.

끝으로 장르문학으로서 무협의 양가성과 사회성 문제를 짚어보자. 무협은 비현실적이면서 현실적인, 도피적이면서도 사회적인 이중적 장르이다. 요컨대 무협이 비현실성과 허구성―강호江湖라고 하는 허구적 공간을 설정하고 있으며, 때로는 황당무계한 기환성奇幻性을 가지고 있다는 사실 등―에도 불구하고 생득적으로 그 내부에 날카로운 사회성을 전제하고 있다는 사실이 바로 그러하다. 장르의 논리상 협의 정신으로 온갖 불의와 부조리에 대항하여 정의를 실현하는 영웅들의 행보는 필연적으로 사회적 불의나 부조리와 선명한 대비를 이루며 길항할 수밖에 없었다. 물론 이런 의협의 정신은 사회적 갈등의 대중소설적 해결 내지 드라마투르기로서의 권선징악에 지나지 않는 것일 터이지만 무협소설의 독자와 비판적인 사회학자들이 함께 공유할 수 있는 부분도 없지 않은데, 그것은 바로 우리

시대 독자들—특히 남성들의 삶이 대단히 만족스럽지 못하다는 사실이다. 비근한 예로 학교와 직장에서 펼쳐지는 경쟁에 지친 남성들은 이제 가정에서조차 여권신장과 가부장제의 해체에 따른 재조정의 고통과 혼란—즉 젠더의 위기를 경험하고 있다는 점을 꼽을 수 있을 것이다. 베스트셀러 무협만화 『열혈강호』나 『용비불패』에 등장하는 파워풀한 여성들—다른 한편에서 이들은 남성 독자의 관음증적 소비 대상인 팜므 파탈들에 지나지 않을 수도 있다—의 등장은 저명한 예이며, 이 같은 남근주의의 위기와 함께 치열한 현실의 경쟁 속에서 잠시라도 벗어나고 싶은 남성들의 도피 욕망이야말로 무협소설을 읽게 하는 새로운 동력이요 시장인 셈이다. 스토리상으로 보나 장르의 성격으로 보나 무협소설의 젠더적 정체성을 남성들의, 남성들에 의한, 남성들을 위한 성인 동화로 규정할 수밖에 없는 것은 바로 이런 이유들 때문이며, 그런 불만족스런 삶이 지속되는 한 남성 독자들의 대중소설적 탈주는 지속될 것이고 이 현대의 로망은 계속해서 쓰이고 또 읽힐 수밖에 없을 것이다.

과거에 태어난 미래문학, SF

    과학소설Science Fiction은 19세기에 태어난 21세기 장르이다. SF 처럼 자기 시대와 불화하며 다른 시대를 앞서 선취하는 장르는 찾 아보기가 어렵기 때문이다. 자기의 시대로부터 망명하여 새로운 세 기를 예비하는 그 특유의 선취성은 때로 경박한 오락적 목적의 수 단으로 활용되면서 주류문학으로부터 신뢰를 얻지 못하는 빌미를 제공하기도 했다. 그렇다고 해서 SF를 황당한 우주적 서부극으로 현실인식과 역사인식이 무중력 상태에 떠있는 진공의 문학으로 간 주하는 태도 또한 일방적 관점에 지나지 않는다.

    산업화 시대의 인간을 단순 노동을 반복하는 로봇으로 은유한 카 렐 차펙(Karel Čapek, 1890~1938), 전체주의 사회의 폐해를 고발한 조지 오웰(George Orwell, 1903~50), 화성인을 시켜 침략자인 자 기의 조국 영국을 쑥대밭으로 만들어버린 웰스(H. G. Wells, 1866~ 1946), 소설로 자본론을 쓴 잭 런던(Jack London, 1876~1916) 등 이 같은 통념들을 뒤집는 통렬한 반례反例들도 있기 때문이다.

    SF는 본래 사회적 발언의 한 형식이었으며 상상력의 실험무대였 다. 사회학적 상상력으로 충만했던 과학적인 소설이었던 SF가 공상 과학소설로 후퇴한 것은 20세기 초반 미국에서였다.

한국 장르문학 사상 최초의 SF 전문잡지인 『HAPPY SF』 창간호.

어떤 점에서 미국은 SF의 빛이자 그늘이었는데, Science Fiction이란 신조어를 만들어내기도 한 휴고 겐스백(Hugo Gernsback, 1884~1967)에 의해 SF는 대중의 사랑과 시장을 얻은 대신, 이념과 전위적 성격이 크게 약화되었기 때문이다. 메리 셸리(Mary Shelley, 1797~1851)에 의해 태어나 유럽을 배회하던 SF는 대서양을 건너 미국에 상륙하자마자 크게 번성하기 시작하였으며, 아이작 아시모프(Isaac Asimov, 1920~92), 아서 클라크(A. C. Clarke, 1917~2008), 로버트 하인라인(Robert Heinrein, 1907~88) 등 거장들의 손을 거치며 사상 유례가 없는 절정기를 맞이하게 된 것도 이 무렵부터였다.

대중성과 사회성의 불행한 교환이 완료된 시점에서 SF의 상품성과 시장성에 주목한 일본의 문화자본은 미국산 과학소설의 수입에 열을 올리게 되거니와, 1950년대의 〈하야카와 문고〉라든지 1960년대의 〈SF 매거진〉이 그 흐름을 주도했다. 그런데 이 과정에서 작은 해프닝이 벌어진다. 일본의 〈SF 매거진〉 측에서 미국의 ≪The Magazine of Fantasy & Science Fiction≫을 '공상소설 & 과학소설'로 직역하는 대신, 언어적 기지를 발휘하여 소설이란 중복된 단어를 빼고 한데 합하여 공상 & 과학소설로 축역을 한 것이었다. 과학소설 SF가 공상과학소설로 통용된 것은 이 때부터인데, 일본의 번역본을 저본으로 베껴 출판하던 우리 필자들과 출판사들도 SF를 과학소설이라 하지 않고 공상과학소설이라 부르기 시작했던 것이다. 때를 같이하여 SF는 상상력과 발상은 볼만하지만, 예술성은 없는 B급 대중문학 내지 아동문학이라는 통념이 널리 자리를 잡게 된다.

그런 SF를 문학으로 복권시킨 작가가 복거일(1946~)이다. 그는 당대 현실에 대한 절묘한 은유와 통찰력을 SF기법과 결합시킨 이른바 대체역사소설 『비명을 찾아서』(1987)를 통해서 경직된 한국문단에 신선한 충격을 가하면서 단숨에 스타작가로 부상한다. 복거일 이후에는 듀나Djuna 등 온라인을 통해서 활동하던 아마추어 작가들이 쏟아져 나오면서 국내산 창작 SF의 저변이 한층 넓어지고 단단해 지게 되었다. 이와 관련하여 우리의 SF 수용의 전통이 생각보다 유구하다는 것―백락당의 『해저여행기담』(1907)을 시작으로 이해조(1869~1927)의 『철세계』(1908), 신일용의 『월세계 여행』(1924), 박영희의 『인조노동자』(1925) 등 그 역사만 해도 일백년을 넘어설 만큼 연륜이 깊다는 사실―을 꼭 기억할 필요가 있겠다.

SF에 대한 세간의 통념과 오해는 그래도 여전히 완강하다. SF는 B급 장르문학이라는 편견, 정교한 과학적 지식과 출중한 예측력과 예언성을 가지고 있다는 근거 없는 경외, 창작이든 번역이든 역사가 길지 않을 거라는 지레 짐작 등이 그러하다. SF가 B급이라는 생각은 절반의 진실성을 갖는 오해라는 사실에 대한 해명은 이미 앞에서 언급한 바와 같고, 이제는 출중한 예언성과 예측력을 지니고 있다는 근거 없는 신비주의를 불식시킬 차례다. 대개 이는 원인과 결과의 혼동에서 온 것인데, 현실로 나타난 결과의 원인을 SF에서 찾았기 때문이다. 북극을 통과하여 세계를 놀라게 한 최초의 핵추진 잠수함 '노틸러스호'가 줄 베른(Jules Verne, 1828~1905)의 『해저 2만리』에 등장하는 잠수함의 이름과 동일하다는 공교로운 일치(엄밀하게 말하자면 이것은 미 해군의 위트가 만들어낸 해프닝일 뿐이다), 런던 시민을 공포에 떨게 한 독일의 로켓 V2와 나사(NASA) 우주 로켓 섀턴을 개발한 베르너 폰 브라운(W. von Braun, 1912~77)이 웰스의 소설 등에서 영감을 얻었다는 풍문, 그리고 스탠리 큐브릭(S. Kubrick, 1928~99)의 영화 「스페이스 오딧세이 2001」에 등장하는 인공지능 컴퓨터와 화상 전화 등의 소품이 오늘날 과학기술의 촉매 역할을 했다는 세간의 일화 등이 이런 오해를 더욱 증폭시켰다. 이들 작품이 과학자들과 제품개발자들에게 영감과 아이디어를 준 것은 있겠지만, 이들 발명품의 진정한 개발자는 자본이며 또 작품이 제품개발의 테크놀로지와 이론적 틀을 제공해 준 것이 아니기 때문이다.

이것은 SF가 지닌 시대를 선취하는 탁월한 능력에서 오는 통속적 오해다. 이런 점에서 SF의 선취 능력에 대한 대립물은 바로 강력한 예측력을 지닌다는 억측이다. SF가 예언성을 지닌다는 말은 SF가 B급 문학으로 간주되는 것에 대한 반작용으로써 SF가 지닌 장르적 우수성과 문학적 유용성을 증거를 서둘러 제시하고 싶었던 애호가들의 소박한 변호로 여겨진다. 이런 얘기들이 SF에 대한 풍성한 이야기 거리는 제공해 주겠지만, SF에 대한 그릇된 이해를 조장할 수 있다. 대개의 문학들이 그렇듯 SF 또한 박진감 넘치는 오락물이기도 하며, 사회적 발언의 한 형식이기도 하고, 또는 대단히 예술적인 심미적 구조물이기도 하다.

그 SF가 지금 다시 우리에게 문제적일 수밖에 없는 것은 미래에 대한 전망이 뚜렷하지 않은 오늘날 SF야말로 다른 세상을 꿈꾸고 사유할 수 있는 출구이며, 만족스럽지 못한 현실에 대한 통렬한 은유이기 때문이다. 미국발發 금융위기가 어쩌네, 주식 가격이 저쩌네 하는 넌덜머리나는 정치경제적 현실과 늘 반복되는 지겨운 일상에서 잠시라도 우리를 즐겁게 해준다면, 우주활극space opera이면 어떻고 사이버펑크면 어떻고 또 리보펑크면 어떤가. 이 난망한 시대,

SF의 근원적인 충동의 하나인 유토피아utopia가 본래는 '여기에 없는Nowhere'란 뜻이지만, 읽는 순서만 살짝 달리 한다면 '지금 여기 Now Here'란 의미를 지닌다는 것은 시사하는 바 매우 크다. 따라서 살짝 관점을 달리 하여 SF를 과거에 태어나 새로운 미래를 실현시킬 지금 여기의 전위문학으로 규정해본다 해도 지나치게 '오버'하는 것은 아닐 터이다.

모험이 증발한 시대에 꾸는 위대한 백일몽, 장르판타지

판타지Fantasy는 '환상'이 아니다. 판타지는 더 이상 새로운 비평적 의제도 또 독자들의 관심사도 아니다. 그것은 이제 '현실'이거나 '일상'이다. 문학·드라마·영화·광고·게임 등 다양한 형태로 그것은 이미 우리의 일상 속으로 깊이 들어와 있기 때문이다.

신화·종교설화·동화 속에 잠자고 있던 장르로서의 판타지를 일상의 현실로 호명한 이는 톨킨J. R. R. Tolkien이 아니라 바로 권태와 첨단 테크놀로지들이다. 〈반지의 제왕〉·〈해리포터〉·〈나니아 연대기〉처럼 소설을 원작으로 한 동명 영화들 그리고 〈리니지〉·〈월드 오드 워크래프트〉같은 MMORPG의 전 세계적 열풍이 보여주었듯—이미 다른 글에서도 언급했듯—이 합리주의와 과학기술이 발전하면 할수록 신화적이고 주술적인 것들의 귀환이 더욱 촉진되는 역설이 발생하곤 한다. 기술이 곧 마술이며 주술인 현대사회에서 이것은 대단히 자연스런 현상이다.

판타지는 이렇듯 물리학적 현실에서는 가능하지 않은 것을 가능하게 하는 마술로서의 기술로 인해 삽시간에 현실화되고 대중화될 수 있었다. 우리가 일상에서 목격하는 초자연적이고 비현실적인 환

세계적인 대중문화의 아이콘으로 자리 잡은
영화 〈해리포터〉의 한 장면.

상이 현실로 존재하는 첨단기술의 산물이었다는 점에서 판타지는 일종의 역설이다.

판타지가 역설의 장르라는 두 번째 증거는 그것이 유통되고 소비되는 양태에서 찾을 수 있다. 오늘날 판타지를 즐기거나 읽는 중심축이 온라인 게임을 즐기는 젊은 세대들인데, 판타지 게임과 영화의 매력에 흠뻑 매료된 이들이 그 연장선상에서 원작이 되는 문학텍스트들을 찾아 읽는 전도된 수용의 패턴은 한 예다. 멀티미디어에 구축驅逐된 문학 독자들이 멀티미디어로 인해 다시 문학으로 귀환하는 이 어리둥절한 반가움, 이것이 바로 두 번째 역설이다.

그런데 정작 우리가 판타지에서 읽고 또 보고 싶은 것은 세 번째의 역설이다.

기실 판타지는 현실에서는 불가능한 초자연적인 이야기를 그리고 있는 장르문학이다. 환상으로서 판타지는 문학과 예술에 내재되어 있는 속성 혹은 요소였으며, 또한 신화·전설·민담·전기소설·초현실주의 계열의 작품 등 다양한 모습으로 문화사와 문학사 속에 편재해 있었다. 그러한 판타지가 장르판타지로 장르적 정체성이 자리매김하게 된 데에는 우선 톨킨의 책임(?)이 크다. 옥스퍼드

현대 장르판타지의 신기원을 연 〈반지의 제왕〉 포스터.

대학에서 언어학과 신화학을 가르치던 톨킨의 『반지의 제왕』 3부작과 『호빗』(1937)·『실마릴리온』이 커다란 반향을 일으키며 수많은 에피고넨 텍스트들을 만들어 냈기 때문이다. MMORPG(다중 사용자 온라인 역할 놀이 게임)의 기원이 된 TRPG(테이블 역할 놀이 게임)의 원천 소스이기도 했고, 또 국내 장르 판타지에 결정적인 영향을 준 미즈노 료(水野 良)의 『로도스도島 전기戰記』(1988)의 교과서이며 원본이 바로 톨킨의 판타지 시리즈들이었다. 때마침 모뎀을 바탕으로 한 케텔·하이텔·천리안 등의 PC통신 사업체들이 상업적인 서비스를 시작하던 시기이기도 해서 장르판타지는 삽시간에 청(소)년 문화로 자리를 잡았고, 아마추어 작가들을 양산해 내기 시작했던 것이다.

우리가 장르 판타지에서 발생하기를 기대하는 세 번째의 역설의 근거는 여기에 있다. 즉 판타지가 아버지의 세계를 극복함으로써 새로운 문명사적 전환을 이루었던 젊은 아들들의 문화라는 점이고, 권태롭고 짜증나는 현실에서 벗어나 다른 세상과 바깥을 즐기고 사유하게 하는 상상력의 훈련장이라는 점에서 그렇다.

전공투全共鬪의 몰락과 함께 찾아온 좌절과 절망을 〈기동전사 건담〉 같은 애니메이션과 판타지게임을 통해서 해소하고자 했던 좌파 청년들이 결국엔 현실과 장벽을 쌓고 인공의 낙원 속으로 도피해 버리는 오타쿠(お宅)로 침몰해 버리는 심각한 부작용도 없지 않았지만, 새로운 세계를 꿈꾼다는 것 그리고 그런 세계로 향하는 안내자 ranger의 구실을 해준다는 점에서 판타지는 또 다른 열린 가능성이 될 수도 있다.

비록 판타지가 자본과 일상에 지친 현대인들의 도피욕망에 의해 추동되는 것일지언정 그것의 인기는 다른 한편에서 기성세대의 문화에 대한 반문화이며 엘리트주의적 고급문화에 대한 불신과 저항의 표현이기도 하다. 장르판타지의 가치와 의미는 여기에 있다. 우

길예르모 델토로의 영화 〈판의 미로〉는 장르판타지와 메르헨 그리고 정치적
상상력으로 판타지 장르의 새로운 가능성으로 주목받고 있다.

리의 문화사적 과제는 바로 이런 젊은이들의 갈증과 열망과 저항을
현실변혁의 새로운 동력으로 흡수하여 양육하는 일, 다시 말하면 진
정하고 새로운 진보의 세기를 열어가려는 꿈과 의지와 노력이다.

혹시 아는가, 부모를 잃고 이모네 집 다락방에 얹혀사는 구박덩
어리 고아소년이 볼드모트의 사악한 기도에 맞서 마법의 세계를 지
켜내는 투사로 탄생하는 것처럼 또 연약하고 평범한 호빗이 세계를
구원하는 영웅으로 귀환했던 것처럼 판타지 소설을 읽고 온라인 게
임에 열중하는 이웃집 게으름뱅이 게이머 청년이 새로운 진보의 세
기를 밝히는 촛불이 될지…. 실제로 판타지는 김영도의 『드래곤 라
자』나 김민영의 『옥스타칼니스의 아이들』(후일 『팔란티어』로 개칭됨)
등에서 근사한 완성도와 희미한 가능성을 보여주었고, 길예르모 델
토로Guillermo Del Toro의 걸작 영화 「판의 미로Pan's Labyrinth」
에서는 새로운 예술적 지평과 정치적 상상력을 보여주기도 했으니
이 같은 기대가 결코 근거 없는 헛된 백일몽phantasy은 아니리라.
이제는 우리 문학과 현실에서도 우리를 열광시킬 세 번째의 역설—
진짜배기 '판타지'를 정녕, 만나고 싶다.

번안소설, 한국근대문학의 사관학교

― 김내성과 번안소설 『진주탑』

올해로 탄생 백주년을 맞은 아인雅人 김내성金來成, 1909~57은, 이른바 대중소설가다. 그는 추리소설의 시장성과 가능성을 입증한 최초의 작가일 뿐 아니라 연애소설과 청소년 문학에서도 탁월한 대중적 성공을 거둔, 요컨대 한국근대문학백년사에서 손에 꼽을만한 스토리텔러였다.

최근 김내성과 그의 작품을 복원하고 새롭게 주목한다는 것은 반갑게 환영할 일이나, 문학사적인 '팩트'이며 알만한 독자들은 다 알고 있는 것을 '한국문학 재발견'이라는 이름하에 재조명한다는 것이 조금은 생뚱맞아 보인다. 식민지적 근대화와 압축성장의 소용돌이 속에 있었던 한국근대문학이 대중문학과 대중적 스토리텔러들의 가치와 의미를 온전하게 이해하기 어려웠을 것이라는 점을 모르는 바 아니다. 그러나 김내성의 경우에는 그 정도가 우심尤甚하여 그와 가깝게 지내던 백철 등 동향의 문인들이 세상을 떠나자 비평담론에서 한동안 적막하였던 것이다.

김내성의 번안 장편소설 『진주탑』 복간의 의미는 바로 이런 데서 찾을 수 있다. 이제는 지난날의 작품들을 문학유산으로 받아들이고 주목할 만큼 한국현대문학의 기초체력이 튼튼해졌으며, 편협한 문학주의에서 벗어나 대중문학에도 관심을 가질 정도로 지식의 경계에도 새로운 변화가 일어났음을 보여주는 사례이기 때문이다. 그러나 다른 한편에서 이것은 대중문학 같은 서브 컬처들에 주목해야 할 만큼 문학연구의 지평과 연구역량이 포화 상태에 이르렀으며, TV·인터넷·영화·컴퓨터게임 등 대중문화의 우점종들과의 치열한 생존경쟁을 벌여야 할 만큼 예술로서의 위상과 영향력이 어려운 상황에 이르렀음을 반증하는 것일지도 모른다.

소장 연구자 박진영에 의해 정본화 작업을 거쳐 연초에 출간된 김내성의 『진주탑』은 알렉상드르 뒤마(Alexandre Dumas, 1802~70)의 『몽테크리스토 백작』을 번안한 작품으로서 1946년 라디오 연속극으로 방송되어 큰 인기를 끌었으며, 이듬해인 1947년에는 백조사에서 두 권짜리 장편소설로 출간되기도 한 베스트셀러였다.

이번에 출간된 『진주탑』과 김내성은, 사실 여러모로 닮은 구석이 많다. 작가이되, 작가로 인정받지 못했던 아인이나 작품이되 창작도 번역도 아닌 번안소설이기에 연구자들의 주목을 받지 못했다는 사실에서 어떤 묘한 운명적 유비 같은 것이 읽혀지기 때문이다.

뒤마의 『몽테크리스토 백작』을 방송용 소설로 각색한 김내성의 『진주탑』. 양산백이란 필명으로 발표하였으며 성우 이백수의 낭독으로 큰 인기를 끌었다.

번안소설은 한국근대문학과 대중소설의 자양분이면서 창작경험이 충분치 않았던 작가들에게는 일종의 상상력의 사관학교 같은 것이었다. 예컨대 한국연애소설의 교과서이자 대중문화의 원천 콘텐츠였던 조중환(1863~1944)의 『장한몽』(오자키 고오요오의 『금색야차』)

을 비롯하여 애국계몽기의 대표적인 정치소설로 평가받는 구연학 (1874~?)의 『설중매』(스에히로 뎃쪼의 『설중매』), 이상협(1893~ 1957)의 『해왕성』(뒤마의 『몽테크리스토 백작』), 민태원(1894~1934)의 『무쇠탈』(뒤마의 『철가면』) 등이 바로 우리 문학사에서 독자대중들에게 뜨거운 사랑과 관심을 끌었던 대표적인 번안소설들이다.

편자 박진영의 지적대로 번안소설은 "문학사의 새 지평을 열어젖히"고 한국문학의 대역帶域을 확장해나간 상상력의 훈련장으로서의 역할을 톡톡히 수행해 왔다. 아울러 그것은 동시대 대중들의 감수성과 문화를 이해할 수 있는 귀중한 문학사적 자료들이라는 점에서 단순한 리뷰 대상 텍스트로서의 의미를 넘어선다. 더욱이 김내성 버전의 『진주탑』은 원작 『몽테크리스토 백작』과는 달리 또 동시대의 작품들과는 달리 오래 묵은 작품이 주는 특유의 질감과 풍미가 살아 있는 복수와 반전의 드라마로서 독서의 즐거움을 선사해주기도 한다.

요즘 같은 이 혹독한 불황의 시대 양화良貨로 악화惡貨를 통쾌하게 구축해 버리는 한국판 에드몽 당테스 이봉룡이 보여준 인생유전과 반전의 드라마를 통해서 오늘날의 독자들도 작은 위안과 즐거움을 얻을 수 있다는 점 또한 꼭 첨언해두고 싶은 대목이다.

폭주하는 서사와 이야기의 품격

— 제1회 뉴웨이브문학상 수상작『진시황 프로젝트』에 대하여

  분명 문학은 진실이냐 거짓이냐 하는 진리시험으로부터 자유로운, 아니 절대적으로 자유로워야 할 특수담론이다. 만일 특수담론으로서의 지위가 보장되지 않는다면, 문학은 제대로 서지 못한다.

  요즘에는 댄 브라운의 역사추리소설『다빈치 코드』처럼 특수담론으로서의 지위와 특권을 최대로 활용하여 사실과 허구를 과감하게 결합시키는 팩션faction이 대세다. 〈제1회 대한민국 뉴웨이브문학상〉 수상작인 유광수의『진시황 프로젝트』역시 이 같은 세계사적인 큰 흐름을 등에 업은 토종 팩션이다. 지난날의 역사적 사실을 바탕으로 미스터리를 풀어나간다는 점에서 이 작품은 역사추리소설이지만, 소설의 목표가 단지 역사적 사실의 복원에 있는 것이 아니라 이를 미스터리를 만들어내고 구성하는데 필요한 수단으로 활용되고 있다는 점에서 여타의 역사소설이나 다큐멘터리와는 분명하게 구별된다. 조금 거칠게 말한다면 역사적 사실은 그저 스테리텔링과 작가의 메시지 전달을 위한 의장意匠일는지도 모른다.

  "질주하는 서사", "예측불허의 반전과 스릴"이라는 띠지의 요란한 선전 문구들대로 과연 미스터리는 잘 읽히며, 스토리도 거침없이

장르문학은 이제 주요 일간지에서도 공모하는 문학으로 부상하였다. 사진은 〈제1회 뉴웨이브문학상〉 수상작 『진시황 프로젝트』.

잘 나간다. 구성도 비교적 단단하여 마치 한 편의 영화를 보는 것 같다. 아니 어쩌면 애초부터 영화화를 염두에 두었거나 이를 의식한, 또는 그에 영향을 받은 듯한 인상을 준다. 굴지의 언론사와 베스트셀링 출판사가 손을 잡고 만든 작품이니만큼 작가는 스타덤에 오를 것이고, 필시 소설은 곧 다양한 장르의 콘텐츠로 몸 바꾸기one source multi-use를 시도하게 될 것이다. 상상력과 창의력이 돈이 되는 시대적 환경에, 콘텐츠 산업을 통해 일자리를 만들어내겠다는 실용의 정신(?)이 든든하게 뒤를 받치고 있으니 『진시황 프로젝트』는 잘만 풀린다면 또 다른 대박의 신화를 쓰게 될지도 모른다.

'한국문학의 스토리텔링의 부흥과 장르문학 우량화'라는 〈뉴웨이브문학상〉의 기대대로 작가는 화려한 스토리텔링 솜씨와 상상력을 유감없이 보여준다. 그래서일까? 시작부터 소설은 영화의 한 장면처럼 박진감 넘친다.

사내는 달려가면서 갑자기 괴성을 지르더니 날렵하게 앞으로 뛰어올랐다. 그러자 사내의 모습이 정지화면을 보는 듯 한동안 공중에 멈춰선 것 같았다. 그것은 그 사내의 그다음 행동이 너무나 신속하고 빨랐기 때문인지도 모른다. 그는 날렵하게 뛰어오르더니 공중에서 들고 있던 것을 순식간에 휘둘렀다. 순간 앞서 가던 중년 남자의 머리가 시야에서 사라졌다.

천주임은 자신이 영화 속에 들어온 줄 알았다. 공기가 얼어붙고 시간이 멈춘 것 같았다. 바로 옆에서 들리던 버스 소리도 들리지 않았다. 머리 잃은 남자는 목 위로 분수처럼 피를 뿜어내면서 손을 기이하게 비틀어대며 몇 걸음 더 걸었다. 그러고는 배터리 나간 로봇처럼 그 자리에 쓰러졌다.(9면)

이렇게 백주 대낮 광화문 한 복판에서 한 남자를 참수한 직후, 범인은 피해자의 머리를 첼로 가방에 담아 유유히 사라진다. 곧바로 범인 찾기와 추격의 서사가 펼쳐진다. 탐정제도를 인정하지 않는 한국 사법제도의 형편상 사건의 해결주체는 멋쟁이 탐정이 아니라 운동선수처럼 짧은 스포츠머리와 단단한 체구를 지닌 아저씨 풍―실제로 소설 속에서 이들은 이지적이고 얼마간은 정치적인 인물들로 그려지고 있다―의 강력계 형사들 곧 강력8반 소속의 경찰이다. 하여, 이 팩션은 하드보일드 풍의 범죄소설에 경찰소설roman policier 그리고 적당한 로맨스를 가미한 퓨전형 서사가 된다.

주인공 강태혁 형사는 유력한 용의선상에 올려진 서준필 교수 연구실에서 사건의 실마리를 쥐고 있는 우키요에[浮世繪] 춘화첩을 발견한다. 여기서 사건은 동심원同心圓을 크게 그리며 역사적, 국제적 차원으로 확장된다. 진시황을 부활시켜 동아시아의 패권을 쥐겠다는 거대한 음모와 그를 둘러싼 한중일 간의 각축, 민비시해사건과 고종이 그렸다는 춘화도의 비밀이 강형사·방형사·채소연 등 세 인물을 중심축으로 여러 등장인물들의 시점이 교차되면서 이야기가 전개된다. 그리고 마침내 드러나게 되는 사건의 전모와 반전은 우리에게 역량 있는 장르문학 작가가 탄생했음을 알려준다.

그런데 우리의 즐거움은 꼭 여기까지다. 왜냐하면 이 웰 메이드 스토리텔링은 이야기를 위해서라면 역사적 사실이든 이야기로서의 품격이든 전혀 개의치 않는 서사지상주의, 폭주하는 서사의 욕망 위에 위태롭게 서있기 때문이다.

　숨겨진 춘화도 속에서 정사를 벌이고 있는, 아니 성폭행 당하고 있
는 여성의 성기에 은밀하게 그림처럼 숨겨진 글씨는 '閔氏민씨'였다. 이
춘화첩이 만들어질 당시에 기억할만한 유명한 민씨는閔氏는 꼭 한 명이
있다.
　고종황제의 처. 명성황후明成皇后, 바로 그였다.(347면)

　고종을 협박할 목적으로 이 추잡한 그림을 제작, 배포한 장본인
은 다름 아닌 명성황후 시해의 주범 미우라 고로(三浦梧樓)이다. 이
런 충격적 이야기를 서슴지 않는 작가의 목적은 역사적 수난을 환
기시키기 위한 민족주의적 충정(?) 그리고 이야기성을 강화하기 위
한 발로에서였으리라. 그러나 아무리 진리시험으로부터 자유로운 특
수담론인 소설이라고 하지만, 이건 아니다. 작가의 의도와 다르게
이런 자기모멸적 대목은 뜻있는 독자들의 공분을 사게 될 뿐이며,
결국엔 이야기의 품격을 떨어뜨리고 작가의 상태를 의심케 하는 원
치 않는 결과를 만들어낼 것이기 때문이다. 명성황후의 명성을 활용
해서 뜨고 보자는 대중화 전략은 단기적으로는 성공을 거둘지 몰라
도 결국 작가에게 두고두고 부담으로 작용하게 될 것이다.
　사실 일반적 통념과 달리 명성황후는 국가나 백성을 위해서가 아
니라 오로지 척족의 영화와 정권 유지를 위해서 골몰한 부패한 인
물의 표상이다. 그런 '명성황후明成皇后'가 '명성황후名聲皇后'가 된
것은 오로지 그가 일제의 주구들의 손에 의해 비극적인 최후를 맞
이했다는 사실과 대중적 공분과 동정심 때문이다. 권력을 놓고 대원
군과 쟁투를 벌이고 진령군眞靈君 이씨李氏란 무당에게 정사를 의지
하는 어리석음 이외에 그가 나라와 민중을 위해서 헌신했다는 이야
기를 우리는 전혀 듣지도 못했고 또 알지도 못한다. 역사적 사실을

소재로 삼는 역사소설이나 팩션 쓰기는 그래서 더욱 어렵고, 그 어느 장르들보다 치밀한 고증과 역사의식과 도덕성이 요구되는 것이다.

문학이 아무리 진리실험과 역사적 사실을 초월한 특수담론이라 하더라도 역사적 진실과 맥락에 대한 정확한 판단 그리고 상상력으로서의 품격을 갖추지 못한다면, 그것은 이미 장르문학이 아니라 정크junk이다. 덧붙여 작가의 의도가 아니었을지는 몰라도 민족감정을 자극하는 명성황후에 대한 이야기나 경복궁에서 퍼포먼스를 벌이는 서준필 교수 같은 인물들을 전면에 내세우는 장면에서 우리는 소설이 '작품'이 아닌 '상품'으로 보였으며, '절정'이 아닌 '질정叱正'에의 충동을 나아가 그것이 자칫하다가는 배타적 민족주의로 흘러가면 어쩌나 하는 불안감을 느꼈다는 점을 솔직하게 고백하지 않을 수 없다.

그러나 이런저런 문제점에도 불구하고 소설이 높은 가독성과 거부하기 힘든 마성을 가지고 있음도 언급하지 않을 수 없겠다. 불모의 한국 장르문학에 모처럼 발굴된 이 새로운 가능성과 재능이 더 높은 품격을 갖춘 이야기와 상상력으로 다시 우리를 찾아주길 기대한다.

『박태원 삼국지』 출간이 갖는 의미

　『박태원 삼국지』가 돌아왔다! 반세기를 넘긴 두 세대만의 극적인 귀환이다. 다시 쓰기re-writing와 리메이크가 『삼국지』의 텍스트 논리라고는 하지만, 강력한 원본성을 지닌 걸작의 출현에 이제 시뮬라크르들은 바짝 긴장하지 않을 수 없게 됐다. 앞으로 『삼국지』의 판도가 한바탕 크게 요동을 치게 될 것 같다.

　장구한 텍스트의 형성사가 보여주듯 『삼국지』는 통상의 문학작품들처럼 천재적 개인에 의한 창작물 즉 단일한 작가의 개념을 전제로 축조된 작품으로 보기 어렵다. 진수(233~97)의 정사 『삼국지』와 배송지(372~451)의 『삼국지주』 등의 공식적인 기록물들을 비롯하여 민간에서 떠돌던 설화들, 당대의 변문, 송대의 화본, 원대의 잡극, 그리고 『전상평화삼국지』 등을 거쳐 『삼국지』가 연의演義로 완결, 집대성된 것은 나관중(생년미상~1398)에 이르러서이다. 1644년경 이것이 다시 모종강毛宗崗에 의해 각종의 한시와 회평回評이 첨가된 120회 장편 장회소설로 재구성, 오늘날 우리가 알고 있는 『삼국지』의 원형이 만들어지게 된다. 여기에 요시카와 에이지(吉川英治, 1892~1962)에 의해 근대적 대하소설로 재창작되면서 마침내 『삼국지』가 복수의 텍스트들로 분화되기 시작했던 것이다.

『박태원 삼국지』는 한국판 현대 삼국지의 기원이라 할 수 있다.

판본사textual history의 관점에서 『박태원 삼국지』는 '한국어판 삼국지 현대화'의 종착점이면서 시발점이라 할 수 있다. 우리의 경우, 『삼국지』는 목판본과 활자본 등 다양한 형태로 유통되다가 1904년 박문서관에서 펴낸 『수정 삼국지』를 기점으로 근대식 활판본들이 출판되기 시작했다. 이후 한동안 딱지본 형태의 이야기책 시대를 이어오다가 양백화(『매일신보』, 1929. 5. 5~1931. 9. 21)와 한용운(『조선일보』, 1939. 11. 1~1940. 8. 20)에 와서 의고적인 편역과 언해의 단계에서 확실하게 벗어나 근대적인 텍스트로 분화되기 시작했고, 마침내 박태원(1909~86)의 손을 거치면서 오늘날의 우리가 『삼국지』라고 생각하는 현대적인 '삼국지'로 재탄생하였다.

그러면 이른바 『박태원 삼국지』의 판본사적 획기성과 의미는 무엇이며, 그것은 왜 중요한가.

우선 『박태원 삼국지』는 그 자체가 작은 문학사이며 현대사라 할 수 있다. 여기에는 그의 문학적 여정과 한국현대문학사의 파란곡절이 투영돼 있기 때문이다. 뿐만 아니라 이 걸작은 코에이KOEI 사社의 전략 시뮬레이션 게임 〈삼국지 시리즈〉를 즐기는 오늘날의 유저들이 읽어도 좋을 만큼 빼어난 가독성과 동시대성 그리고 순도 높은 완성도를 지닌 '작품'이기도 하다. 박종화(1901~ 81)·김동리(1913~95)·황순원(1915~2000)·김구용(1922~2001)·이문열(1948~)·황석영(1943~) 등 한 시대를 풍미한 대표작가들의 텍스트들을 부정하는 것은 아니지만, 아무래도 박태원이 처음으로 이룩하고 도달했던 '삼국지 한국화와 현대화'라는 압도적 성취에서 좀더 묵직한 존재감을 느끼게 되는 것은 어쩔 수 없는 노릇이다. 더구나 남북의 화해와 교류협력이라는 지난 시대의 성과들이 보수의 논리 앞에서 크게 훼손되고 또 다시 대결적 상황으로 내몰리고 있는 현 국면에서 박태원이 1964년 북한에서 완결지은 『삼국지』가 다시 출판된다는 이 문화사적 사건은 결코 가볍지 않은 것이다.

『박태원 삼국지』가 세상에 그 모습을 드러낸 것은 1941년 4월 월간 『신시대』에 『신역 삼국지』란 이름으로 연재되면서부터이다. 일부 고서 애호가들이 이것보다 앞선 1938년 박태원이 박문서관에서 『삼국지』를 펴냈다는 주장을 펴고 있으나 근거 없는 주장이며, 『박태원 삼국지』의 서막을 연 『신역 삼국지』도 1943년 1월 모종강본의 「제57회 와룡선생은 시상군에서 주유를 조상하고 봉추는 뇌양현에서 고을을 다스리다」에 해당하는 대목을 연재하다 중단되고 말았다.

이후, 박태원은 1945년 전3권 분량으로 추정되는 축약본 『삼국지』를 '박문서관'에서 펴낸 바 있다. 1950년에는 정음사에서 다시 『삼국지』를 번역·출간하던 중 박태원의 월북으로 중단의 위기를 겪기도 했으나 사장 최영해의 뚝심으로 속간되었으니, '최영해 삼국지'는 바로 『박태원 삼국지』의 후신이었던 것이다. 이른바 독자들 사이에서 『박태원 삼국지』의 은유로 통용됐던 최영해 본 『정음사 삼국지』는 '제1권 도원결의'를 시작으로 단기천리·삼고초려·적벽대전·조조집권·관공현성·팔진도법·공명출사표·대성귀천·천하통일 등 총10권 분량으로 1955년 완결되었다. 탁월한 모더니스트가 보여준 유려한 미문에다 서슬 퍼런 냉전시대 월북 작가 박태원의 작품을 읽을 수 있다는 대리만족감과 위반의 즐거움으로 인해 1960년대의 독자들에게 『최영해 삼국지』는 기대 이상의 각광을 받았다. 박태원의 월북으로 사라져버릴 뻔했던 걸작을 문화인식과 뚝심으로 이어간 정음사 사장 최영해는 한글학자 외솔 최현배 선생의 아들로 후일 박태원의 장남이었던 박일영 씨를 후원(정음사에서 직원으로 6년간 근무했다고 한다)하며 유학비용을 지원해 주는 등의 선행을 베풀어 지금도 출판인들 사이에서 그는 용기 있고 인간미 넘치는 문화인물로 존경받고 있다.

그런 '최영해 삼국지'는 독자들의 각별한 사랑과 아쉬움 속에서 1959년, 1970년, 1979년 판과 쇄를 달리하면서 1980년대 중반까지 계속해서 출판되었다. 이번에 깊은샘에서 새롭게 펴내는 『박태원 삼국지』는 그가 1959년 북한의 국립문학예술서적출판사에서 번역, 출판하기 시작하여 1964년 조선문학예술총동맹출판사에서 총6권 분량으로 완결된 판본을 저본으로 한 것으로 '삼국지 마니아'들이 반세기 이상 기다려왔던 『박태원 삼국지』의 결정판이며, '한국판 현대 삼국지'들의 좌장격인 진짜 원본의 복원이라는 점에서 큰 의미가 있다.[1]

그럼에도 한국근대문학을 전공한 연구자들이나 박종화와 최영해를 찾아서 읽을 정도로 내공이 심후한 '삼국지 광팬'이 아니라면, 21세기의 젊은 독자들에게 『박태원 삼국지』는 다소 낯설지도 모르겠다. 특히 박태원 문학을, 경성거리를 배회하던 식민지 지식청년의 고독한 산책길과 갑오년 농민군들의 뜨거운 함성으로 기억하는 독자들에게 '박태원'과 '삼국지'는 뜻밖의 조합으로 받아들여질 수도 있을 것이다. 그러나 『박태원 삼국지』는 『소설가 구보씨의 일일』이란 첨단 모더니즘과 『갑오농민전쟁』이란 웅장한 민중적 대하소설 사이의 낙차를 메우는 교량형의 작품이면서 『갑오농민전쟁』의 밑바

---

1) 참고로 본서의 저본이 된 『박태원 삼국지』의 간행연대와 서지사항은 다음과 같다. 『삼국연의』 1권(국립문학예술서적출판사, 1959), 『삼국연의』 2권(국립문학예술서적출판사, 1960), 『삼국연의』 3권(국립문학예술서적출판사, 1961), 『삼국연의』 4권(조선문학예술총동맹출판사, 1964), 『삼국연의』 5권(조선문학예술총동맹출판사, 1964), 『삼국연의』 6권(조선문학예술총동맹출판사, 1964).

탕이 되는 미완의 가작 『군상』의 탄생을 예비하는 것이니, 작품사적 의미 또한 결코 간단하지 않다. 여기에 『삼국지』를 한국문학사상 최초로 신문에 연재한 바 있었고 동양 고전에 해박했던 양백화(1889~1944)에게 전수받은 단단한 한문 실력에 한국 모더니즘문학을 이끌었던 탁발한 문장력이 뒷받침되고 있으니 그야말로 이보다 더 완벽할 수는 없겠다.

그래도 여전히 의문이 남는다. 요컨대 선구적 모더니스트이자 진보적 문학이념의 길을 선택한 그의 『삼국지』 번역 자체가 바로 그러하다.

뜻밖에도 우리는 그 해답의 단초를 『삼국지』에서 찾을 수 있다. 한국 모더니즘을 대표하던 이태준(1904~미상)이 골동품과 기명절지器皿折枝들을 만지던 상고주의자尙古主義者였고, 정지용(1902~50) 역시 한시에 능통한 고전주의자였으니 모더니즘과 고전은 그 내부에서 이처럼 강력한 심미적 친화력과 정신적 유대를 가지고 있었던 것이다. 따라서 『삼국지』는 고전주의자였던 모더니스트들에게 거부감 없이 받아들여질 수 있는 매력적 대상이었을 것이다. 더구나 『삼국지』를 처음 연재하던 1940년대 초반은 고전이나 역사 속으로 도피하는 것 이외에 별다른 선택의 여지가 없었던 암흑의 시대가 아니었던가. 뿐인가. 어떤 점에서 『삼국지』는 정처를 잃은 진보적 문학인이 의지처요, 대중과 소통할 수 있는 거의 유일한 통로였던 것이다.

지금의 관점에서 보면 충과 의리 등과 같은 유교적 이념에 기초한 『삼국지』의 핵심적 세계관 촉한정통론蜀漢正統論과 옹유반조擁劉反曹가 시대착오적 봉건주의로 보일 수도 있겠지만, 어디까지나 이는 오해이며 단견이다. 『삼국지』의 주인공인 유비 삼형제의 면면을 보자. 탁현의 촌구석에서 돗자리를 만들어 팔던 유비, 저자거리에서 돼지를 잡아 팔던 장비, 탐관오리를 징치하고 수배를 피해 강호를 떠돌던 낭인 관우가 도원에서 결의를 맺고 군사를 일으킨 것은 일종의 민중적 봉기에 가깝다. 오직 웅지와 삼척검에 의지하여 몸을 일으킨 유비 삼형제에 대한 독자들의 열광과 지지는 부패한 정치권력과 부패한 사회에 대한 민중적 항의와 분노가, 그리고 새로운 사회와 신분상승에 대한 열망이 투사되어 있다. 비록 종교적 외피를 쓰긴 했으나 농민들의 봉기로 볼 여지가 있는 황건적에 대한 부정적인 인식이라든지 유비 삼형제가 보여주는 투철한 근왕주의나 한실재건 같은 복벽주의復辟主義가 시대착오적인 것으로 해석할 수도 있겠으나 그것은 오늘날의 관점을 무리하게 소급하여 적용한 것일 수도 있다. 왜냐하면 유비 삼형제의 근왕주의와 애민주의는 전근대가 도달할 수 있었던 최고의 민중주의일 것이기 때문이다.2)

그렇다고 해서 『삼국지』를 민중문학으로, 정치적인 오락물로 읽어내는 방식은 단견이요, 일방적 관점일 수 있다. 요컨대 『삼국지』는 낙척불우의 삶을 사는 이들에게는 인생의 지혜를, 삶이 무료한 이들에게는 재미를, 경영인들에게는 탁월한 전술과 지략을, 그리고 새로운 시나리오와 콘텐츠가 필요한 크리에이터들에게는 원천소스를 제공해주는 등의 다양한 맥락 속에 놓여 있기 때문이다. 덧붙여 언제라도 자신의 처지와 관점에 따라 맥락을 달리 하여 읽을 수 있는 이 다성성多聲性과 풍부한 내포야말로 『삼국지』가 시대와 계층을 초월하여 반복해서 읽히게 되는 원동력일 것이기 때문이다.

북한에서조차 실전되었다고 하는 희대의 걸작 『박태원 삼국지』가 깊은샘 박현숙 사장님의 수년에 걸친 끈질긴 노력과 열정으로 이렇게 다시 감격적으로 복간되는 것을 한국문학 전공자의 한 사람으로서 기쁘게 환영한다. 아울러 중국문학 전문 번역가로서 온라인에서 삼국지 칼럼니스트로 활동하고 있는 송강호 선생과 이른바〈삼

---

2) 조성면, 「상품의 미학과 리메이크의 계보학: '삼국지'의 경우」, 『21세기문학』(2007년 봄호), 67면.

국지 프로젝트〉를 함께 진행하여 〈한국어판 삼국지 번역의 실상과 전모〉를 파악할 수 있도록 해준 〈인하대학교 한국학연구소 기초학문연구단〉 소속 연구원들께도 감사를 드린다.[3] 모쪼록 '현대 한국어 삼국지 판본'들 가운데서 최고의 걸작으로 손꼽히는 이 명품 『삼국지』가 독자들에게 새로운 기쁨이 되고, 더 나아가 박태원 연구는 물론 남북 간의 문화 교류 및 협력과 상호 이해의 물꼬를 트는 새로운 전기가 되었으면 한다.

---

3) 인하대 한국학연구소 기초학문연구단에서는 한국학술진흥재단의 지원을 받아 2004년부터 2006년까지 『삼국지』의 텍스트 형성사·판본사·번역 문제·장르변용 등에 대한 연구를 수행하고 그 성과물들을 종합하여 책으로 간행하였다. 인하대학교 한국학연구소 기초학문연구단, 『'삼국지연의' 한국어 번역과 서사변용』(인하대 출판부, 2007)을 참고할 것.

어느 잊혀진 시인을 위하여

— 시인 박팔양은 아직도 태양을 등진 거리에 있는가

　박팔양朴八陽, 1905~미상은 수원 지역의 독자들에게는 낯선 시인이
다. 아니, 남북한 독자들 모두가 제대로 기억해주지 않는 이름인지
도 모른다. 한국근대문학사에서 뚜렷한 족적을 남긴 시인이었음에
도 불구하고 치열한 이념 대결과 강고한 분단체제 속에서 전문적인
학술논문이나 출판사의 특별한 기획에 따라 잠깐 그 자취가 언급될
정도로 그는 어느새 일반 독자들에게 까맣게 잊혀진 망각의 시인이
되고만 것이다. 시간의 저 놀라운 부식성과 불가역성 앞에서 존재하
는 모든 것들은 속절없는 운명을 맞게 되곤 하지만, 그래도 탁발卓
拔한 성취와 고결한 정신은 거센 망각의 파고와 물리학의 법칙을 거
슬러 생생한 현재로 되살아나곤 한다. 탄생 1백주년을 계기로 그의
시적 성취와 열정이 저토록 강고한 금기와 망각의 벽을 뚫고 수원
의 시인으로, 한국의 근대시인으로 거듭나길 기원해 본다.
　시인 박팔양은 1905년 8월 2일 수원군 안용면 곡반정리에서 태
어났다. 요즘식 주소로 환언하면 화성시 동탄면 영천리가 바로 그의
고향이다. 「자화상」(『조선문학』, 1934. 1) 이란 자전적 소개와 배제
고보의 학적부 및 각종의 기록 등을 종합해보면, 그는 아버지 박제

헌朴齊王獻과 어머니 경주慶州 이씨 사이의 8남매 중 막내였다. 본관
은 반남潘南이며 아버지가 관리였다고 하는데 구체적으로 확인된 바
는 없다. 다만, 북한에서 대대적인 숙청의 광풍이 휘몰아치던 1963
년 2월 자강도 시중군의 협동농장으로 추방되면서 종파분자이며 아
버지가 일제시대의 군수였다는 죄목이 붙어 있었던 것으로 미루어
보아 시쳇말로 비교적 유복한 집안의 자제였던 것으로 짐작된다.

그러나 아버지의 노쇠와 함께 급격히 가세가 기울어 셋째 형이
가계를 책임지게 되는 상황이 되자 그의 가족은 고향 수원을 등지
고 서울로 이주하게 된다. 비록 생활고로 인해 일찌감치 고향을 떠
난 시인이건만, 수구초심이라고 유년 시절 자신의 키워준 고향의 정
경에 대해 그는 다음과 같이 짤막한 회고담을 남기고 있다.

내 고향은 서울서 남쪽으로 얼마 멀지 아니한 ××인데 그 읍邑에서
도 산길로 약 10리가량을 들어간다. 들어갈 때에는 산길이지마는 들어
가 놓고만 보면 동리洞里는 앞이 훤하게 턱 터진 넓은 들로 향하고 있
다. 뒤에는 언덕. 앞에는 들. 그 가운데에 내가 살던 촌이 있는데 그 앞
들에는 맑은 내(川)가 길게 흘러 있다.(「여름철과 나의 기억」, 『신민』
16호, 1926. 7)

물론 지금 시인의 고향은 정부의 개발 정책에 휩쓸려 자취도 없
이 사라지고 이른바 '동탄 신도시'라는 새로운 지도로 바뀌고 말았
다. 얼마 전 그 신도시에 인접한 망포동 일대에 월드 스타 박지성의
이름을 딴 기념 도로가 개통됐다. 여기에 무슨 특별한 이의가 있는
것은 아니지만, 개발논리와 포퓰리즘에 떠밀려 갈수록 축소되고 지
워져가는 우리의 문화지도를 안타깝게 지켜보면서 더 늦기 전에 수
원의 시인을 기념하는 작은 표석이나 시비라도 하나 건립해야 하는
것이 아닌가 하는 다급한 조바심이 일어난다.

일제의 강점 하에 살았던 우리 민족의 대대수가 그러했듯이 시인 역시 모진 생활고와 가난 등의 험한 고생을 겪었던 것으로 보인다. 그래도 제동공립보통학교를 거쳐 배제고보를 졸업하였으니 그만하면 시인은 선택받은 행운아였다고 할 수 있을 것이다. 배제고보 재학 시절 시인은 뜨거운 민족애와 저항의 정신 그리고 문학에의 열정을 불사를 수 있는 기회를 얻게 된다. 당시 배제고보에는 민족의식이 투철한 교사들이 많았을 뿐만 아니라 김기진과 박영희가 시인의 동급생이었고 나도향, 김소월, 송영, 박세영 등 한국근대문학사의 중심을 이루고 있던 문인들이 배제고보 출신의 선·후배들이었기 때문이다. 그가 1919년 3월 5일의 만세운동에 참가한 것이나 카프(KAPF)의 전신인 〈파스큐라〉에 가담하게 된 원인遠因으로 배제고보 시절의 학풍과 인연 등의 영향을 빼놓고 생각할 수 없는 것이다.

1920년 배제고보를 졸업한 시인은 학비가 없어 일 년을 쉬고 이듬해인 1921년 경성법전에 진학하였고 이때부터 정지용, 김화산 등과 함께 등사판 문예지인 『요람』의 동인으로 활동하게 된다. 경성법전 졸업 후 사법기관에 취직하라는 학교 측의 강권을 뿌리치고 시인은 안정된 길을 버리고 진보적인 문필가의 길을 선택, 1924년 4월 『동아일보』 기자로 취직하게 된다. 참고로 이보다 앞선 1923년 5월 25일 그는 동 신문에 「신의 주神의 酒」를 통해 문단에 데뷔한 상태였다.

이때부터 시인의 창작활동이 본격화하여 상당한 시적 성과를 일궈내니, 그의 시가 지닌 미적 특징은 크게 세 가지로 범주화할 수 있다. 하나는 도회 문명의 비극성과 우울을 묘사한 모더니즘 풍의 시편들로 주로 〈구인회〉 시절에 발표한 작품들이며, 다른 하나는 전원의 아름다움과 자연의 생명력과 사랑의 고뇌를 노래하고 있는 낭만주의적 경향을 띤 서정적인 작품들이다. 세 번째는 〈카프〉 소속의 시인으로 활동했던 시절의 투쟁형 저항시와 북한에서 숙청되기 이전에까지 발표한, 이른바 사회주의 리얼리즘의 범주에 넣을 수 있는 이념형의 작품들이 바로 그러하다. 이들을 각각 ①, ②, ③으로 분류한 다음, 작품의 몇 대목을 추려서 슬쩍 일별해 보기로 한다.

① 도회는 강렬한 음향과 색채의 세계.
　나는 그것을 얼마나 사랑하는지 모른다.
　불규칙한 직선의 나열, 곡선의 배회.
　아아 표현파의 그림같은 도회의 기분이여!
　　　　　　　　　　　　　―「도회정조」(1926년)의 부분

② 시냇물은 황혼이 즐거운 듯이,
　춤을 추며 풀향기를 물 우에 싣고 흐르네.
　냇가에는 이름모를 날벌레들이 날고,
　냇가에는 어린 동무들이 재재거리며 놀고.
　　　　　　　　　　　　　―「시냇물」(1936년)의 부분

③ 街路에도 우리들의 데모
　실내에는 경이에 빛나는 저들 ×××
　보여주자 저 영리하고도 앞 못 보는 백성들에게
　미래를 춤추는 군중의 환호를!
　　　　　　　　　　　　　―「데모」(1928년)의 부분

　사실 전공자들 사이에서 박팔양하면, 떠오르는 두 개의 고정된 이미지가 있다. 다다이즘 풍의 모던한 시를 남겼다는 것과 재북작가(그는 만주 신경에서 『만선일보』 학예부장으로 재직하던 중 해방을 맞아 그대로 북한에 머물게 된다)라는 것이 바로 그러하다. 그러나 위의 시편들과 김여수金麗水, 김니콜라이, 여수산인麗水山人, 박태양

朴太陽, 박팔양 등의 다양한 필명이 입증하듯 다채롭고 넓은 시적 경향과 편폭을 보여주고 있다. 다만, 여기서 주목해야 할 것은 「진달래꽃」이니 「님의 침묵」이니 「고향」이니 하는 작품들처럼 애송되는 세칭 '명작 애송시'를 남기지는 못했을지언정 그가 괜찮은 '수작'들을 지속적으로 쏟아낸 시인이라는 사실이다. 그런 가작들 47편을 묶어 1940년에는 『여수시초』를, 분단 이후에는 『박팔양 시집』(1947년)과 『박팔양 시선집』(1956년) 등을 펴냈다. 그리고 1988년 납·월북 작

복잡한 삶의 행로와 대표작의 부재는 박팔양 연구와 비평을 가로막는 최대의 장애 요인이다. 사진은 미래사에서 복간된 박팔양의 시집.

가들에 대한 해금조치가 단행된 이후 그의 시편들은 어두운 금제의 족쇄에서 풀려나 비로소 『태양을 등진 거리』(미래사, 1991)라는 제목의 시 선집으로 햇빛을 보게 되었다.

2005년 8월 시인의 탄생 일백주년을 계기로 그를 민족화해와 상생을 상징하는 문인으로, 우리 고장을 대표하는 시인으로 기념하고 추모할 방법은 없을까 하는 고민을 마음의 과제로 남겨둔 채 지금부터 꼭 80년 전인 1925년 어느 날 자신이 태어나고 자란 고향 수원을 그리워하며 남긴 시 「향수」를 조용히 음미하는 것으로써 우리 고장이 낳은 시인의 탄생을 기념하고자 한다.

양지바른 남향 대문에 기대어 서서
나 자라던 고향을 생각하니
구름이 아득하여 천리러라.
생각이 아득하여 천리러라.

남쪽으로 나는 제비떼를 따라서
잊어버린 옛 고향길 찾아보네,
늙으신 부모 기다림에 지쳐서
마루 끝에 앉아 조을고 계시리라.

　　　　　　　　　　　　　　－「향수」 전문

떠도는 길 위의 인생들

— 한수산의 『부초』

　『부초』는 한수산 문학의 원형이며 출발점이라 할 수 있다. 왜냐하면 이 소설은 독자들의 탄성을 자아내게 하는 감각적인 문체, 한수산 특유의 따뜻한 휴머니즘 그리고 독자들을 매료시키는 탁월한 대중성 등에 이르기까지 그만의 독자적인 자질들을 잘 보여주고 있기 때문이다. 뿐만 아니라 1976년 『부초』를 발표하기 이전에 그는 이미 데뷔작 「사월의 끝」(1972년)을 비롯하여 장편소설 『해빙기의 아침』(1973) 등 모두 일곱 편의 장·단편을 발표하는 등 기성작가의 반열에 올라가 있었긴 했지만, 그가 이른바 1970년대 대표작가란 명예의 전당에 이름을 올릴 수 있었던 것은 오로지 『부초』라는 문제작이 있었기 때문이다.

　그럼에도 그의 작품들은 한참동안 내 머리 속에 터무니없이 왜곡된 기억으로 자리 잡고 있었다. 내가 그의 작품과 처음으로 조우한 것은 이성에 대한 호기심과 관음증적 욕망에 눈을 뜬 까까머리 중학생 시절 한 여성지에서였다. 오늘날처럼 온갖 지식이 해방되고 욕망이 폭주하는 시대에는 그저 시시껄렁한 얘깃거리도 되기 어렵겠지만, 란제리 차림의 매혹적인 여성지 모델들은 그때 당시의 까까머리 사춘기 소년에게는 관음증적 욕망을 채워줄 수 있는 유일한 대상이자 통로였던 것이다. 누군가에게 들킬지도 모른다는 두려움과 부끄러움 그리고 뜨거운 흥분이 교차하는 상황 속에서 여성지를 넘기던 중학생 소년은 그곳에서 문득 그의 이름과 작품을 발견하게 된다. 여기에 작품이 실려 있다는 이유 하나로 그의 문학에 대한 나의 인식은 이렇게 결정적으로 왜곡되어 버리고 말았던 것이다. 그의 문장에 대해서도 소년은 강렬한 관음증적 충동을 느꼈지만, 불행하게도 그럴만한 기회가 주어지지 못했다. 어느 누구에게도 들키지 않고 여성지를 훔쳐보아야 하는 사춘기 소년에게는 느긋하게 연재소설까지 읽을 만한 여유 같은 것은 애초부터 없었기 때문이었다.

그러던 내게 그의 작품에 대한 왜곡된 인식이 비로소 제자리를 찾게 된 것은, 엉뚱하게도 대학생 시절 운동권 학생을 소재한 작품이라는 입소문을 타고 대학가에 한동안 인기를 끌었던 강석경의 소설 『숲 속의 방』을 읽게 되면서부터이다. 시대의 아픔과 함께 해야 한다는 소명 의식으로 불타올랐던 그 뜨거웠던 시절 『숲 속의 방』을 통해서 나는 〈오늘의 작가상 제1회 수상자가 한수산〉이었다는 것을 확인하고 나는 잠시 커다란 혼란에 빠졌었다. 관음증이 아닌 강한 궁금증이 일어났지만, 곧바로 그의 작품을 찾아서 읽어보지는 못했다. 1980년대 중반 우리에게는 『강좌철학』이니 『우상과 이성』이니 『볼세비키 혁명사』니 뭐니 해서 읽어야 할 필독서들이 너무도 많았기 때문이었다. 마음의 한 구석에 찜찜한 부채로 남아있던 그의 작품읽기는 문학세미나에 열을 올리던 1990년대 중반에 가서야 이루어졌다. 캄캄한 흑백사진 같았던 과거의 기억을 떠올려 하나씩 곱씹다보니, 문득 이런 생각이 섬광처럼 뇌리에 스친다. 한때 그를 둘러싸고 벌어진 상업주의 논쟁 역시 어쩌면 〈사춘기 소년의 여성지 읽기〉와 유사한 맥락 속에서 실상보다 더 증폭되고 과장된 측면은 없지 않았던가 하는.

그야 어찌됐든 이 문제작을 통해서 그는 1970년대 대표작가의 대열에 본격적으로 진입하게 되었을 뿐만 아니라 엄청난 판매부수가 입증하고 있듯 저 탁발한 대중적 감수성이 더욱 탄력을 받기 시작한 것도 바로 이 무렵부터였으니 『부초』를 한수산 문학의 원형이자 출발점으로 보아야 한다는 것은 이 때문이다.

한수산의 『부초』는 제1회 '오늘의 작가상' 수상작이다.

기실 『부초』는 사랑의 열정으로 뜨거운 연애소설도, 눈물샘을 자극하는 비극적인 드라마도, 또한 짜릿한 긴장과 스릴이 넘치는 활극도 아니다. 작품의 제목 그대로 현실 세계의 주변을 부평초처럼 떠도는 곡예단 사람들의 삶과 애환을 다룬 평범한 이야기일 뿐이다. 그런데도 한 세대 이상 변함없이 지속되는 『부초』의 저 놀랍고 끈질긴 생명력의 비밀은 무엇인가? 우리는 어째서 이토록 은근한 이야기에 매료되는 것인가? 『부초』의 주요 내용과 이력은 이미 널리 잘 알려져 있는 터이니, 중언부언을 피하고 작품의 전반적 특징과 의미를 간단하게 짚어보기로 한다. 그것은 다음과 같이 세 개의 층위로 나누고 통합해 볼 수 있다.

첫째로 작가의 감각적인 문체를 꼽을 수 있다. 작품성이라고 하는 고도로 추상화한 종합적 판단에 이르기에 앞서 우리가 작품에서 맨 처음으로 피부로 느끼고 의식하게 되는 것은 바로 문장이다. 노골적으로 말해서 우리의 감성과 이성에 공감각적으로 작용하는 아름다운 미문들 혹은 자동화한 의미의 체계와 표현의 한계를 넘어서는 문장들을 읽는 즐거움이야말로 문학 작품에서 얻을 수 있는 최고의 쾌락 가운데 하나라 할 수 있다. 『부초』는 그런 즐거움을 선사해주는 작품이다. 비유컨대 만약 우리가 문장만을 중심에 놓고 한국소설사를 기술해야 한다면, 스타일리스트 한수산은 당연히 이태준·김승옥·김훈 등의 작가들과 함께 높은 비중으로 다루어져야 할 것이다. 다음은 『부초』의 한 대목이다.

> 하명이 허공에 몸을 날렸다. 아무 것도 없었다. 천정이 거꾸로 뒤집혔다가 쏟아지고, 객석은 하늘로 떠오르고 있었다. 좌르르 사람들이 쏟아지려는 순간 하명은 그네를 놓으며 몸을 허공에서 비틀었다. 물보라 같은 공기가 가슴을 막았다. 발끝에서부터 머리칼까지 불이 붙는 것 같았다. 끝없이 하얀 물보라가 눈앞을 가렸다. 그 파도를 넘어 태기가 보내 준 그네가 눈앞으로 천천히 떠올라 오고 있었다. 채찍을 들어 말을 치듯이 하명은 그네를 잡았다. 출렁거리며 몸이 흔들리고 있을 때 그는 태기가 섰던 발판 위에 닿는 발의 감촉을 느꼈다. 공중 일회전이었다. 갑자기 하명은 분수처럼 솟아나오는 성욕을 느낀다.(『부초』, 민음사, 1977, 43면)

장면은 주인공인 하명의 공중 그네타기를 묘사하고 있는 대목인데, '과연'이라는 탄성을 자아내게 하는 문장들로 가득하다. 아찔한 묘기가 진행되는 순간순간의 과정을 마치 스냅사진처럼 정밀하게 그려냈을 뿐만 아니라 제자리 앉아서 구경하고 있는 관객을 '좌르르 쏟아질 것 같다'며 곡예사가 처한 아찔한 묘기의 순간을 위치를 바꾸어 이렇게 역설적인 방식으로 표현함으로써 극적 긴장을 절묘하게 드러내고 있다. 또한 '쏟아지다', '물보라', '파도', '떠오르다', '분수' 등 물과 관련된 단어들을 활용함으로써 문장과 문장 간의 유기적 관련성을 더욱 높여줄 뿐만 아니라 대단히 독특한 미감과 이미지를 만들어내고 있음을 확인할 수가 있다. 그리고 아찔한 곡예가 성공한 안도의 순간, "분수처럼 성욕을 느꼈다"고 말함으로써 독자의 심미적 쾌감 역시 절정에 오르게 되는 것이다. 한수산의 문장들은 작품의 곳곳에서 이처럼 독특한 이미지와 감각적인 문체로 독자들의 이성과 감성을 자극하는 특별한 공감각성을 지닌다.

둘째로 등장인물과 세부detail의 핍진성逼眞性을 꼽을 수 있다. 당연한 얘기지만, 소설을 포함한 서사텍스트들의 성패는 대체로 보아 스토리와 담론에 달려 있다고 해도 과언이 아니다. 서사텍스트를 구성하는 핵심 요소들, 이를테면 사건·인물·배경·플롯 등 스토리의 측면과 인물·대화·묘사·지문·시점·어조 등 담론의 측면이 바로 그러하다. 이 중에서도 특별히 두드러진 요소로 사건과 대화를 이끌어가는 인물을 꼽을 수 있을 것이다. 『부초』의 두 번째 미덕이라면 활어처럼 살아 움직이는 인물들과 서커스단이란 특수사회의 모습을 그대로 텍스트 속으로 옮겨다 놓은 듯한 현실감 넘치는 세부들이다.

우선 등장인물들의 면면을 보자. 단원들의 정신적 아버지 격인 오윤재를 비롯해서 그의 뒤를 이어 단원들의 리더가 되는 김하명, 향긋한 비누 냄새가 날 것 같은 하명의 연인 지혜, 인간미를 가진 일월극단의 오야지 김준표, 권모술수형 인간의 한 전형인 단장의 동생 광표, 계절이 바뀌면 항상 정인情人 석이네를 찾아오는 속 깊은 사내 이동일, 아들 석이를 동일에게 보내고 슬픔을 삭이며 나무통을 굴리는 곡예사 여인 석이네, 소주 안주로 소금을 찍어먹는 난쟁이 곡예사 칠룡, 지혜를 겁탈하고 단원들에게 몰매를 맞고 쫓겨나는 규오, 단원들의 속사정을 구석구석 헤아리는 총무 백명수 등 단원들 모두 공연장에 찾아가면 왠지 만날 수 있을 것만 같은 실감나는 인물들이다.

곡예단을 소재로 한 작품답게 소설은 공간의 이동과 함께 인물들의 사연이 차례로 소개되면서 씨줄과 날줄로 교직된다. 하명과 지혜와 이뤄지지 못한 가슴 아픈 사랑, 석이네와 동일의 애틋한 만남과 이별, 야비한 후임 단장 광표와 단원들과의 갈등과 충돌, 평생을 객지로 떠돌다 객지에서 생을 마감하는 늙은 마술사 윤재의 죽음, 그리고 곡예단의 천막이 화재로 잿더미가 되는 굵직한 사건에 이르기까지 이야기는 모두 이들을 축으로 담담하게 전개된다.

이들 모두는 각 에피소드들의 중심으로 도드라진 개성과 독자적인 생명력으로 빛을 발하고 있기는 하지만, 그래도 자꾸만 눈길이 가고 특별히 뇌리에 남는 인물들이 있다. 주인공 격인 윤재와 하명에게는 이야기의 무게중심이 쏠려 있으니 이들의 일거수일투족에 우리가 관심을 갖게 되는 것은 당연한 현상이라 해도 작품의 중간 지점에서 불쑥 조역으로 등장한 칠룡이란 인물은 참으로 이채로운 존재라 하지 않을 수 없다. 한국근대소설사가 창조한 최고의 개성적인 인물 가운데 하나가 아닐까 할 정도로 칠룡의 형상화는 발군이다.

> "혼자 사는 동네에서야 면장이 이장이겠지마는, 단원들의 눈이 시퍼렇게 살아있는데 그건 좀 너무하신 말씀이요."
> 광표의 얼굴이 변하며 콧구멍이 벌름거렸다. 칠룡은 앞으로 나가 단원들을 향해서 섰다.
> "복 없는 처녀는 머슴방에 가 누워도 고자 곁에 눕는다더니, 내가 이렇게 몰골이 흉악해서 그런지 만나는 사람마다 악질이야. 내 한 몸이야 제대로 크지 못하고 보시다시피 요 모양이니까 다 부처님 뜻이다 생각하고 참아 줄 수 있지마는 남의 일은 그냥 넘길 수가 없더라 이 말이오. 밭 팔아서 논 살 때는 그게 다 이밥 먹자고 하는 짓이야. 하물며 남이 안 하는 재주넘어서 피땀 흘려서 번 돈을 못 주겠다니 이런 법도 있나? 한번 실수는 써커스 집에서도 상사라. 안 그렇습니까? 단장님."(348면)

장면의 전후 맥락은 이렇다. 아들을 보낸 슬픔에 석이네가 술을 먹고 공연하다 실수를 하자 분개한 광표가 그녀에게 폭행을 가한다. 임금을 교묘한 방법으로 갈취해온 그의 처사에 분개하고 있었던 단원들은 이 폭행사건을 계기로 하명과 칠룡을 중심으로 똘똘 뭉쳐 광표의 전횡에 정면으로 맞서게 된다. 인용문은 광표와 설전을 벌이는 칠룡의 모습을 그린 대목이다. '혼자 사는 동네에서야 면장이 이장도 될 수 있으며, 복없는 처녀는 사내들이 득실거리는 머슴방에 누워도 고자 곁에 눕는다'는 등 펄펄뛰는 민중어로 어느새 그는 텍스트 밖으로 뛰어나와 생동감 넘치는 현실 속의 인물로 화현한다. 이와 같이 난쟁이 곡예사 칠룡의 형상화는 우리 문학사에서 거의 유례를 찾아보기 어려울 만큼 희귀한 사례이기도 하려니와, 걸쭉하고 겨자처럼 매운 입담은 그를 현실 속의 인간 보다 현실적인 존재로 만들어 준다. 어디 그뿐이랴. '소주 안주로 소금을 찍어 먹는다'든지 '항상 전대를 품 속에 지니고 다니면서 일당을 착실하게 모아서 홀어머니를 봉양하며 한 두마지기씩 논을 늘려 나가는 것'이라든지 '색시집에 가는 것을 "목에 수건 걸러 간다"라고 표현하는 것' 등 그의 일상생활의 모습 하나하나가 온통 사실감으로 차고 넘친다. 작품 속에서 칠룡의 압도적 현실성은, 그래서 더욱 돋보인다. 그는 비록 왜소한 불구의 몸이지만, 작품 속에서 느끼게 되는 그의 존재감만큼은 이처럼 거대하고 현실적이다. 현실보다 더 현실적인 개성적인 인물들 역시 『부초』을 읽으면서 경험할 수 있는 또 다른 즐거움이다.

셋째로 특수성과 보편성의 조화를 꼽을 수 있다. 다시 말하면 이 작품이 곡예단이라는 특수한 집단에 속한 인간들의 이야기를 다루면서도 결국에는 인간의 삶과 운명에 대한 보편적 통찰에 이르게 하는 빼어난 풍속사 내지 인생학 교과서로 읽힌다는 점이다.

기실 『부초』처럼 우리 문학사에서 곡예단이란 특수한 집단을 소재로 한 작품은 다섯 손가락을 채 꼽지 못할 정도로 희귀한데, 현재까지 확인한 바로 시로는 박팔양의 「곡마단 풍경」(1933)과 성찬경의 「줄타기 곡예사」(1966)가, 소설로는 황순원의 단편 「곡예사」(1952) 정도가 고작이다. 그러나 황순원의 「곡예사」는, 잘 알려져 있듯이 서커스단과는 하등의 상관이 없는 소설이다. 이것만으로도 『부초』

가 우리 문학사에서 대단히 독자적인 지위를 갖는 작품이라는 것을 알 수 있다. 그럼에도 이『부초』의 독자성은 어느 한 개인, 어느 특수한 사회집단에 국집되어 있지 않고 우리의 고달픈 인생 여정에 대한 날카로운 은유로서 폭넓은 보편성을 가지고 있다는 것, 나아가 섣부른 이념을 덧칠하지 않은 날 것 그대로의 생생한 민중성을 보여주고 있다는 데 있다. 아울러 시대의 변화에 따라 부침을 거듭하며 소멸의 위기로 내몰린 한국곡예사史를 통해서 급변하는 우리네 근·현대사에 불어 닥친 변화의 한 국면을 날카롭게 포착하고 재현해내는 사회사적 상상력 또한 유념해 볼 대목이다.

『부초』는 당대성을 반영하고 재현해내는 사회학적 텍스트이자 고달픈 인생 여정에 대한 날카로운 은유이다. 또한 이 소설은 특수성과 보편성 그리고 이성과 감성을 모두 자극하는 특유의 공감각적 문체로 '인생은 곡예다'라는 보다 아찔한 명제를 제시하고 있는 은근한 인생론이기도 하다. IMF 사태 이후, 저 신자유주의라는 혹독한 파고를 경험하고 있기 때문일까? 이런 소설적 명제와 은유가 날카로운 촉감으로 다가오는 것이다. 그래서『부초』속의 '부초'인 하명의 다음과 같은 나지막한 외침은 왠지 귓가에 여운이 긴 이명耳鳴으로 남는다.

"난 우리만 무대 위에 있고 남들은 다 구경꾼이라고 생각했었지. 그래서 외로웠던 거야. 그건 잘못이야. 그게 아니야. 갈보가 구경 오면 그게 구경꾼이지만 우리가 갈보 집엘 가면 그땐 우리가 구경꾼이잖아. 난 이제 알 수 있을 것 같아. 사람들이란 저마다 있는 힘을 다해 살아간다는 거야. 못난 놈도 제 딴에는 자기가 가진 거 남김없이 다 털어서 살고 있다는 걸 이제야 알겠어. 그래…… 이 세상 바닥도 써커스 바닥이나 똑같아. 손님이 따로 없다 뿐이지 분바르고 옷 갈아입고 재주 피며 살기는 마찬가지란 생각이야. 어디로 가게 될지 아직은 정처가 없다만……"(360-1면)

문화지리학과 문화비평 · 1

— 강남 영동재래시장

영동시장은 살짝 낯선, 이색 지대다. 잘 정비된 화원 속에 핀 야생화라 해야 할까? 평소에 늘 보았던 평범한 재래시장이건만, 영동시장은 뭔가 다른 울림 같은 것이 있다. 그것은 세월의 마모를 견디고 살아남은 존재에 대한 고마움과 경이로움 그리고 개발의 논리에 밀려 결국 언젠가는 사라져버릴지도 모를 존재에 대한 안타까움이 뒤섞인 복합적인 그 무엇이다.

문학작품들 속에서, 또 우리들의 기억 속에서 재래시장은 언제나 토포필리아[場所愛]를 자극하는 낭만의 공간으로 자리하고 있다. 왜냐하면 그곳은 피로에 지치고 푸근한 인정이 고픈 이들이 찾아들어 허기를 채우고 술잔을 기울이며 재충전의 기회를 갖는 생활의 광장이며, 삶의 부활을 경험하는 가장 세속적인 성지이기 때문이다. 그러므로 재래시장의 풍경과 분위기는 언제나 정겹고 아름답다. '정겹다'는 말, '아름답다'는 말들은, 실로 얼마나 정겹고 아름다운가.

그러나 이는 가진 자들 또는 제3자들이 누리는 정서적 호사일 것이다. 신 새벽부터 늦은 밤까지 신산한 삶들이 찐득하고 억척스럽게 삶을 이어가는 고단한 생존의 현장이 장터의 진짜 면목일 터이기 때문이다. 스트레스 찌들고 삶의 의욕을 잃었을 때 우리가 재래시장에서 얻어오는 활력과 위안은 어쩌면 시장상인들의 고단한 생존의 몸부림에서 나오는 에너지에 대한 자의적 곡해의 소산에 지나지 않을는지도 모른다.

강남의 번잡함을 피해 논현역 1번 출구로 빠져나와 학동역을 향해 가다 오른쪽으로 꺾어 들어가거나 2번 출구로 나와 왼쪽 골목으로 접어들면, 만나게 되는 아담하고 평범한 시장. 그곳에 영동시장이 있다.

곡우穀雨의 뒤끝이라 일기가 고르지 못했던 탓이었을까. 봄날 정오의 영동시장은 고즈넉한 침묵에 잠겨있었다. 경기가 없는 한산한 시간대이기도 했지만, 웬지 세계적으로 깊고 넓은 침체의 그늘이 시장의 활기를 억누르고 있는 것처럼 보였다. 시장 초입의 떡집에서 인절미 한 팩을 사며, 이것저것 물었지만 단출한 단문형의 답변만 돌아온다. 겨우 이천 원어치 떡을 사놓고 자꾸 묻는 것도 염치없는 노릇이어서 일없는 산보자의 역할에나 충실하기로 했다.

재래시장이라고는 하지만, 영동시장은 유구한 역사성과는 거리가 먼 작고 젊은 시장이다. 1969년 말에 완공된 제3한강교(한남대교)의 착공을 전후하여 시작된 강남 부동산 불패 신화, 이른바 '말죽거리 신화'로부터 강남 개발붐을 타고 자연발생적으로 형성된 시장이기 때문이다. 그런 자연발생성과 삼십여 년 동안 구축된 강남의 귀족적 이미지로 인해 골목길의 영동시장은 여전히 정식으로 시민권을 얻지 못하고 있다.

우리의 의식과 현실 속에서 분명히 실재하는 시장이지만 이곳은 행정상으로는 존재하지 않는, 또는 존재하지 않아야 하는 공간이다. 재개발이 예정돼 있는 지상 5층 지하 1층에 267개의 점포가 들어서있는 '동화상가'를 제외하고 골목에 산재한 점포들은 관할 강남구청으로부터 공식 승인을 받지 못한 것으로 미루어 짐작된다. 통념과 실제 현실의 거리는 이만큼 멀다. 시장의 구석구석을 돌며 시장 상인들을 만나고 논현동 주민자치센터·강남구청·강남문화센터 등을 차례로 들렀지만 귀가 번쩍 뜨이는 정보는 없었다.

강남이 아직 서울이 아니었을 때 이곳 영동은 서울시민들에게 신선한 채소를 공습하던 근교농업 지대였던 것이다. 조선시대 하급무관들이 모여 살던 왕십리에서 사대문 안에서 소요되던 부식거리를 도맡았던 적이 있었다. 화학비료가 있을 리 만무하던 시절인지라 인분과 퇴비를 주로 사용했다고 한다. 그래서 파리 등의 벌레들이 많았다 해서 조선시대 왕십리 주민들 또는 하급무관들을 가리켜 "왕십리 똥파리"로 불렀다는 야사가 구전으로 내려온다. 아주 오래전 밑도 끝도 없는 "불광동 휘발유"란 말도 얼핏 들어본 적도 있었건만, 이곳에서 온종일 발품을 팔았어도 빈손이다.

별 도리가 없어 문헌실증주의로 방향을 틀어보았다. 제법 자료가 걸려들었다. 『강남 이야기로 보다』(서울역사박물관 간)와 『2007 구정백서』(강남구청 간)가 다소 도움이 됐다. 목록에는 있었으나 구해보지 못한 『강남구 향토지』가 앨범 속의 그리운 옛 동창들처럼 못내 아쉬웠다.

우리네 정서로 진짜 시장으로 받아들여지는 골목의 영동시장(정말 미안하지만 문화지리학의 관점에서 대형상가나 할인마트는 시장이 아닌 다른 개념과 용어로 규정되어야 할 것이다)이 소재한 논현동은 본래 "논고개"라는 지명에서 유래했으며, 1963년 법률 제1172호에 의거하여 논현리는 서울시 논현동으로 환골탈태하여 새로운 발전의 전기를 맞았다. 1960년대 후반기에 입안되어 착수된 '영동토지구획 정리사업 및 고속도로 공사'를 거쳐 '불도저'란 별칭을 얻은 김현옥 서울시장과 후임 양택식 시장에 의해 '영동신시가지개발계획'이 시작된 1970년대 초반기를 지나면서 논현동과 학동 일대에 신시가가 들어서면서 자연스럽게 시장 상인들이 하나둘씩 모여들기 시작했던 것이다. 개발만이 지상과제였던 박통시대, 오로지 앞만 보고 일시불 란하게 앞으로만 내달렸을 법한 이 속도의 시대에도 예부터 전해져 내려오던 습속과 전통이 우리 조상들이 대대손손 그래왔듯이 인간 의 냄새 물씬 나는 장터 하나를 만들었다. 개발도상의 현대가 뜻하 지 않게 근대를 창조해낸 셈이다. 이 점에서 영동시장을 전통의 갈 비뼈로 만들어진 관습의 피조물이라 할 수 있을 것이다.

흔히 신흥경제강국 한국자본주의를 상징하는 한국판 베벌리힐스 강남. 이곳에서도 인간의 체취를 느낄 수 있는 것은 '타워 팰리스' 와 영동시장이 함께 공존하는 다양성 때문일 것이다. 요즘 같은 극 심한 침체와 양극화의 시대 이런 공존의 윤리는 얼마나 소중하고 절실한가. 바람이 몹시 부는 날 문득 인간이 그립고 고향이 생각날 때 우리, 영동시장으로 가자. 강남대로변 지하철 7호선 논현역, 그 곳에 영동시장이 있다.

문화지리학과 문화비평 · 2

— 대한민국 사교육 1번지 대치동

　대한민국은 교육의 공화국이다. 교육감도 선거로 뽑고, 기러기 아빠와 같은 교육 디아스포라(離散)가 일상화한, 그리고 논술을 위해서라면 수독오거서須讀五車書 정도는 '깜'도 안 되는 교육의 교육에 의한 교육을 위한 나라! 이쯤하면 우리나라를 왜 교육공화국이 불러야 하는지 더 이상의 논증은 불필요하다.

　젊은 신록의 계절 5월 대한민국 사교육 1번지 대치동을 찾았다. 이번엔 조금 늦은 심야 시간을 택했다. 그래서였을까? 지하철 3호선 대치역은 한산했고, 공기도 제법 신선했다. 아마 대치역 인근에 자리한 '한티근린공원' 때문일 것이다. 작은 공원인데도 퍽 단정했다. 무성한 신록들로 나무들이 휘어질 듯하다. 가벼운 차림의 시민들과 어르신 몇 분이 삼삼오오 담소를 나누는 모습이 보기에 좋았다. 계절은 어김이 없어 올해도 이렇게 푸른 향연을 펼친다. 그러나 이런 여유로움은 꼭 여기까지다. 이곳에서 100여 미터 떨어진 '은마 사거리'에는 전혀 다른 광경이 펼쳐지기 때문이다.

　여기는 이른바 대한민국 사교육1번지 대치동 은마아파트 사거리. 늦은 시간임에도 도로 주변을 분주하게 오가는 승합차와 도로변에 주차된 버스들 그리고 육중한 승용차들로 은마 사거리의 풍경은 낯선 활기로 넘친다. 대치동의 러시아워가 시작된 것이다.

"밤 10시부터 새벽 2시까지 늘 이래요. 방학 때는 지방에서도 와요."

"오면 뭐해. 목동에서도 공부 좀 한다는 남학생도 여기 와서 논술 특강을 듣다가 따라가지 못해 중도에 그만 뒀다던데. 온다고 다 효과 보나."

"여기 E아파트는 서울대와 연·고대가 목표고, 저기 M아파트는 하버드에 보내려는 데니까, 수준이 다르지요."

다소의 과장이 없지 않겠지만, 학원가 주변의 상인들과 나눈 이 몇 마디가 대치동의 상황과 분위기를 웅변으로 보여준다. 이 뜨거운 교육열이 어디 대치동뿐이랴. 내남없이 대한민국 전역이 입시 준비로 몸살을 앓고, 교육이야말로 지상최대의 관심사가 아니던가. 모든 것이 성적과 졸업장으로 환원되는, 또 학교공부가 입시를 위한 준비 과정으로 집중된 교육의 공화국. 어쩌면 우리 교육이야말로 가장 비교육적일지도 모른다, 는 생각이 들었다.

물론 우리의 교육열이 다 부정적이지만은 않을 터이다. 이 열정과 에너지가 있었기에 국민들의 교육 수준을 높이 한껏 끌어올릴 수 있었고, 아무것도 가진 게 없는 빈국이 단시간에 압축 고도성장을 이룩하고 신흥경제강국으로 도약할 수 있었을 것이기 때문이다. 인정하기 싫지만 교육은 수출과 함께 이미 한국(사회)을 지탱하는 기둥이기도 하다.

오늘날 대치동을 키운 것은 8할이 우리의 교육열과 학원이었다. 그로 인해 대치동이란 이름에는 어떤 선망과 질시가, 동경과 환멸이 착종돼 있다. 명문대학과 기득권층을 향해 뻗어있는 익스프레스 웨이. 그러나 실제로는 공교육의 붕괴와 교육 양극화의 상징이며 이제는 돌이킬 수 없는 원 웨이 스트리트가 바로 우리의 교육현실 또는 대치동의 진짜 모습일지 모른다.

하도 공부가 치열한 곳이어서 그랬는지 어감이 강해서 그랬는지 대치동이란 말에서는 언제나 '대치對峙'란 말부터 떠올랐다. 그러나 대치동은 큰 대大, 산 우뚝할 치峙 곧 큰 고개를 뜻하는 '한티'란 우리말을 한자로 옮긴 평범한 이름이다.

지금처럼 대치동은 자녀들의 성적과 입시일정에 맞춰 옮겨 다니는 임시 거처가 아니라 원래 유구한 역사와 전통이 있는 곳이었다. 그리고 사람이 사는 곳에는 으레 재미있는 이야기가 전해져 내려오기 마련이다. 이 '한티 마을'을 대표하는 이야기는 '쪽박산'과 '은행나무'에 관한 전설이다.

강남 일대가 그렇듯 '한티마을' 역시 경기도 광주군에 속한 궁벽한 농촌이었다. 주변에 양재천과 탄천이 있어 큰물이 날 때마다 범람했고, 갈대가 무성하여 농사에 어려움이 많았다고 전한다. '쪽박산'이란 어의 그대로 이곳은 한티재는 가난한 고을이었고, 쪽박산이 없어지는 날 이곳이 부자가 된다는 풍수 설화가 전해져 내려온다. 과연, 그 전설대로 강남 개발로 쪽박산이 없어지면서 이곳은 시쳇말로 대박이 났다.

'쪽박산'과 함께 대치동을 대표하는 명물로 수령이 5백 년이 넘는 은행나무를 꼽을 수 있다. 전해 내려오는 말에 의하면 이곳의 은행나무는 용문산 은행나무의 가지라고 한다. 대치역에서 은마사거리까지 와서 우회전한 다음 영동대로 방향으로 1백 미터쯤 직진하다 다시 골목길로 50미터쯤 들어서면 1968년 7월 3일 보호수로 지정된 한티마을의 살아있는 역사인 은행나무를 만날 수 있다.

그러나 이런 마을의 전설과 대치동의 유일한 쉼표인 보호수는 그저 이곳이 아주 오랜 옛날부터 사람이 살고 있었다는 증거일 뿐이며 '과거'에 지나지 않는다. 지금의 대치동을 만들고 지배하고 있는 것은 바로 교육열과 학원이기 때문이다.

알다시피 한국사회에서 학력은 일종의 계급이다. 그리고 이는 맹
모삼천孟母三遷을 능가하는 열성과 치열한 경쟁을 뚫었을 때 주어지
는 고단한 전리품이다. 이 치열한 경쟁에서 밀렸을 때 긴 인생의 운
용에 있어 어떤 어려움을 겪게 될지 벌써 알아챈 걸까? 창백한—또
는 결연해 보이는 얼굴로 버스에 오르는 아이들의 모습이 갑자기 흐
릿하게 아롱진다. 휙하고 나타났다, 휙하고 사라지는 우리 아이들의
모습이 왠지 꿈결처럼 비현실적으로 느껴졌다. 그리고 잠시 뒤 소음
과 함께 내 눈앞에서 갑자기 사라져 버린 꽃다운 우리 아이들을 지
켜보고 집으로 돌아오는 지하철역에서 느닷없이 에즈라 파운드Ezra
Pound(1885~1972)의 절창 〈지하철역에서〉(1916)가 떠올랐다.

　　　　군중들 속에서 갑자기 나타난 이 얼굴들
　　　　젖은, 검은 가지 위의 꽃잎들.

　　넘기 힘든 큰 고개란 뜻에서 유래한 대치. 모쪼록 우리의 이 어
린 꽃잎들 모두가 입시경쟁이라는 인생의 큰 고개를 무탈하게 잘
넘어주길 조용히 기도해본다. 아울러 이 대치大峙가 나만 잘되고 보
자는 대치大痴가 아니라 참교육과 상생相生의 윤리가 실현되는 대치
大治로 대치代置되었으면 하는 장난 같은 바람을 가져본다.

찾아보기

경계를 넘고 간극을 메우며

2009년 9월 5일 인쇄
2009년 9월 10일 발행

지은이   조 성 면
펴낸이   박 현 숙
찍은곳   신화인쇄공사

110-320 서울시 종로구 낙원동 58-1 종로오피스텔 606호
TEL : 02-764-3018, 764-3019   FAX : 02-764-3011
E-mail : kpsm80@hanmail.net

펴낸곳 도서출판 **깊 은 샘**

등록번호/제2-69. 등록년월일/1980년 2월 6일

ISBN   978-89-7416-219-1

값 10,000원